魔镜魔镜谁最美

《白雪公主》
及 21 则 母亲与女儿的故事

[美] 玛丽亚·塔塔尔 著　艾蔻 译

生活·讀書·新知 三联书店

图书在版编目（CIP）数据

魔镜魔镜谁最美:《白雪公主》及21则母亲与女儿的故事 / (美) 玛丽亚 · 塔塔尔著 ; 艾蔻译. —北京 : 生活 · 读书 · 新知三联书店 , 2023.9
(三联精选)
ISBN 978-7-108-07672-4

Ⅰ. ①魔… Ⅱ. ①玛… ②艾… Ⅲ. ①童话 – 文学研究 Ⅳ. ① I058

中国国家版本馆 CIP 数据核字 (2023) 第 133443 号

责任编辑 崔 萌
装帧设计 鲁明静
责任印制 宋 家
出版发行 生活 · 讀書 · 新知 三联书店
(北京市东城区美术馆东街 22 号 100010)
网 址 www.sdxjpc.com
经 销 新华书店
印 刷 三河市天润建兴印务有限公司
版 次 2023 年 9 月北京第 1 版
2023 年 9 月北京第 1 次印刷
开 本 880 毫米 × 1092 毫米 1/32 印张 9.5
字 数 172 千字 图 12 幅
印 数 0,001–6,000 册
定 价 39.00 元
(印装查询：01064002715；邮购查询：01084010542)

古斯塔夫·滕格伦（1896—1970）笔下的猎人，即使隐藏了武器，对于苦苦哀求的白雪公主来说，他的意图也足够明显，白雪公主的脆弱表露无疑。滕格伦是一位瑞典裔美国插画家，在 20 世纪 30 年代后期，即《白雪公主和七个小矮人》制作期间，他曾在华特·迪士尼公司担任动画师。

在一个阴森的异界场景中，白雪公主安详地躺着，几乎要漂浮起来。古斯塔夫·滕格伦在他为故事所作的风格阴森的插图中这样展现。

英国插画家兰斯洛特 · 斯皮德（1860—1931）以他为安德鲁 · 朗的彩虹系列童话书创作的插图而闻名。为了打破传统，斯皮德选择了一个在《白雪公主》的故事中其他人不敢表现的场景进行描绘：继母穿着烧红的铁鞋跳舞直至在熊熊燃烧的烈火中死去。

雅各布和威廉格林的弟弟埃米尔·路德维西·格林（1790—1863）为 1825 年出版的精简版《格林童话》创作了插图。一片崎岖险峻的景象中，在满天繁星的苍穹之下，白雪公主安然入睡，陪伴着她的是小矮人的其中之一、一只猫头鹰、一只乌鸦和一只鸽子。

献给布克、伊莎贝尔及诺克斯

目录

Contents

前 言

传记片《托尔金》(2019)中有一个片段，一位来自牛津大学的语言学教授向我们讲述了语言如何发挥它的魔力。“一个牙牙学语的孩子，指了指一棵树，于是他学会了一个词——‘橡树’。”随着时间的推移，“橡树”这个词逐渐被赋予了更多的内涵。男孩站在橡树的枝条下避暑；躺在橡树下面睡觉；在去战场的路上经过橡树旁；一个精灵或许会在橡树的树干中居住；橡树的木料也许会被建造成船只；橡树的叶子则会被雕刻在纪念的丰碑上。“这所有的一切，”他讲道，“无论是普遍的还是独特的，国家的还是个人的，他都能在冥冥之中了解到、感知到，并召唤着，尽管很微弱。”文字活着、呼吸着、鸣奏着动人的交响乐。

童话故事亦是如此，它们在层层演进中发挥魔力，向受众展示故事的同时，也讲述着历史的变迁。我们熟知的“白雪公主”的故事，事实上经历了一段漫长的、复杂的、层次丰富的变化。这本书可以看作一种考古发掘，探索我们的文化乃至世界文化的不同岩层，每一层都为我们今天所讲述的故事构建了一部分历史。

“最美的人”——将我们带回古希腊神话时期的一场盛宴。

彼时，阿芙罗狄忒、赫拉和雅典娜三位最尊贵的女神，为了一个写着“献给最美女神”的金苹果，不顾优雅形象争执不休。负责裁决的是美男子帕里斯，面对三位女神开出的价码，他将金苹果给了阿芙罗狄忒，来交换人间最美的女人；而这个决定最终引发了特洛伊之战。换句话说，希腊与特洛伊的勇士们在战场上厮杀数十年，起因只是女神们在比美游戏中产生的嫉妒心。这个故事加深了我写一本关于“最美的人”（the fairest[1]）的书的打算，我希望以此来近距离地观察母女的代际冲突，在那些故事中，母女冲突总是由男性评判的选美比赛所引发。

非英语语言中少有“fair”这样的词，这个词可以演变出太多含义，可以是美貌、肤白，也可以是公平、公正。在其他文化体系中，同样存在因“最美的人”而引发的漂亮女孩和母亲冲突的故事，在当代，美丽与“皮肤白得像雪”的文化联系，也许会使我们面临错过一些叙事的风险。不过也不都是这样。白雪公主这个人物类型，几乎在世界上每一个故事角落里都能找到，但不一定是白色的皮肤。她不变的特点是美丽，迪士尼“皮肤白得像雪”的设定是一种童话世界里的特例，而不是此类故事的模板。

“欧洲审美标准正在向全球蔓延，深色皮肤不好看，皮肤

〔1〕“the fairest”为英文版用词，对理解本书主旨有帮助，故标注。——译者注

白皙才是通往成功和真爱的关键。”露皮塔・尼永奥（Lupita Nyong’o）在一次采访中这样说道。在当代，我们有机会以其他方式考虑“最美的人”这个话题，当我们提到“美”，究竟什么是最要紧的呢？当美貌、种族和社会批判交织，我们将面临怎样的困局和挑战？更多、更深入地思考这两个问题，让关于女孩的故事焕发新生。我们应当思考，该如何接受来自过去时代的、具有象征意义的童话故事，并像我们的祖先曾做过的那样：利用童话故事赋予世界意义，解决文化冲突和社会困境；或是创造一种场景，讨论作为人类的我们所面临的弱点和挑战。

这本书是在关于一个故事的对话和辩论中产生的，有人对这个故事弃若敝屣，而另一些人则对其津津乐道。在一起读书的过程中，我在哈佛大学的学生们经常让我注意到故事中一些错乱的情节，并借此展开联想，这些故事中错乱的语句怎样能够变成一些新的、适宜的剧情。哈佛大学研究员协会、日耳曼语言与文学系以及民俗与神话项目组的同事们提供了无数的建议、全新的角度以及老故事的新表现形式，这使我不只立足于本土文化，而是站在全球视角下思考。

感谢哈佛大学出版社的莎米拉・森（Sharmila Sen），她有着对故事世界及其文化价值的广阔视野，这让我感到宾至如归。从故事讲述者的创作天赋到本书的出版过程，她的热忱助益良多。同样，我也非常感谢哈佛大学出版社的凯瑟琳·德拉米（Kathleen Drummy）、希瑟·休斯（Heather Hughes）和斯蒂芬妮·维斯（Stephanie Vyce）在项目收尾阶段提供的宝贵帮助。还有多丽丝·斯珀伯（Doris Sperber），她个性欢快，常常以闪电般的速度从哈佛大学员工图书馆取书，查询资料来源，并与偶尔潜入草稿和手写稿中的小精灵做斗争。

如今，在商业用途中，"朋友和家人"这个词被非常随意地使用，以至于如果不是因为真正的朋友和体贴的家人给予了我无限的爱、支持、陪伴、鼓励以及滋养，我都会尽量回避这样的说法。我想感谢所有人，但因为每个人都应该有一段专属的感谢语，所以我在此向他们一并致谢，并把这本书献给下一代中最美的孩子们。

导 读

斯诺……而不是白雪公主……字节和段落因由时间的推移和卷入故事的其他人发生着变化。当阅读足够多的民间传说和童话故事后，你会发现，类似的变化在这些故事里同样发生着——部分原因是：随着时间流逝，在不断的讲述中，事件的原始记录变得含混不清。特别是在口口相传的过程中，故事情节具有更大的不确定性；落于书面的版本则更加稳固，似乎如果一个版本是正确的，那么则意味着其他的版本是不准确的。

——伊丽莎白·安·斯卡伯勒（Elizabeth Ann Scarborough），

《教母》

谁不羡慕白雪公主，这个世界上最美的人呢？作为主角，她的传奇已经成为我们的文化故事，这个故事由无辜的女孩、邪恶的继母、继母与女孩关系的破裂以及一场将女孩从无尽的家务和母亲的迫害中解脱出来的浪漫营救所共同构成。“白雪公主”是“灰姑娘”的近亲，一个靠装扮变化而出类拔萃的童话，故事以其叙事轨迹将女主人公从众所周知的贫穷少女转变成了钓得金龟婿的人生赢家。除去白雪公主所经历的恐慌、无助和几次与死神擦肩而过的经历，像灰姑娘一样，她也从此过上了幸福的生活。她的故事是一种极端情绪的体验，在反复地讲述中，她被描述为最美的人，但白雪公主的故事情节却充斥着与美好格格不入的创伤性事件。[1]

在分娩时死亡，母亲的厌恶和被遗弃的小孩，这都是童话体系中日常旋律的组成部分。再加上死亡和复活（就好像只是平平无奇的日常工作），就成为了我们所熟知的“白雪公主”的故事。就像早期的同类典型故事一样，例如希腊的喀俄涅（Chione），北欧的斯纳尼弗里（Snæfriðr），亚美尼亚的诺莉·哈迪格（Nourie Hadig），或者是印度的莎蒂瓦·白（Sodewa Bai），白雪公主一直保持迷人的魅力，并充满着青春活力。几乎每一种文化都拥有相同的故事，无辜的少女被她残忍的继母迫害，这些故事就像故事中的女主人公一样，永远不会消亡。“白雪公主”之所以能够持久地焕发光芒，很大程度上是因为虽然这些童话故事最初只是在家庭内部流传的粗糙版本，却有着可以与任何古老神话相媲美的能量。

---

〔1〕 当然，“Fairness”可以被视为白雪公主追求正义的本能的一种标志，而正如伊莱恩·斯卡里（Elaine Scarry）所指出的那样，这一属性表明了一种可能性，即美丽和正义的联系要比我们意识到的更加紧密，“在人类社会太稚嫩，还没有时间创造正义的时期，以及在正义被剥夺的时期，美的事物……坚挺着，使得公平和平衡显而易见的好处可以被看见”。Scarry, *On Beauty and Being Just* (Princeton, NJ: Princeton University Press, 2001), 97.

像神话一样，童话故事的恐怖元素通常来源于家庭。我们重复讲述这些故事，并将它们搬上更大的舞台，很大程度上是因为它们挑战了我们对家庭的认识，这迫使我们不得不保持警醒，认真倾听并持续关注。在现实生活中，每个不幸的家庭都各有各的不幸，但在童话故事里，不幸的家庭却都非常相似。几乎每个兄弟姐妹都是竞争者，至少父母中的一位是自私的怪物，而在更糟糕的情况中，是嗜血的食人魔。家中年幼的一代，确实也会与喷火龙、巨人和其他食人生物战斗，然而更普遍的情况是，他们受到家庭成员中施虐狂的迫害。灰姑娘在残忍的继母和虚荣的继姐妹手中遭罪；贝儿被她的姐妹们折磨和欺骗；大拇指汤姆的父母合谋将他们的七个孩子全部遗弃在了森林里；由于父母不加节制的食欲和鲁莽的行为，长发公主被迫和女巫共同生活在高塔中；猫皮不得不逃离家庭，以躲避要娶自己为妻的亲生父亲。一次又一次的，母亲在分娩中死亡，或者因生育导致的变故成为童话中的重大事件。母亲死去，将襁褓中的婴儿置于脆弱的危险境地；父母是如此渴望子嗣，以至于他们宣称自己可以接受野猪、刺猬或任何生物作为儿子；被怠慢的守护灵在洗礼时做出邪恶的预言。有时候，诅咒中不可宽恕的黑魔法和又蠢又坏的厄运一起，共同导致年幼的孩子饱受折磨，但在大多数情况下，导致这种困境的正是他们的父母或者行使父母权力的人。

为什么白雪公主的故事会在世界范围内被充满仪式感地讲述呢？是什么促使我们一而再，再而三地去讲述，反复地循环、修改、混编、改写，与其他故事杂糅在一起新编这个故事呢？这是那种似乎世界上所有人都没法真正理解的叙事吗？为什么充满怨恨的女人和被吓坏的孩子会成为故事的固定模式？在一遍一遍的讲述中，一代向下一代的流动中，故事会有怎样的变化，它们粗糙的细节会被打磨平整而主题依旧吗？最重要的是，在如此之多的同类故事中，是什么让这个关于一个叫作白雪公主女孩的故事成为此类叙事的主流？

一个天真美丽的女孩，和她同样美丽但是虚荣残忍的母亲之间恩恩怨怨的故事模板，在世界上几乎所有文化的叙事中，被不断地重复和塑造。去希腊，你会听到玛洛拉（Maroula）的故事，她被维纳斯厌恶，随后被她的兄弟们从神经紧张的昏迷状态中拯救出来。在美国南部，孔雀王（King Peacock）发现一个被装在金棺中的姑娘在水中漂流，国王将塞在女孩口中的种子移除并使她复活。如果到瑞士旅行，你可能会听到七个矮人庇护一个女孩，然后被强盗谋杀的故事，而这一切的起因只是这个女孩拒绝帮助一位老妇人。诺莉·哈迪格的亚美尼亚母亲，命令她的丈夫杀死他们的亲生女儿，只是因为月亮宣称这个孩子将会成为世界上“最美的”女子。很难不得出这样的结论，这些由嫉妒心所驱动的不祥恩怨，反映了母女之间重复发生的心理困境，细节上因文化差异而不同，却具有普适性的精神内核。正如前文指出的那样，童话故事是关于家庭的叙事——它们的情节在家中展开——尽管处于各样丰富多彩的不同文化中，它们也显而易见地表现出家庭结构的相似性。“白雪公主”“孔雀王”和“诺莉·哈迪格”：这些不同的名字同属于一个可以容纳各种不同文化要素的宏大叙事。

在很多方面，同样的旧故事被一遍又一遍地讲述着，但它们仍然鲜活且具有时代性。因为每一代的讲述者都增加了新的内容，造成意想不到的转折，旨在让受众感到惊喜。不同于神圣叙事，童话故事中充满了市井智慧，这些故事是可塑造的、灵活的，并且重塑的过程充满了趣味。这个关于母女恩怨的故事模型通常被称为“美丽女孩的故事”，这类故事就像托尔金曾描述的故事炖锅，不断加入“精致或低俗的新原料”在锅中熬煮。[1] 如同汤和炖菜，童话故事在用新鲜食材煨煮的过程中增添风味，呈现最佳状态。每种文化都试图在触达很久很久以前的远古智慧的同时，满足充满想象力的、在故事中寻求共鸣的当代听众，并以此炮制专属的“美丽女孩”。

神话和童话比日常生活广阔很多，并且往往涉及成倍的非

〔1〕 J. R. R. Tolkien, “On Fairy-Stories,” in *The Tolkien Reader* (New York: Ballantine, 1966), 26–27.

自然事件；它们是因顽皮导致的麻烦和因怨恨而起的密谋，混杂着无私奉献和美妙魔法的强力结合。它们因精致的美女而闻名，却也因为极其违背常理地展示残暴行径而受到谴责。是崇高壮阔与怪诞丑陋的混合创造了魔法吗？童话故事将反常的事件放大、夸张来吸引我们的注意力。父亲的诅咒将他所有的七个儿子都变成了乌鸦。一个女人打开一扇门，意外地发现一个房间，地板上满是血迹，墙上挂着很多尸体。一个渔夫捕获了一条闪闪发光的比目鱼，并将它放回大海，因此得到了比目鱼许诺的愿望。为何童话故事中充满了怪诞的场景呢？童话故事促使我们去破解其中的奥秘。时不时的，童话故事迷惑和误导我们，尽管这通常是因为它们婉拒给我们开通一条纠正文化价值偏差的热线，而宁愿通过让我们不安来产生效果，并以此促使我们与之开展对话，而不是把它们合上不再理睬。

温斯顿·丘吉尔曾这样形容俄罗斯，“谜隐秘玄”，我们同样可以这样形容童话故事。它们向我们提出挑战，促使我们去理解它们，也正因为如此，许多童话集的编纂者感到有义务将道德箴言附在童话故事书的书页中，以此来帮助他们的读者理解童话的奥义。“不要偏离大路！”是附在“小红帽”故事里的一课，好像照做就可以帮助女孩避开饿狼的利爪。“如果你做出承诺，你就必须遵守！”当一只图谋不轨的青蛙坚持要与公主同床时，国王这样告诉他的女儿。“好奇心害死猫！”这是我们从一个谋杀了数位妻子的连环杀手的故事中汲取到的教训。也许这是因为在这些故事诞生之初，它们本来是由成年人讲给几代人听的；而当今社会，故事的受众被重新定位，并且局限在儿童之中，这使得我们觉得必须添加一些忠告和指导，即使这些内容与故事本身并无关系，且与故事的假设完全不一致。

童话故事不只为复杂问题提供简单的解决方案。在满足读者好奇心的同时，它们同样引发我们思考那些对于人类现状至关重要的、宏大的基础性命题。例如，白雪公主的故事让我们心跳加速，同时也促使我们提出关于母亲与女儿、信任与欺骗、同情与厌恶、天性与教养、美女与怪物等相关的问题。每一次与故事新的互动，都揭示了其叙事矩阵中的不同元素，并展开关于故事中社会、文化和情感风险等不同维度的对话。

是否真的像一些批评家所说的那样，神话和童话故事“陈述并强制执行文化审判”？[1]那么，是否讲述关于美丽女孩的故事，比如希腊神话中，女神们为了谁可以获得刻有“献给最美女神”字样的金苹果而争吵不休，就会使得“女人们不停地为赢得选美比赛的胜利而互相攀比”这个观念变成永恒的真理

〔1〕 Sandra M. Gilbert and Susan Gubar, *The Madwoman in the Attic: The Woman Writer and the Nineteenth-Century Literary Imagination* (New Haven, CT: Yale University Press, 1979), 36.

呢？相信许多读者、听众以及观众都会坚定地给出“当然不是”这个回答。因为，即使很多童话故事都会被符合社会规范的文化价值编码，我们也总是带着适度的好奇心和怀疑精神去阅读这些故事。每一个童话故事都在提醒我们，就像我们在现实生活中永远无法完全正确地彻底理解一件事，对于故事亦是如此，因此，当面对一个像“白雪公主”这样的故事时，我们的文化有着不断讲述它的强烈冲动。

童话故事之所以有吸引力且令人着迷，很大程度上是因为故事情节不断地向错误的方向发展。“我可不是这么听说的！”或者“究竟为什么要这样做？”是典型的反应。一些童话故事乍一看似乎很容易理解，但是当我们试图理解每个角色所处的世界时，就会发现这需要我们更多、更努力地思考。当爱因斯坦被问及该给孩子们读什么故事书的时候，据说他回答说：“如果你想要聪明的孩子，就给他们读童话故事。如果你想要更聪明的孩子，就给他们读更多的童话故事。”[1]尽管童话故事似乎都会给我们提供一个“从此幸福快乐地生活着”的完美结局，但故事结束后，我们总会忍不住立即去回忆、剖析，仔细研究故事里的谁做了什么以及为什么要这么做。童话故事在许

〔1〕The full history of the story and the Einsteinquotation that grew out of it can be found at http://en.wikiquote.org/wiki/Albert_Einstein#Disputed (accessed October 6, 2019).

愿模式中展开，将我们与希望、愿望和无数“如果这样会怎样呢？”的想象联系起来。正是出于这个原因，它们也是挑衅，从而引发我们对抗、挑战和抵制它们所倡导的价值观。童话故事要求读者去质疑。这就是我们不断倾听童话故事过分夸张的情节，同时又努力试图理解它们的部分原因。

迪士尼的魅力王后

提到白雪公主这个名字，很多人首先联想到的就是华特·迪士尼的《白雪公主和七个小矮人》。这是一部 1937 年上映的美国电影，其创作灵感来自于 1812 年格林兄弟出版的一个德国童话故事。没有多少好莱坞电影在首映的数十年后还被频繁地提及，并且远在社交媒体兴起之前，这部动画片就开创了一个故事在全球范围内病毒式传播的主导形式。世界各地都在讲述着类似的故事，而地方版本故事中的女主角则往往是一个名字都没有被提及、美丽是其唯一特征的女孩。是迪士尼将最美的女孩变成了白雪公主。

迪士尼的电影在童话世界中占据了相当的主导地位，以至于无论是过去制作的，抑或是当前仍然在流通的其他版本的童话故事都很容易被忽略。母女冲突和风度翩翩的拯救者，这样的故事没有时间和空间的界限，当我们跨越国界进入新的时区，无论是它的深层结构还是它的标志性比喻，这个故事类型都以一种既可预测又意想不到的方式闪现在我们眼前。毕竟，它为我们提供了安东尼娅·苏珊·拜厄特（A. S. Byatt）所说的“我们头脑中的叙事语法”，一个用来探索现实的、象征意义上的路线图，无论是在世界上哪个角落的现实都是如此。[1]

值得思考的是，迪士尼凭借其商业版图，将触角伸向主题乐园、儿童玩具、装扮服装等领域，这是否使得电影《白雪公主和七个小矮人》成为了唯一版本的白雪公主故事？甚至，其是否凭借电影的魅力和迷人的人物形象成为了竞争的终结者？早在1937年，当这部电影作为第一部长篇动画电影上映时，它就被指拥有“电影史上最具规模的营销宣传”。在电影上映五十周年之际，迪士尼的首席档案管理员大卫·史密斯展示了一整套的周边，其中包括“茶具、纸娃娃、发条玩具、拿着鸡蛋计时器的瞌睡虫、棋盘游戏、泡泡管、沙桶”。一位《纽约时报》的记者不无担忧地提出疑问：“会不会有太多的地垫、蜡笔、冰上表演和纪念眼镜了？”显然，这并不多。在1987年纪念《白雪公主》电影重新上映的促销活动上，充斥着更多类型的周边产品，填色书、皮革装订的收藏版故事书、银烛

〔1〕 A. S. Byatt, “Happily Ever After,” *Guardian*, January 3, 2004, https://www.theguardian.com/books/2004/jan/03/sciencefictionfantasyandhorror.fiction.

台、汽车遮阳板等等。[1] 很明显，这场盛会的营销对象不仅是小女孩，还有成年女性。突然之间，这个由成人口头讲述的传统故事，在进军并成为童年文化的一部分后，又被开发成针对更广泛受众的娱乐活动。更重要的是，这个故事走向了全球，抹去了许多与之相似的童话故事的痕迹。

迪士尼的白雪公主电影诞生及发展的故事，是一个极具影响力的成功典范。这个曾在炉边、厂房、小酒馆和所有其他可以聊闲天的地方讲述的故事，先是进入到受众为儿童的印刷文化中，此后又通过荧屏成为了老少咸宜的大众娱乐。正因如此，这部电影难以避免地带有之前版本的影子。同样，它也不可避免地继承了故事的主线：一个无辜受害的孩子和她残忍的继母之间奇诡的遭遇。与德国原版故事相同，甜美天真的女主角与她阴暗、狡猾但又同样美丽的、一心想要摧毁她的施暴者形成鲜明对比。事实上，恶毒王后使用的手段非常过分——这部电影从未被禁止向儿童放映简直是一个奇迹；只有在少数被广泛宣传的时刻，一些魅力四射的电影女星宣称不愿让自己的女儿观看迪士尼公主的相关影片。而具有讽刺意味的是，她们的担忧，并没有在阴暗的故事情节是否适合儿童观看这一点上

〔1〕 Aljean Harmetz, "A Promotional Blitz for Snow White," *New York Times*, April 29, 1987, https://www.nytimes.com/1987/04/29/movies/a-promotional-blitz-for-snow-white.html.

停留，反而转向了公主角色的肤浅，以及她们如何向女孩们传达了错误的信息：闪亮的秀发、白嫩的皮肤、衣橱和其他外在美的重要性。[1]

相信许多观众会认同，电影开场，当充满魅力的王后站在镜子前对它说“魔镜魔镜告诉我”（而不是“镜子镜子挂墙上”），她要求知道“谁是世界上最美的女人”。在那一刻，她已经抢尽了这部迪士尼电影的风头。格林兄弟的版本讲述的是女儿的故事，从白雪公主的视角为故事打上标记；与之不同的是，电影《白雪公主和七个小矮人》则是从母亲的情感世界出发展开叙述的。[2]谁能忘记开场极具戏剧性的第一幕呢？王后压抑着愤怒，用心思考着她的美貌排行是否有下降的可能，然后召唤她“镜子中的奴仆”，要求知道她是否有竞争对手。

“陛下，您的美貌闻名遐迩，”镜子回答道，“不过稍等，我看到了一位可爱的少女。破衣烂衫，也遮不住她出众的仪表。唉，她比你更漂亮。”可怜的女孩，冷血的王后要求知道她的名字，并且很快从镜子的描述中猜出了谁是她的竞争者：“嘴唇红得像玫瑰，头发黑得像乌木，皮肤白得像雪。”（需要

〔1〕 Helen Holmes, “Keira Knightley and Kristen Bell Are Not Down with Disney Princesses,” *Observer*, October 18, 2018, https://observer.com/2018/10/no-disney-princesses-keira-knightley-and-kristen-bell/.

〔2〕 Shuli Barzilai, “Reading ‘Snow White’: The Mother’s Story,” *Signs* 15 (1990): 523.

在此处指出的是，迪士尼通过在“白得像雪”之前增加“皮肤”一词，表明了雪的颜色和肤色之间的联系；同时，电影台词也将“红得像血”的原文更改为“嘴唇红得像玫瑰”。）王后震颤的声音充满魅力，而她说出“白雪公主”名字的时候，冷血的恶意又拒人千里之外。对于“世界上最美的”女孩，那样的口气绝不是一个好兆头；与坐在孔雀王座上，打扮富丽堂皇的尊贵王后相比，这个女孩无疑处于弱势。

“我们只是想做好一部影片，”华特·迪士尼曾经对《白雪公主和七个小矮人》发表评论，“结果各种教授都过来告诉我们该怎么做。”[1]迪士尼所强调的重点在于娱乐，在于动画片是一种通过校准，可以完美地唤醒奇迹、传递魔法的艺术形式。也正因为如此，教授学者们和许多成群结队观看此片的观众一起，被深深地吸引着。迪士尼小时候就听说过邪恶的王后和她美丽女儿的故事，1917年，《白雪公主》的电影版被搬到堪萨斯城市会议厅，在那之后，他就非常急切地想要将这个故事搬上大银幕。在最初的构想中，故事是充满笑料和疯癫古怪的风格，剧中的王后会是个又“胖”又“疯”的角色，或者是个“胖且卡通”的类型。[2]然而在策划阶段，迪士尼改变了主

---

〔1〕 “Mouse & Man,” *Time*, December 27, 1937, 21.

〔2〕 Neil Gabler, *Walt Disney: The Triumph of the American Imagination* (New York: Vintage Books, 2007), 216.

意，觉得他需要一个“穿着高领的端庄漂亮的王后”。一位动画片绘制者回忆道，最开始，《白雪公主》充满了插科打诨和抖包袱的设计。[1]不久，小矮人们，尽管他们的古怪行为仍然引人注目，但在这场白雪公主和王后之间的戏剧中退居次要位置。迪士尼需要幽默元素，但他也渴望能够冲击观众们的感官，让他们在紧盯银幕时心跳加速。

《白雪公主和七个小矮人》的广告宣传或许是围绕着公主和王子展开的，但是七个小矮人和恶毒的王后，在视觉冲击和语言艺术上主导了整部电影。尽管电影使用了红黄蓝三原色的配色去表现白雪公主和王子，但这两个人物形象却如同他们的名字，像是被漂白过，平淡无趣且缺乏色彩。与之形成鲜明对比的是七个小矮人，他们滑稽的行为和歌声使得电影生动起来；同样，邪恶的王后，以她冷峻的美感和引人注目的精巧陷阱，为剧情提供了奔涌的情绪能量。在王后的地下巢穴中，在骷髅骨架和乌鸦的包围中，她查阅布满尘埃的大部头魔法书，使用成套的化学器械施展她的魔法，以调制致命的配方。

当华特·迪士尼被问及电影制作为何不更贴近格林兄弟的剧本时，他回答道：“这很简单，因为现在的人们不想要以

[1] Neil Gabler, *Walt Disney: The Triumph of the American Imagination* (New York: Vintage Books, 2007), 221.

前那种叙述方式的童话故事了，那些故事过于野蛮。无论如何，观众最终记住的，很可能是我们在电影中呈现这个故事的方式。”[1] 毋庸置疑，在这个故事的早期的版本中确实存在大量“野蛮的内容”，但是人们想要反驳迪士尼先生的观点也很容易，与让故事更加阳光相反，恶毒的王后拥有比之前所有版本更多的戏份，这使得电影不仅保留了大量血腥的场面，而且强化了故事的黑暗面。同样需要注意的是，迪士尼完全没有弱化故事的恐怖结局。邪恶的女巫在雷雨中，从悬崖上坠落，这几乎与格林兄弟版本的故事结局的戏剧性场面一样令人心惊。书中只是用一句简单的话描述了令人震惊的折磨方式：一个女人穿着烧红的铁鞋舞蹈至死。但是电影的结局，跟随动画的节奏，小矮人们穷追不舍、疯狂爬上悬崖的场景，则营造出一种更加恐怖的氛围。

迪士尼抹去了格林兄弟版本开篇关于白雪公主生母在分娩中死亡的段落。唯一作为母亲存在的角色是她拥有两副面孔的继母，她是美丽、虚荣且恶毒的王后，同样她也是一个丑陋、阴险且邪恶的女巫。故事创作的会议记录表明，王后一角被设定为“麦克白夫人和大坏狼的结合体”，极其奸诈狡猾且毫

[1] Maria Tatar, “Introduction: Snow White,” in *Classic Fairy Tales*, ed. Maria Tatar, 2nd ed. (New York: Norton, 2017), 84.

无怜悯之心。[1]迪士尼本人把王后变成一个老妖婆的过程称为“杰基尔和海德”[2]，然而他似乎并没有意识到，就个性特点而言，电影中的这个人物没有杰基尔理性、诚实的善良成分，只有两个恶人海德。[3]迪士尼没有把母亲的形象分割成一个死于分娩的、善良的母亲和一个迫害继女的邪恶王后；而是塑造了一个尊贵的人物形象，她穿着端庄的紫黑色相间的长袍，高高在上地坐在用孔雀羽毛装饰的宝座上。从各个方面来看，她都是一个醉心于毁灭的女人。

迪士尼的电影，继承了这个来自德国的传说原本的价值观，故事中毫无感情地将女性这个概念设定在两个极端。一面塑造一个擅长做家务且天真无邪的女人，另一面创造一个拥有致命的嫉妒心和令人生畏的冷酷无情的女人。事实上，女人之中并没有那许多的圣母 - 妓女或天使 - 怪物的二元对立，只是在不同的维度被划分到不同的类别中：年轻的 / 年老的、纯真

[1] Richard Holliss and Brian Sibley, *Walt Disney's "Snow White and the Seven Dwarfs" and the Making of the Classic Film* (New York: Simon and Schuster, 1987), 14.

[2] 杰基尔和海德是电影《化身博士》中的角色，电影中杰基尔利用一种秘药，将自己人性的“恶”分离出去，没想到分离出去的“恶”变成了一个独立的人格——海德，并本能地想要毁灭一切。——译者注

[3] Richard Holliss and Brian Sibley, *Walt Disney's "Snow White and the Seven Dwarfs" and the Making of the Classic Film* (New York: Simon and Schuster, 1987), 14.

的/性感的、幼稚的/精明的、善良的/残忍的、顺从的/反叛的、真诚的/虚伪的、埋头苦干的/偷懒耍滑的。从格林兄弟的版本开始，白雪公主就依仗勤劳与美貌的结合，赢得了“从此永远幸福地生活着”的结局。格林兄弟这样描述小矮人与白雪公主签订的家政合同：“如果你为我们打理房子、做饭、铺床、洗衣服、缝衣服、织衣服，并保持一切整洁干净，那么你就可以留下来，并且我们会给你提供你需要的一切。”[1]但是格林兄弟故事中的小矮人几乎不需要管家，因为他们仿佛是干净整洁的典型范例。当白雪公主第一次走进他们的小屋，她发现里面的一切都“难以形容地考究，并且毫无瑕疵”。桌子上有一块洁白的餐桌布，上面摆放着小号的盘子、杯子、刀叉和勺子，床上铺着“像雪一样白”的床单。将书中对小矮人小屋的描述与以下根据迪士尼《白雪公主》电影改编的书中的描述进行比较：

> 穿过一座通向房子的小桥后，白雪公主透过一面玻璃窗向屋里看去。家里似乎没有任何人，但水槽里堆满了看起来好像从没有洗过的茶杯、茶碟和盘子。肮脏的小衬

[1] All quotations are taken from Jacob Grimm and Wilhelm Grimm, *The Annotated Brothers Grimm: The Bicentennial Edition*, ed. Maria Tatar (New York: Norton, 2012), 246–61.

衫和皱巴巴的小裤子随意地挂在椅子上，所有东西都覆盖着一层灰尘。

“也许住在这里的孩子没有妈妈，”白雪公主说，“需要一个人来照顾他们。让我们把屋子打扫干净，给他们一个惊喜吧。”

于是她走了进去，后面跟着她在森林中认识的朋友。白雪公主在角落里找到了一把旧扫帚，扫地的时候，小动物们都尽全力帮助她。

然后白雪公主把所有皱巴巴的小衣服都洗干净了，并在炉火上煮了一壶美味的、咕嘟咕嘟冒着泡的热汤。[1]

在一个又一个后迪士尼时代的美国版本中，白雪公主将使小矮人（“七个小男孩”）干净整洁作为她的使命，并被描绘成家政学徒（“对白雪公主而言，是成为一名出色的管家和厨师”）[2]。迪士尼版本是在大萧条的极端时期制作的，每个人都在工作时欢欣鼓舞地吹着口哨唱着歌，并且完全秉持职业操守，没有任何怨言。动画片中的苦差事家务活都变成了充满乐

〔1〕 *55 Favorite Stories Adapted from Disney Films* (n.p.: Western, 1960).

〔2〕 关于小矮人的描述来自 *Snow White*, illus. Rex Irvine and Judie Clarke (n.p.: Superscope, 1973)。对白雪公主的描述来自 *Storytime Treasury* (New York: McCall, 1969)。

趣的嬉戏。与其说是工作不如说是玩耍，因为那不需要真正的劳作，在神奇而又灵巧可爱的森林动物们的帮助下一切都完成了，小屋里闪耀着焕然一新的光芒。与此同时，小矮人们兴高采烈地赞颂他们在钻石矿深处度过的快乐时光：“挖吧挖吧挖吧，那就是我们爱做的事！”但他们的劳动至少是富有成效的，收获了一袋袋宝石，与此同时，白雪公主不得不受制于做好家政服务，陷入在照顾小矮人的同时与他们打情骂俏的无休止的循环中。

迪士尼的邪恶王后，扮演着一个居高临下的角色，成为影片魅力的源泉。这与沉闷呆板的白雪公主的人物形象形成了鲜明的对比，她甚至需要七个配角来活跃她出现的场景。白雪公主的声音中“贝蒂娃娃的口音太突出了”，就像花栗鼠一样，而且她的人物形象被描述为“面目模糊的、沉闷的、像是被剪下的缝纫设计图样”。白雪公主的性格特点缺乏叙事热情和活力，与之形成鲜明对比的是对继母形象的刻画，她的眉毛借鉴了琼·克劳馥（Joan Crawford），就像一只愤怒的猫拱起的脊背。[1]最终，是继母极具破坏性的、令人不安的、颇具争议的存在使我们着迷，赋予《白雪公主和七个小矮人》显著的银幕

〔1〕“贝蒂娃娃的口音”引自 Holliss and Sibley, *Disney*, 65；“面目模糊的、沉闷的”引自“The Snow White Fiasco,” *Current History*, June 1938, 46。

魅力，以促进影片在大范围内发行量的增长，并使它在我们的想象中占有一席之地。比起与故事同名的“白雪公主”，也许是王后蒙蔽了我们的双眼，她把一个在世界许多地方流传的、多民族共有的、关于无辜女主角被迫害的民间故事，变成了好莱坞梦工厂独有的故事，并且将最重要的演员变成了她自己。

性别问题？具有煽动性的愤怒？家庭暴力？当影片在美国上映或出口到其他国家的时候，没有人担心其中的这些元素。大多数观众和影评人，都认为这部电影的技术成就和娱乐价值是艺术上的胜利。这是动画片作为一种高雅艺术的表现，是一种可以吸引全家人的电影体验。

“白雪公主”及童话的原版

在研究使得“白雪公主”如此扣人心弦的家庭内部冲突的剧情之前，有必要探究的是，这个故事是如何被格林兄弟搜集整理，又如何在20世纪早期从德国漂洋过海到达了加利福尼亚的伯班克（并且，其实有一点隐藏很深的讽刺意味，这个故事最后又通过迪士尼回到了德国本土）。正如我们所知道的，激发迪士尼创作灵感的“白雪公主”童话故事，是由格林兄弟整理了多种来源的故事版本后成形的。

当谈起童话传说的时候，没有原版的概念，只有针对同一主题无尽的形态或变体。童话传说可以回溯到几个世纪之前。其中最早的一些有：记录于公元前1200年左右，关于两兄弟的埃及童话故事；在公元1世纪初被写下的希腊版“白雪公主”的故事；可以追溯到公元2世纪的罗马版“美女与野兽”的故事。海量的故事作为传递经验和建立共同价值观的手段，在亲属和志趣相投的人之间被反复讲述和流传，而我们现在所能接触到的，只是其中极少的一小部分。这些故事最初被记录在石头、羊皮纸和莎草纸上；在印刷术发明后，开始以书本的形式蓬勃发展。这与故事搜集者们的努力息息相关，他们急切地记录着本土的口述故事的传统（如他们所说，那些是纯净且未被污染的），而这些传统在城市化和工业化兴起的年代很快就会被淡忘了。我们现在所熟知的印刷版本的童话故事（例如《灰姑娘》《杰克与魔豆》和《睡美人》）都可以追溯到口头故事讲述的传统，那时人们需要耸人听闻的事件和神秘莫测的秘闻来度过充满重复而繁重家务的时光。正如约翰·厄普代克（John Updike）告诉我们的那样，这些故事是“更早时代的电视剧和色情文学”，以及“照亮没有文字时代的人们生活的精神垃圾”[1]。最重要的是，这些故事的叙事能量和语言魔法，为

〔1〕 John Updike, “Fiabe Italiane,” in *Hugging the Shore: Essays and Criticism* (New York: Knopf, 1983), 662.

当时的讲述者和听众都带来了许多急需的欢乐，特别是那时的生活，很可能是艰辛野蛮且短命的，同时又是乏味单调而漫长的。

在乔叟、莎士比亚（他的剧作《辛白林》与《白雪公主》遥相呼应）和薄伽丘的作品中，都闪现出童话故事的身影，但是直到在威尼斯人乔万尼·弗朗切斯科·斯特拉帕罗拉（Giovanni Francesco Straparola）和那不勒斯人贾安巴蒂斯塔·巴西莱（Giambattista Basile）的努力下，我们才得以第一次看到西方世界血统纯粹的童话故事合集，其中斯特拉帕罗拉的《滑稽之夜》在1550年面世，巴西莱的《五日谈》在17世纪30年代完成。不久之后，夏尔·佩罗（Charles Perrault）汇编了从《小红帽》到《睡美人》的一系列故事，并激发了雅各布·格林和威廉·格林搜集编纂传说故事的行动，这兄弟二人渴望为意大利人和法国人提供一个德国答案。正是格林兄弟版本的“白雪公主”，被奉为书面故事的标准版本，而且对于许多读者来说，这个故事已经成为我们现代和后现代衍生出许多变体的“原版”。

格林兄弟版本的“白雪公主”是许多作家创作灵感的源泉，比如唐纳德·巴塞尔姆（Donald Barthelme）的《巴塞尔姆的白雪公主》、尼尔·盖曼（Neil Gaiman）的《雪、玻璃、冰》和凯瑟琳·M. 瓦伦特（Catherynne M. Valente）的《带六把枪的白雪公主》以及海伦·奥耶耶美(Helen Oyeyemi)的《男孩,雪,鸟》等等,他们从故事中寻找线索,与德国的传说故事搜集者携手,尽管与此同时他们也挑战了这个古老传说的早期版本。与此对应的是,电影制作人从迪士尼电影丰富的影片形象中汲取灵感。迪士尼本人从未与这个德国童话的原始材料有过对抗的关系,相反,他对原版童话故事非常了解,并把研究它作为制作自己电影的一种热身锻炼。他在紧密遵循格林兄弟版本的基础上,时而压缩(邪恶的王后只拜访过白雪公主一次),时而扩展(每个小矮人都被赋予独特的个性)。但是,与格林兄弟在1812年出版的第一卷《格林童话》中的三千字故事相比,迪士尼是否着眼于更加宏大的视野呢?

《格林童话》版本的故事梗概如下:

> 一位皇后坐在窗边,一边做针线活,一边梦想着拥有一个白如雪,红如血,黑如乌木的孩子。她的孩子出生后不久,皇后就去世了。国王再婚,他的妻子拥有一面魔镜,魔镜宣称白雪公主比她的继母更美丽。嫉妒的王后命令一个猎人把白雪公主带到树林里并杀了她,但是猎人同情这个小女孩,所以放了她,带着一头野猪的肺和肝回到城堡里交差,晚餐时,王后吃掉了猎人带回的肺和肝。白雪公主在树林里发现了一间小屋并走了进去。在屋里,她

找到了食物、饮料和可以睡觉的床。晚上，住在小屋里的七个小矮人回到了家，他们发现了白雪公主，并许诺如果白雪公主为他们打扫房间，她就可以留下来。小矮人们告诉白雪公主，不要让任何陌生人进入房子。魔镜告诉王后白雪公主还活着，之后，王后三度试图杀死她的继女。最开始，她给白雪公主紧紧地绑上胸带，让她无法呼吸；第二次，王后用一把有毒的梳子帮白雪公主梳理头发；最后一次，王后精心制作了一个一半有毒一半无毒的红苹果，并引诱白雪公主在有毒的一半上咬了一口。白雪公主死了，小矮人们将女孩放在山顶上的玻璃棺材中，为她哀悼。一位王子找到了棺材，并恳求小矮人让他把棺材带走。小矮人们最终妥协了，王子命令仆人们将棺材抬走。抬着棺材的仆人被一根树枝绊了一下，白雪公主喉咙里的苹果被颠了出来，她复活了。白雪公主嫁给了王子，在她的婚礼上，继母被迫穿着炽热的铁鞋跳舞，直到她倒下死去。

涉足一种新的媒介需要才华横溢、足智多谋的团队，迪士尼团队中有讲故事的人、动画制作者和作曲家，他们共同对故事进行了重新设计，使其对美国观众更具吸引力。但是，如同一些观众指出的那样，迪士尼团队并没有净化或者是削弱故事内容。影片中确实存在积极的元素，有在矿井中工作和在家中整理家务的积极乐观的歌曲，也有小矮人们滑稽好笑的人物性格特征，但迪士尼完好无损地保留了故事中存在于心理上的惊悚。这场冲突的展开，在小家庭被视为神圣不可侵犯的时代，无疑是一种禁忌，这使得这部电影大受欢迎，并获得了商业上的成功。早在《美国医学会杂志》将虐待儿童视为一种医学问题，并将其转变为一个不能再被忽视的社会问题之前，这个故事就已经很好地揭示了难以想象的、来自父母的虐待和影响深远的童年创伤。[1]

在 1976 年，儿童心理学家布鲁诺·贝特尔海姆（Bruno Bettelheim）在《魔法的用途》（*The Uses of Enchantment*）一书中主张，童话故事之所以能够恰好幸存下来，是因为随着具有象征意义的故事情节的推进，这些故事起到了疗愈的作用。他竭力主张，父母们接受这一种将孩子们置于颠簸旅途的叙事体，因为童话故事中残暴的情节，可以帮助孩子们适应并且学会应对生气、怨恨和妒忌等情绪。例如像《汉塞尔和格雷特》或者《白雪公主》这样的故事，儿童通过将自己折射到父母密谋丢掉孩子的情节中，从而摆脱想要离开父母的负罪感。贝特

〔1〕 C. Henry Kempe, Frederic N. Silverman、Brandt F. Steelet al., “The Battered Child Syndrome,” *JAMA* 181 (1962): 17–24.

尔海姆观察到这种投射过程随处可见，所以免除了对传说故事中残忍且邪恶的成年人的指责，因为他们除了满足一个儿童内心深处的秘密渴望以外，什么都没有做。对于他来说，童话故事既提供了禁忌欲望愿望的达成，也提供了有毒情绪疏导释放的通道。也许白雪公主根本就没有那么天真无辜？对格林兄弟是如何参与到这个故事中的，进行更仔细地研究，可以告诉我们更多关于这出家庭戏剧中展现的本质，同时也向我们展示了构成和启发 1812 年出现在第一卷《格林童话》中的《小小白雪公主》的故事原材料。[1]

格林兄弟受迫害的女主角

雅各布·格林和威廉·格林都拥有法学学位，不过从很多方面来看，他们真正的热情是在语言、文化和民间传说等领域。格林兄弟二人来自德语区的黑森州，他们成年后的大部分时间都在一起度过，两人一起默默地出版了大量著作，其中包括多卷神话、民间故事、诗歌、传说以及与语言学相关的研究成果。不太可能是政治激进分子的他们，却在 1837 年因抗议

〔1〕 Jacob Grimm and Wilhelm Grimm, “Schneewittchen (Schneeweißchen),” in *Kinder-und Haus-Märchen, gesammelt durch die Brüder Grimm* (Berlin: Realschulbuchhandlung, 1812), 238–50.

国王废除宪法而被驱逐出汉诺威王国。之后，他们一起返回家乡卡塞尔，然后前往柏林。在那里他们被任命为教授，从那之后，他们以无与伦比的耐心、勤奋和毅力，愉快地投入到了长达一生的合作研究中。他们有德国人所说的Sitzfleisch〔1〕，意思是说他们在之后的时光，愿意一起在宽敞的书房里连续几个小时默默地进行辛苦的工作。他们编纂了第一部综合德语词典，尽管付出了巨大的努力，但始终没有越过字母“F”。威廉在1859年去世，几年之后，雅各布于1863年离开了人世，那期间他正在研究“Frucht”（水果）这个单词。

《格林童话》是作为一个学术项目推出的，分别于1812年和1815年分两卷出版。兄弟二人想要保护正在迅速消失的文化传统，他们提醒朋友、家人和同事们注意他们搜集民间故事和童话故事的计划，希望能够得到捐助或是合作。像《白雪公主》，格林兄弟借助他们自己的社会背景集合了多种不同版本的情节，然后施展他们的语言魔法，使故事拥有了内在的逻辑关系，使情节沿着一条主线发展，且情节之间的联系也更加紧密。他们以轻松的口语叙事为出发点，化解矛盾，填补空白，剔除冗余，整理随机的细节，从整体布局着手，将故事塑造成极具感染力和可读性的童话风格。就像《格林童话》中的

〔1〕 德语，意为臀部；忍耐力。——译者注

许多条目一样，格林兄弟版本的《白雪公主》以轻快而令人振奋的节奏写成，这些故事之所以能够成为经典，很大程度上是因为格林兄弟掌握了童话故事的叙事风格，并精心创造了一种紧凑简练的、对多代读者均具有吸引力的印刷出来的童话类型。他们在童话缩影中看似简单的工作，抓住了童话故事的本质，将广泛的神话主题和丰富多彩的当地文化细节的精髓融合在一起。

《小小白雪公主》（格林兄弟版本的故事名称，德语：*Schneewittchen*，在女孩的名字后面加上了一个表示“小”的词尾）给我们提供了一个被视为基础、权威和标准的故事，它甚至超越了德语国家的文化边界。在对该故事的评论中，格林兄弟暗示他们确实在尝试创建一个“标准的”版本。但是，雅各布·格林和威廉·格林并没有试图挖掘“真实”版本的《白雪公主》（the *Urmärchen*），而是希望从多位线人提供的材料中雕琢出符合当时文化真实的“仿真”版本。面对过多的原始材料，即使在相对有限的黑森州地区（那里恰好拥有丰富的民俗资源），他们也发现了许多充满矛盾的叙述，他们最终决定去写属于他们自己的故事。

格林兄弟创造的是一个复合的叙事，一个在几十年的时光里被不断修订的故事。自相矛盾的是，无数精心的调整旨在使这个故事既是一个纯粹、纯正的民俗传统的记录，同时又要具有儿童友好的导向。格林兄弟在故事几次连续的改版中，做出的最具戏剧性的调整之一与反派角色相关。在故事集最初、最接近当地方言传统的版本中，反派是少女无法抑制杀戮冲动的亲生母亲。可以肯定的是，她许下愿望，希望自己有一个漂亮的孩子，一个“白如雪，红如血，黑如乌木窗框”的孩子。[1]但是在女孩长大之后，皇后沉浮在妒忌的折磨中，以至于她命令猎人杀死自己的女儿并取出内脏带给她（“把她的肺和肝带回来给我。”）。这些内脏不仅仅是女孩已经被杀死的证据：王后渴望通过吞食她的竞争者来增强自己的美貌，以一种令人毛骨悚然的方式，将她认为是女儿内脏的东西用盐腌制调味。

白雪公主父亲的角色也经历了重大转变。在1808年写下并由雅各布·格林寄给弗里德里希·卡尔·冯·萨维尼（Friedrich Carl von Savigny）——两兄弟在法律领域共同的杰出导师——的故事初稿中，是女孩的父亲由于某种原因碰巧进入了七个小矮人生活着的森林。他发现了棺材并阅读了上面的铭文，对他“心爱的女儿”的死感到“非常难过”。但是，与王

〔1〕对于雅各布·格林来说，红色、白色和黑色经常出现在民间故事中，因为“在它们的色彩以及互相混合的色彩中，人体的颜色显现出来：白色出现在皮肤、神经、肌腱和骨骼中；血液是红色的；而头发和眼睛都是黑色的；这三种颜色在乳糜以及红色和黑色的血液中表现得尤为明显”。Ann Schmiesing, “Blackness in the Grimms' Fairy Tales,” *Marvels & Tales* 30 (2016): 219.

子不同的是，他不满足于仅仅凝视并表现出温柔又忧伤的神情。他的随行人员中有“经验丰富的医疗团队”，他们达成一致意见，赞成使用非常规的医疗手段对尸体进行治疗。“当抬起尸体的时候，他们在房间的四个角落绑了一根绳子，拉动绳子后，白雪公主就又活了过来。”嘿，瞧！独特的疗法奏效了。后来，白雪公主找到了一位王子并嫁给了他，而王后则在被迫穿着炽热的铁鞋跳舞后悲惨地死去了。[1]

在《白雪公主》的笔记中，格林兄弟记录了故事的第二个版本，这个版本给了孩子的父亲一个更重要的角色：伯爵和伯爵夫人乘坐雪橇旅行，在旅途中伯爵看到了三堆雪，因此他希望能有一个白如雪的孩子。然后，这对夫妻经过三个满是血的池子，伯爵希望有一个脸颊像血一样红的孩子。当他看到三只黑乌鸦飞过头顶后，他希望有一个头发像乌鸦一样黑的孩子。恰巧就在这时，路边出现了一个符合伯爵愿望中所有特质的女孩，伯爵邀请她和他们一起乘坐马车。伯爵“喜欢”这个女孩，而伯爵夫人对此感到“不悦”，于是她丢下一只手套，让女孩下车把它找回来。女孩下车后，伯爵夫人马上命令马车继续行驶。那之后会发生什么呢？我们只知道，这个女孩发现了

---

〔1〕 Heinz Rölleke, *Die älteste Märchensammlung der Brüder Grimm: Synopse der handschriftlichen Urfassung von 1810 und der Erstdrucke von 1812*, 2 vols. (Cologny-Genève: Fondation Martin Bodmer, 1975), I, 381–383.

一间小矮人居住的小屋，其余内容缩略在“等等”这个词中，留给我们无限的悬念。[安吉拉·卡特（Angela Carter）的《雪孩》受到这个版本的启发，并为故事提供了一个哥特式的结局，正如她的粉丝们很容易预测的那样，结局带有一点顽皮和一丝恐怖的气息。]这个版本的故事提供了女孩被伤害的具体动机，因为她以可以理解的方式激起了伯爵夫人的嫉妒。[1]

雅各布·格林和威廉·格林在对这个故事的注释和评论中都展现出了非凡的博学，即使对于有学问的人来说也是如此。他们向《德国民间故事》（*Volksmärchen der Deutschen*）（1782）中的一个叫作“李希尔德”（Richilde）的故事致敬，这是一本由与他们同时代的约翰·卡尔·奥古斯特·穆塞乌斯（Johann Karl August Musäus）汇编的德国童话集。在这个关于诡计多端的牧师、飞扬跋扈的御医和睡眠魔法药水的错综复杂的故事中，一个善妒的女人——李希尔德，迫害了她美丽的女儿布兰卡。这是一个拥有莎士比亚《辛白林》元素的故事，同时也从18世纪德国剧作家戈特霍尔德·埃夫莱姆·莱辛（German dramatist Gotthold Ephraim Lessing）（启蒙戏剧《智者纳坦》的作者）那里吸取要素。故事中并非没有怪诞的喜剧元素，比如

[1] Jacob and Wilhelm Grimm, *Kinder-und Hausmärchen*, vol. 3, ed. Heinz Rölleke (Stuttgart: Reclam, 1984), 99 102. Angela Carter's tale appears in *The Bloody Chamber and Other Stories* (New York: Penguin, 1990), 91–92.

李希尔德一边被迫在婚宴上穿着炽热的鞋子跳舞，一边抱怨着脚上的烧伤和水泡。

在格林兄弟搜集到的众多关于“白雪公主”的资料中，斯诺里·斯图鲁松（Snorri Sturluson）的《挪威列王传》中记载的古斯堪的纳维亚语传说——金发王的故事，是其中较为古老，且更受人尊敬的资料来源。《挪威列王传》是一部关于挪威国王们的故事集，其原名 *Heimskringla* 的字面意思是“世界之环”，这本书创作于1230年左右，其中包含一个与《白雪公主》非常相似的故事。这个故事讲述了一位名叫斯纳尼弗里（Snæfriðr）的年轻女子的故事，金发王哈拉尔在她面前喝了一杯蜜酒之后，便无法控制地爱上了她。两人育有四个儿子，国王对他的妻子如此着迷，即使在妻子死后依然如此，以至于他不再重视他的王国：“后来斯纳尼弗里死了，但她皮肤的颜色从未褪去，就像活着的时候一样，红润如玫瑰。王总是坐在她的身旁，以为她会复活。于是，连续三个冬天，金发王都沉浸在爱人死去的悲痛中，而这片土地上所有的人们也都为他的错觉而悲痛。”一位睿智的幕僚建议给死去的王后送一套新的衣服，在换上新衣的那一刻，真相才展开在众人面前，斯纳尼弗里的身体实际上已经腐烂了。尸体被烧成灰烬后，国王就清醒了过来，开始用力量和智慧统治他的人民。[1]在一份被称为《弗拉特耶尔波克》(*Flateyjarbók*)的中世纪冰岛手稿中，提及了一首金发王背诵的诗歌，诗歌讲述了斯纳尼弗里的裹尸布以及这位令人销魂的美人是如何被她的矮人父亲作为礼物引荐给哈拉尔王的。

这个讲述斯纳尼弗里的北欧故事提供了丰富的解读机会。一方面，这个故事明确传达的信息是死后没有复活，这与基督教关于永生的要旨背道而驰。我们被引入否认复活可能性的异教宇宙观中。不过，格林兄弟对这个故事的兴趣主要来自死去王后的名字而非其他方面。王后的名字“Snæfriðr”源于 snæ(雪)和 fríðr(美丽)的组合。这个北欧传奇的视觉描述似乎与格林兄弟希望读者想象的完全一致，一个美丽的女人，“洁白如雪”。或者，是他们认为的那样吗？“Snæfriðr”这个北欧名字的含义可以是“像雪一样美丽”，也可以是“喜欢雪的人”。正如 G. 罗纳德·墨菲(G. Ronald Murphy)在他对格林童话的神话元素研究中指出的那样，这个名字“最好的理解是一个热爱雪并且拥有像雪一样魅力的人”[2]。至于格林兄弟使用的短语“白如雪”，具有多种含义。就像将斯纳尼弗里描述为洁

[1] Snorri Sturlson, *Heimskringla: History of the Kings of Norway*, trans. Lee M. Hollander (1964; repr., Austin: University of Texas Press for the American-Scandinavian Foundation, 2005), 80–81.

[2] G. Ronald Murphy, *The Owl, the Raven, and the Dove: The Religious Meaning of the Grimms' Magic Fairy Tales* (Oxford: Oxford University Press, 2000), 161.

白无瑕的一样，可以意味着天真、纯洁、空虚甚至单调等等，简而言之，其中包含着大量与肤色无关的属性。我们当代对白雪公主白皙皮肤的理解，实际上可能会歪曲并且重新构想了一个本来与皮肤色素沉着关系不大的故事。

口头叙事通过许多途径在不同层次中获得美感。讲故事的人利用不同版本的故事，调制或联合，消除或保留，破坏或恢复。每个新的讲述者都会在不断累积的图层中添加一些新内容，从而赋予故事质感和深度。在某些方面，格林兄弟所做的，和他们的祖先曾经做过的事情是完全一样的，建造和拆除，始终在给新的故事讲述者留下先行者的痕迹。

红、白、黑

红、白、黑：这三种颜色通常被视为童话世界取色范围的基本元素。雅各布·格林将这些色调描述为“诗歌的三种颜色”[1]。“白如雪，红如血，黑如乌木。”谁能忘记格林兄弟版本的《白雪公主》中那位在分娩时死去、被邪恶王后替代的好母亲的这句台词呢？她提及的颜色，为我们展现即刻的感官戏剧

〔1〕红色、白色和黑色作为诗歌的三种颜色（“die Drei Farben der Poesie”）是由雅各布·格林在《花与叶的意义》中讨论的，*Altdeutsche Wälder*, vol. 1 (Kassel: Thurneissen, 1913), 1–30。

场面，让我们看到了被一些哲学家描述为原初的色调：火的红色，空气和水的白色（尽管它们是透明的），土地的黑色。这些都是炼金术士所依赖的元素的颜色编码，他们整日苦思冥想如何将基础物质转化为珍贵的金银。炼金术也可以被看作童话魔法的基础，那些被珍视的金银财宝、所有闪闪发光的美丽景象以及永远幸福的结局，标志着冲突和斗争的结束，通常用红色、白色和黑色编码。

颜色成为童话故事中一种强有力的速记方式，无须借助或简单或复杂的文字描述，就可以构建整个视野。如果我们瞥一眼俄罗斯的森林，会发现民间传说中的女主角——美丽的瓦希丽莎（Vasilisa）在那里遇到了三个骑士：第一个白色的代表白昼，第二个红色的代表太阳，第三个黑色的代表夜晚。她给继母和继姐妹带回了火种，放在一个装满了炭火的三色骷髅灯里。格林童话中的故事《蹦跳唱歌的云雀》，一只鸽子飞在女主角的前面，每走一步就落下一滴红色的鲜血、抖落一根洁白的羽毛。一个意大利故事的男主角看到天空中有黑色的寒鸦飞过，他的手指被一块乳清干酪割伤，之后他开始寻找一个像那块带着血的乳清干酪一样的女人。

然而尽管如此，童话故事中依然包含了彩虹所拥有的所有色彩，我们只需要看看《金色童话》中的篇章《比童话更美》即可发现这一点。《金色童话》是《安德鲁·朗格彩色童话全集》或简称为《彩虹童话书全集》的著名系列中的一部。从1889年到1910年，该系列的十几卷内容历经了二十多年的时光后，终于得以在伦敦出版，它的出现改变了童话故事的调色板，将其从充满磨难的红色、白色和黑色变成了对儿童更友好、更多样化、更多柔和色彩的调色板。故事《比童话更美》向我们介绍了一位被诅咒的王子，在魔咒被解除后，他被称为彩虹王子。王子被困在一座喷泉中，多亏一位公主被他显现时五彩斑斓的场景迷住了，王子才被释放了出来。一天，这位公主路过一座喷泉，注意到“太阳的光芒照在水面上，形成了一道绚丽的彩虹。她静静地站着欣赏，令她大吃一惊的是，就在这时，她听到一个声音在对她说话，声音似乎来自光线的中心。那是个年轻男子的声音，甜美的语调和动听的话语让人不禁猜测，它的主人一定也同样迷人。但是这只是一种想象，因为他的真容并未显现”[1]。当彩虹王子——男版睡美人，被心爱的人唤醒时，颜色、声音和气味混合在故事精巧的救赎情节中。

为什么颜色会变得缤纷起来？这个故事是否预示着一种转变？不仅在童话的色彩领域，而且故事的情绪也在转变，从民间故事中原始的情感力量转变为“甜蜜”“令人愉快”和“迷人”等面向儿童受众的情绪蜜饯。突然间，我们发现了柔和的

〔1〕 Andrew Lang, *The Yellow Fairy Book* (London: Longmans, Green, 1894), 127.

色彩是如何主宰迪士尼公主的服饰的，同样我们也明白了为何迪士尼并没有凭一己之力发明一种新的童话，一种既要保持被各个文化所接受的普适性，同时也可以被大力投资，用来提供适合儿童娱乐的童话。

瓦尔特·本雅明（Walter Benjamin）是杰出的德国哲学家、文化评论家和散文家，也是一位儿童书籍的收藏家，他同时也创作儿童文学的相关文章。他告诉我们，色彩是“演奏幻想的乐器，是迷恋游戏的孩子们的梦之乐园，而不是艺术家们建立的僵化的准则”。本雅明提供了一个有说服力的清单，列出了能激发孩子们想象力的物品和活动：“肥皂泡、茶话会、颜色可以消失的神灯、用蜡笔画画、想象中的朋友。”对于本雅明而言，色彩具有一种特质，深深地吸引着他。那就是，色彩不是来自于一个物体，它具有一种几乎超凡脱俗的品质，具有独特的“震撼人心的壮美并闪耀着光辉”[1]。手工制品从造物的神秘来源中攫取光辉，只是光线，完全没有实质的物质材料附着于其中。

本雅明的言论恰恰帮我们理解了为什么童话故事的调色板会变得与从前完全不同。在成年人讲述的故事所构成的宇宙

〔1〕 Walter Benjamin, “A Glimpse into the World of Children’s Books,” in *Selected Writings*,vol. 1, ed. Marcus Bullock and Michael W. Jennings (Cambridge, MA: Harvard University Press, 1996), 443.

中，黑白明暗对比的效果胜过一切，通常只点缀一抹红色。历史久远的童话故事，避开了五彩缤纷的色彩，远离了轻盈柔和的颜色和精巧入微的光影，更偏爱饱和的色调，甚至根本没有彩虹图谱中的色彩。五彩斑斓原本在童话世界中特立独行，后来成为了符合理解且时尚的，甚至是强制性的存在。

多亏了瑞士民俗学家麦克斯·吕蒂（Max Lüthi）的著作，我们了解到，童话故事不遗余力地，使用最少的装饰性的华丽词藻和最基本的色调，带给我们一种富有象征意义的抽象表达，而非丰富详尽且具体的细节描写，所以童话中的每一种色彩，都承载着过多象征意义。[1]红色、白色和黑色可以被视为昼夜循环（黎明、白天和夜晚）或宇宙力量［红日、白月和夜晚（黑暗）］的隐喻。或者，就像前文提到的那样，它们可以与炼金术仪式联系起来。在炼金术仪式中，将贱金属铅通过与红色和白色相关的净化过程转变为黄金。红色、白色和黑色如何以多种不同的方式发生变化，一直都是极具吸引力的，它们产生意义的巨变，且在我们的社会和文化意识的基础上，发生着戏剧性的变化。

毕竟，颜色本身只不过是一种没有意义的抽象物，但我们

〔1〕 Max Lüthi, *The European Folktale: Form and Nature* (Bloomington: Indiana University Press, 1986).

坚持赋予它们意义，通常我们赋予一种颜色主观武断的价值，并坚称这其中有着确定的普适性的因果关系。红色是原罪、激情和欲望的颜色，白色象征无辜和纯净，黑色则是黑暗、厄运和死亡的标志。红色和黑色都有某种险恶、不祥和威胁的意味，两者同时在高饱和的视觉呈现的阴影中包含了过多的意义。相比之下，即使白色常被视为圣洁纯真的标志，也同样会唤起对空缺、荒芜和贫瘠的毛骨悚然之感。

正如意大利建筑师曼利奥·布鲁萨汀（Manlio Brusatin）告诉我们的那样，颜色是“最严重的欺骗，是在尘埃中的冒险和生命中成瘾的痛苦”[1]。然而更令人好奇的是，我们如此执着地赋予色彩以稳定的文化含义，红色象征激情，黑色象征死亡，而白色则象征纯真，仿佛这些隐含的意义是每种色调本质

〔1〕 Manlio Brusatin, *History of Colors* (Boulder, CO: Shambhala, 1991), p. 7. 讲故事的人似乎本能地认识到颜色与想象力之间强烈的相关性，即使是在颜色被削减的调色板中也是如此。此外，我们在记录下来的故事中发现的是一种理解方式，将颜色理解为一种抽象的概念，但也始终具有某种神秘的特殊性。正如维多利亚·芬利 (Victoria Finlay) 告诉我们的那样，描写颜色是一项挑战，因为“它们并不真正存在”。她告诉我们，当我们看到红色时，我们实际上看到的是“在没有其他波长的情况下，波长约为 0.0007 毫米的那部分电磁光谱”。Victoria Finlay, *Color: A Natural History of the Palette* (New York: Random House, 2002), p.4. 红色：我们需要光线才能看到那种颜色，当我们看到血、玫瑰或苹果时，我们会从那些未被这些物体吸收并从它们反射回来的光线中感知到它们的颜色。没有光线就是黑暗的。光线中所有颜色的总和是白色。对于理解这些颜色的流行科学的解释，已经在象征性的意义上讲了很多，童话世界确切地知道如何利用它们。

的特征。然而是这样的吗？就像年轻的学生革命者在缪尚咖啡馆中歌唱的那样，“世界的颜色”“每天都在变化”，这是音乐剧《悲惨世界》的场景之一。音乐剧中，有远见的革命者安灼拉（Enjolras）提醒坠入爱河的马吕斯（Marius），红色是“愤怒的人们的血液”，而不是“欲望的颜色”；黑色是“过去时代的暗夜”，而不是“绝望的色彩”[1]。换句话说，我们一直在为红色、白色和黑色创造意义，与此同时，也忽略了它们的含义确实无法达成共识的现实。

童话故事有限的色彩范围绝不会限制我们的想象力。相反，极简主义让外表更加重要，每种色调都很少有确切且稳定的含义，这促使我们需要去理解一种抽象意义的转向并充分激发我们的想象力。正如赫尔曼·梅尔维尔（Herman Melville）曾经告诉我们的那样，当提起“茫茫雪原”的时候，可能唤起的是“充满了意义的愚蠢空白”[2]。他自相矛盾的阐述方式精准地捕捉到了，当我们遨游在童话故事的世界中时，它们是如何引起我们的好奇心的。一个类似“白如雪”或“红如血”这样的短语根本没有确定的含义，相反，这些短语推动着我们去探索，白与雪、红与血、黑与乌木组成的三重奏，以及这些联想

〔1〕“The Complete Libretto,” Les Misérables website, accessed March 21, 2018, http://www.angelfire.com/ms/shows/LesMizScript.html.

〔2〕Herman Melville, *Moby-Dick* (New York: Norton, 2017), 163.

集合中所包含的丰富意义内涵，从而打开我们感官的开关。

在回顾格林童话的原始资料，以及来自世界各地的文化变体的过程中，一个认知会逐渐清晰，即“白如雪，红如血，黑如乌木”的口头禅是地区文化的细节特色而非故事深层结构的组成部分。格林兄弟充满创造性地重建了一个扎根于日耳曼文化的民间故事，他们将白色、红色和黑色构成的广阔场景作为故事的重要的特质（一直到1918年德意志帝国结束，德国国旗都是由红、白、黑三色组成的，这是否是一种巧合？），而这个比喻以一种匪夷所思的方式主宰了故事的发展，甚至将真正重要的情节掩盖在阴影中：美貌如此令人叹为观止，以至于引起了母亲的嫉妒。尽管如此，“白雪公主”的名字已经与故事情节绑定，这位来自德国民间故事中的女主角，已然成为了所有童话故事中，被毫无人性的母亲或者继母冷酷无情地折磨的无辜受害者的代名词。更重要的是，一旦这个故事流传到一个有着奴隶制历史和基于肤色的歧视文化中时，过不了多久，白雪公主的名字就会被赋予新的含义。

鲍勃·坎佩特的《黑炭公主与骑个小矮人》

格林童话和迪士尼都试图迎合普通受众，他们创作情节夸张的童话故事和动画电影，并寄希望于以此吸引包含多代人在内的读者和观众。雅各布·格林和威廉·格林已经习惯于两位数的销售额，《格林童话》带来的巨大收益让他们感到又惊又喜。他们经常被财务危机困扰，而微薄的稿酬确实对他们有所影响。格林兄弟在商业上的成功激发了模仿者的灵感，兄弟二人对其他试图通过制作竞品选集蹭热度的人感到非常恼火（特别是其中有一位投机取巧的收藏家，与他们同姓）。由此可见，动画片《白雪公主和七个小矮人》巨大的商业成就毋庸置疑也引发了同业竞争。带着不同倾向性的白雪公主的故事在各种媒体中涌现，每一个都通过产品差异化建立优势，讨好特定群体的受众，从而谋求新的商机。这其中有白雪公主音乐剧，例如沃尔特·朗（Walter Lang）于 1961 年制作的《白雪公主和三个臭皮匠》（*Snow White and the Three Stooges*）。还有 X 级作品，从 1973 年由马库斯·帕克－罗德斯（Marcus Parker Rhodes）执导的《白雪公主和七个变态》（*Snow White and the Seven Perverts*），到 1979 年由奥斯瓦尔多·奥利维拉（Oswaldo de Oliveira）导演的《白雪公主大战七个小矮人》（*Stories Our Nannies Don't Tell*）。有动画续集，如《邪恶新世界》（2007）及其第二部，在两年后又让我们咬了一次苹果。也有儿童童话剧，如《神话剧场：白雪公主和七个小矮人》（*Faerie Tale Theatre: Snow White and the Seven Dwarfs*），或是“布偶娃娃”的《白雪公主》戏剧，还有《波波鹿与飞天鼠》卡通故事系列中对故事的滑稽演绎。华特·迪士尼公司利用它自己的成功，定期推出新的剧集，例如鲁伯特·山德斯（Rupert Sanders）的《白雪公主与猎人》（2012年）以及ABC的美剧《童话镇》。《童话镇》创建了一个童话故事的异想世界或者平行世界，其中的人物由童话世界里的角色构成，但白雪公主和她的女儿是女主角。总而言之，故事不会停滞不前，而是不断漫游到新媒体中并演变成新版本。

格林童话和迪士尼电影不断地被循环再创作，在探讨这些作品的过程中，我们会渐渐发现，对故事的批判性改编和怀旧的再创作之间有巨大的鸿沟。有些版本旨在令人震惊和感到恐惧，然而也有些改编意图安抚、娱乐和迷惑受众，哄骗我们进入一种迟钝的状态，而这恰恰是俄罗斯电影导演谢尔盖·爱森斯坦（Sergei Eisenstein）反感迪士尼电影的原因。当然，通常情况下，偏离传统文化脚本的故事、小说、电影、诗歌和音乐剧会被证明是最具启发性和文化症候的，但要弄清楚它们所揭示的内容仍然是一个挑战。它们是否会引导我们重新评估故事来源的原始资料，并以新的角度对熟悉的故事反复思量？它们是否在以令人吃惊的新方式与我们交谈——有时具有先锋性且让人感到被冒犯——以促使我们花更多心思去考虑故事中的文化利害关系？

在众多最早的对迪士尼白雪公主电影的回应中，有这么一部，所有这些可能性，都在其中被明显地表现出来。1943 年，华纳兄弟发行了一部在当今被否定和批判的卡通短片，尽管在它出现的时代只是泛起了一些微弱抗议的涟漪。鲍勃·坎佩特（Bob Clampett）的《黑炭公主与骑个小矮人》（*Coal Black and de Sebben Dwarfs*）（原标题为 *So White and de Sebben Dwarfs*）以一种震撼观众的方式瓦解和颠覆了迪士尼的白雪公主电影，因为这部电影散播并助长了人们对非裔美国人种族主义的刻板印象。故事改编有很多种方式，而对一个故事最极端的改写，或好或坏地，为我们提供了戏剧性地改变视角的机会。叙事中也许会有不同的观点（继母成为她“天真”女儿的受害者），或者颠覆了我们的预期（英俊的王子其实是一个绿色的怪物），或者关键的标志性特质发生了逆转（白雪公主变成了黑炭公主，或者更确切地，如同电影制片人最初赋予她的名字“So White”，拥有黑皮肤和黑头发）。

坎佩特的电影使迪士尼的版本陌生化了，以至于人们不可能再将 1937 年制作的《白雪公主和七个小矮人》在文化上看作是单纯的。坎佩特的动画短片在其他很多事物中脱颖而出，它引发了人们对故事中公式化、看似固定的颜色编码的关注。正如前文中所提到的，在这里需要再次强调，是迪士尼将“白如雪”赋予了“皮肤”作为定语，来确保无辜的女主角被视为一个年轻的白人女孩，而她的肤色则是她美貌最突出的特征。“她似乎是用某种稀有的磷合金制成的，”一位评论家指出，“她比周围的任何东西都要白。”[1]更为讽刺的是，我们不会忘记，迪士尼在20世纪30年代，通过崇拜一位来自日耳曼万神殿中皮肤白皙的女主角来突出白人。坎佩特的电影就像照片的底片，他通过将白雪公主改为黑炭公主，揭示了我们对这个人物的理解，是如何深刻地被女孩的名字和赋予她的特性所塑造的。突然间，我们恍然大悟，迪士尼电影获得第三帝国政治领导人的青睐并非巧合。正如我们将要看到的那样，对他们而言，这部电影的吸引力不仅在于审美方面，还有意识形态方面的原因，因为电影里有一个天真无辜的白皮肤女主角，被黑暗和邪恶的力量欺凌折磨。

“黑炭”这个名字被赋予了强烈的意义，而对黑色的文化意义的进一步审视，向揭开卡通片滑稽模仿的复杂性跨越了一大步，这种模仿具有很强的冒犯性，以至于华纳兄弟极力试图去掩盖它。我们可以从希腊-罗马文化中将黑色与死亡和亡灵世界的联系开始看去，同样也会发现基督教中经文的注释传统，将黑色作为原罪和邪恶的附属。即使在今天，这份文化遗产始终伴随我们左右。“黑色是死亡的标志，所以也是罪恶的

〔1〕 Norman M. Klein, *Seven Minutes: The Life and Death of the American Animated Cartoon* (London: Verso, 1993), 142.

标志，从这个简单也最容易被欣然接受的想法，很容易发展出更危险的理念，即皮肤是黑色的人是一种威胁，是来自魔鬼的诱惑，是撒旦的造物。”大卫·戈登伯格（David Goldenberg）在一篇于当今学术界非常经典的关于种族主义、色彩象征主义和肤色歧视的文章中写道。[1]

考虑到格林兄弟成长的知识背景和精神环境，他们很难不受这些文化联想的影响。他们的故事集中收录了一个以鲜明的表达方式将色彩对立两极化的故事——“白新娘与黑新娘”，格林兄弟在故事的评论中这样写道：“黑与白的简单对立，象征着丑与美、罪恶与纯洁”以及象征着夜晚与白天的反差。[2]道德和审美类别的边界坍塌，且以颜色为基础编码，结果白雪公主的名字随即传播了纯真和美丽，尽管事实上她并不是金发，而是如乌木般的黑色头发。将“雪”与“白”结合起来产生了额外的意义，作为对女孩黑色头发的缓冲。事实证明，红色、白色和黑色不仅是诗歌的颜色，而且可以被用作在童话世界中构建意义的强大信号，白色与美丽、纯真和光明相联，而黑色则代表着丑陋、罪恶与黑暗。

---

〔1〕 David Goldenberg, “Racism, Color Symbolism, and Color Prejudice,” in *The Origins of Racism in the West*, ed. Miriam Eliav-Feldon, Benjamin Isaac, and Joseph Ziegler (Cambridge: Cambridge University Press, 2009), 104.

〔2〕 Grimm and Grimm, *Kinder-und Hausmärchen* (ed. Rölleke), 230.

在《白雪公主和七个小矮人》的电影开场中，原始的书面材料象征着文化权威，一个画外音配合翻页朗读着故事。坎佩特的卡通片没有采用这样的开场，相反，他将黑人保姆置于熊熊燃烧的烈火前，回应小孩要听故事的请求。黑人保姆的故事不再关于美貌、镜子和代际冲突，而是关于社会堕落、政治主张和爱国精神。电影在一系列令人压抑的、几乎会引起幽闭恐惧症的镜头画面中，展示了不雅的噱头、下流的语言和恣情的性暗示，与其说这部电影的受众是年轻人，不如说是渴望在纵情欢乐、无所节制的幽默中转移注意力的、厌战情绪盛行的成年人。它通过质疑代代相传的故事，让人感到不安和焦虑。与此同时，它揭示了这场反对纳粹追求优等种族的战争，激发了美国本土关于肤色与种族优越感的群体性焦虑。正如电影史学家诺曼·克莱因（Norman Klein）所说："尽管30年代的卡通片已经很成熟了，坎佩特的作品却具有更多的黑色幽默元素。"而且，与德国种族主义的斗争以某种方式使本土种族主义的意识获得了免疫："懒惰的'黑鬼'和性感迷人的黑人少女混在反对龅牙日本鬼子和斗牛犬脖子纳粹党人的爱国热潮中。"[1]

这部影片以极其滑稽的漫画手法来表现非裔美国人，这使得很多人感到深深的不安，尽管如此，该片在电影学者和动画

〔1〕 Klein, *Seven Minutes*, 188.

历史学家中还是找到了拥趸。坎佩特的自传体回忆录中试图对该电影作一种历史化的记录，尽管如此，他们并没有尝试对电影中的具有代表性的操作和刻板印象的应用进行解释：

> 1942年，正值二战期间反日情绪高涨的时候，我在好莱坞接触到了一部全是黑人演员的非百老汇制作的音乐剧，名为《欢欣雀跃》(*Jump For Joy*)……他们问我为什么华纳制作的卡通片中没有任何的黑人角色，而对于这个问题，我无法给出一个合理的答案。所以我们坐在一起，想出了一个恶搞迪士尼制作的《白雪公主》电影的点子，“黑炭公主”就是最终的成果。动画片中所有的配音都是由他们完成的……那部影片中根本没有任何种族主义或不尊重黑人的企图，在《锡盘巷猫》中也没有，只是对爵士钢琴大师的滑稽模仿……在这些卡通片刚面世的时候，每个人包括黑人都玩得很开心。关于这两部动画片的所有争议，都是在多年以后发展起来的，因为从那时候开始，对待黑人公民权益的态度发生了改变。[1]

在关于“白雪公主”故事的宏大图景中，这股能量的爆发

〔1〕 Wikipedia, “Censored Eleven,” accessed March 16, 2019, https://en.wikipedia.org/wiki/Censored_Eleven.

几乎没有留下痕迹，《黑炭公主和骑个小矮人》（已不再流通）的被禁，极其有效地使得这部卡通片几乎完全消失了。在坎佩特看来，那些就业机会和宜人的美好时光，事实上是美国种族焦虑的一种表现形式，这种焦虑是由一系列国内形势的突变和国际事件的发生所产生的扰动而引发的。需要经过几十年的时间，才会有真正严肃认真且深思熟虑地尝试对“白雪公主”经典版本中的颜色编码进行审视和复杂化。

白雪公主和消遣娱乐文化：俄罗斯和德国的迪士尼羡妒

当《白雪公主和七个小矮人》上映的时候，华特·迪士尼可能对它的成功抱有热望，但他丝毫没有那种不祥的预感，即在之后的岁月中，会有诗人、哲学家甚至政治家对这部影片的艺术品质反复思量并为之担忧不已。著名的俄罗斯电影制片人谢尔盖·爱森斯坦（Sergei Eisenstein）未必真的认识华特·迪士尼（“我们像老熟人一样见面”），但他是最早与迪士尼及其动画电影发展到爱恨交织关系的人之一。一方面，爱森斯坦在电影中看到了“一种快乐而美丽的艺术，制作精良的形式闪烁着点点星光，纯洁无瑕令人赞叹不已”[1]。但是，这位电影制片

〔1〕 Sergei Eisenstein, *On Disney*, trans. Alan Upchurch (London: Seagull, 2017), pp.4, 20.

人同样敏锐地觉察到，迪士尼对美好形式疯狂崇拜背后的阴暗面，因为好莱坞的电影艺术制作看起来似乎距离政治很遥远，在追求纯粹娱乐的同时，推广了一种分散对社会现实注意力的文化，这发出了危险的信号，使得好莱坞在意识形态方面高度可疑。

爱森斯坦在观看迪士尼的《白雪公主和七个小矮人》时，三段童年回忆浮现在他的脑海中，每一段都让他在重大的危机中得到短暂的喘息。他所缅怀的事实上是迪士尼供应的一丝慰藉和一瞬解脱。他声称，这位美国电影制片人“通过他作品的魔力”给观众们施展了威力巨大的魔法，“遗忘，瞬间完全彻底地，从这个世界上最大的资本主义社会政府运行秩序所造成的社会环境阴影中解脱出来”。突然间，米老鼠的顽皮魅力和《白雪公主和七个小矮人》引人入胜的戏剧效果都崩塌了，迪士尼创造了纯粹的娱乐，而我们从这位俄罗斯电影制片人那里了解到这种娱乐至上的文化是如何的险恶，迪士尼是“社会负担、不公正和痛苦轮回的‘一滴安慰剂’，而它的美国观众则永远困在这个地狱中”[1]。艺术已经成为一种麻醉剂，对大众而言是一种鸦片，就像马克思在宗教中看到的那样强大。爱森斯

〔1〕 Sergei Eisenstein, *On Disney*, trans. Alan Upchurch (London: Seagull, 2017), pp.15, 16.

坦最终将他的命运寄托在共产主义革命的方向上，而不是他所谴责的资本主义的令人陶醉的乐趣上，尽管，或者更确切地说正是因为米老鼠和白雪公主的诱惑。

爱森斯坦关切的无疑是一件重要的事。正是迪士尼电影娱乐、逃避现实、慰藉和安抚的力量，使它们在纳粹时代的德国相当受欢迎。并且，表面上没有政治导向或者社会成见，意味着这些电影可以轻松地跨越边境去旅行，没有阻力地从一个国家传播到另一个国家。但是，米老鼠和元首？约瑟夫·戈培尔是迪士尼电影粉丝？尽管看起来绝无可能，但是无论是第三帝国的总理，还是其宣传部长都非常钦佩华特·迪士尼电影的想象力。1938 年 2 月 5 日，希特勒要求他的副官取得《白雪公主和七个小矮人》的版权，以便在上萨尔茨堡进行私人放映（之后，电影在柏林和其他德国城市公开放映），据说他几乎像戈培尔一样重视《白雪公主和七个小矮人》，后者曾经宣称这部电影拥有“伟大的艺术成就”〔1〕。这位宣传部长丝毫没有掩饰他对《白雪公主和七个小矮人》的迷恋：这部电影是“一个讲给成年人的童话故事，对最微小的细节都经过了深思熟虑，制作上充满着对人类和大自然的热爱。一种艺术的享受”〔2〕！希

〔1〕 J. P. Storm and M. Dreßler, *Im Reiche der Micky Maus: Walt Disney in Deutschland, 1933–1945* (Berlin: Henschel, 1991), 80.

〔2〕 Ibid.

特勒和戈培尔对雅利安人种纯净化的构想，很难与他们对这部电影的欣赏脱开干系，毕竟电影中的女主角是因为其白皙的皮肤而被称为“最美的女人”的。具有讽刺意味的是，迪士尼的“皮肤白如雪”，而非格林兄弟的“白如雪”，对纳粹领导人来说，是一种意识形态的奖励，与此同时，他们同样也乐于见到从地域文化中复兴的德国民间文化故事。

通过西奥多·阿多诺（Theodor Adorno）和马克斯·霍克海默（Max Horkheimer）两位社会学家的研究，人们才意识到迪士尼“伟大的艺术成就”事实上受到了怎样严格的控制并按照精心安排的议程驱动着。他们认为，好莱坞制片厂制作的电影与华特·迪士尼公司现在所说的幻想工程一样，都属于同一种社会工程陷阱。对于这两位来自法兰克福学派的德国社会学家来说，大众文化存在的意义只是为了转移人们对社会现实的注意力，安抚和平息焦虑，提供“选择一成不变事物的自由”。在《启蒙辩证法》（1944）中，阿多诺和霍克海默提出了一个令人信服的论据，美国电影产业与欧洲法西斯政权的娱乐职能部门的运作方式大致相同，垄断的资本主义设计制造了被动的观众，他们盲目地消费强权机构制造的文化产品。大众文化提供了自由和逃避的幻觉，在一系列经过巧妙校准的算计中，通过在其中容纳对自身系统的抵抗来增强自身的力量：“整个文化产业所许诺的，逃离日复一日的苦差事，也许可以比作卡通片中女儿被诱拐，而老父亲在黑暗中扶着梯子。文化产业提供的天堂，还是老一套的苦差事。所有的逃跑和私奔都被预先设计，以确保奔逃者最后再次回到起点。大众娱乐所宣扬的主旨多在于逃离现实生活，并以此带给观众快乐，而事实上，正是这种快乐，让人们忘却了逃离。”[1] 换句话说，娱乐本身的问题在于它对观众有所设计，虽然它声称提供了一个逃离现实的通道，事实上却是让人们加倍地回归现实并永久地接受现状。

我们能够觉察到，将迪士尼妖魔化为镇静剂在很多方面都被夸大了，并且忽略了电影同时也唤醒了我们，通过特别的手法、极具戏剧效果的家庭冲突和曲折离奇的经历使观众眼前一亮。它让我们畅所欲言（这在种族和性别政治调和的文化中更加明显），它同样是动画领域的开创性篇章，在全球范围内让一个美丽女孩和她继母的故事保持活力。如前所述，这个故事提供了对竞争的普遍思考，即新的取代老的：下一个“版本”总是比它之前的那一版更美、更有吸引力，从而取代和摧毁了它的前身。从某种意义上来说，格林兄弟的《白雪公主》作为我们关于母亲－女儿竞争的主要叙事，在一个多世纪的时间里，取得了巨大的胜利，而迪士尼的《白雪公主和七个小矮

〔1〕 Max Horkheimer and Theodor W. Adorno, *Dialectic of Enlightenment* (New York: Continuum, 1994), 143.

人》则后来者居上，成为了文化主导，创造出一种全球性的元叙事，旨在消除竞争，并将民间故事作为摇钱树，发挥出最大的经济价值。

尽管迪士尼在文化上占据主导地位，但一个美丽女孩和她自负、善妒的母亲的故事还会继续在貌似无穷无尽的一系列变体中浮出水面。大众文化中有一个现象，人们总是坚持不懈地、以一成不变的老旧方式讲述着同一个老旧的故事，从某种角度来看，这是对该现象的一种抗议方式。每个新版本都出色地参与了童话 DNA 的表达形式，无休止地自我复制并产生新的故事，促使我们去思考其中隐藏的存在于心理范畴的利害关系。本书中的童话故事可能不会废除或者颠覆迪士尼版本的权威，但它们将揭示，在我们称之为“白雪公主”的童话结构中，蕴含了多少种不同叙事的可能性。我们的白雪公主，在她所有的区域性特色中，值得被放在一个国际剧目的背景下思考，她的许多民间表亲都复活了，重新焕发了生机。

“白雪公主”VS“美丽女孩”

为什么有这么多美丽女孩的故事被排除在民间剧目表演之外？研究学者们使用的某些工具有助于我们准确地理解其中的原因。民俗学家们长期以来一直依靠《全球民间故事的类型》

(*Types of International Folktales*)一书来指导他们的研究。三卷纲要对大量的传说进行了编目、总结，并为故事类型编号。该分类系统首先由芬兰民俗学家安蒂·阿尔内(Antti Aarne)于1910年发明并出版(书名为《民间故事的类型》)，然后由美国民俗学家斯蒂斯·汤普森(Stith Thompson)分别于1928年和1961年进行了两次修订；在2004年，德国民俗学家汉斯·约尔格·阿瑟(Hans-Jörg Uther)对其进行了最后一次修订。在这本书中，你可以找到共计2499种故事类型(为什么恰好2499种，这是一个值得思考的问题)，其中包括编码ATU 545("作为助手的猫")、编码ATU 400("寻找失散了的妻子的男人")、ATU 505("感恩的死者")和ATU 709("白雪公主")。

一项对ATU 709全球变体的调查显示，采用"白雪公主"这个标题来给一个母女竞争的故事命名，是多么具有误导性，特别是考虑到，这个故事的许多译本都是在气候没有雪的地区讲述的，而且讲述者的肤色很少是白色的。一个更具有普适性的名称可能是"最美的"或是"最漂亮的"。当然，分类"睡美人"(ATU 410)已经使用了这些名称，而"美女"(Beauty)作为一个人物也已经被占用，但是考虑到这个故事有时在非洲文化中广为人知，"美丽女孩"会是一个更合适的名称。在本书中，我用"美丽女孩"来命名这些被民俗学家归为ATU 709类型的故事。尽管偶尔我会使用"白雪公主"作为英美和欧洲版本的简写。

“白雪公主”类型的故事有哪些标准情节特征？哪些是角色演员表中最重要的角色和推动情节发展的角色？当拿掉白雪公主这个名字的时候，需要哪些要素才能使我们在某一刻渐渐明白，我们正沉浸在一出令我们感到如此熟悉的母亲－女儿的心理剧中？以下是《全球民间故事类型》中总结的主要特征：

> 白雪公主拥有像雪一样白的皮肤，像血一样红的嘴唇……一面魔镜告诉她的继母，白雪公主比继母更加漂亮……妒火中烧的继母命令一个猎人杀死白雪公主……但他用动物的心脏作为替代，救了她。
>
> 白雪公主去了一个小矮人（强盗）的房子……他们收留了白雪公主作为姐妹……继母这时试图用有毒的蕾丝系带杀死她，……然后是有毒的梳子，……和一个有毒的苹果……小矮人成功地从前两次中毒中复活了少女，但第三次失败了。他们把她安放在一个玻璃棺材里……
>
> 一位王子使她苏醒过来并娶了她……继母被迫穿着烧红的鞋子跳舞至死。[1]

---

[1] Hans-Jörg Uther, *The Types of International Folktales*, vol. 1 (Helsinki: Suomalainen Tiedeakatemia, Academia Scientiarium Fennica, 2004), 383–84. 此处使用的省略号仅用于替代主题编号。

请注意，白雪公主的标志性特点已被减少为白皙的皮肤和像血一样红的嘴唇，黑发不再是她人物设定的一部分。这里存在的问题是，一本书名中带有“全球”一词的书籍似乎忽略了大多数“白雪公主”类型的人物设定中并没有皮肤白皙这个特点，更不必说格林兄弟版本中的女主人公只是“白如雪”——可能是指白皙的皮肤，但是并没有在遣词造句中明确地提到“皮肤白如雪”。当智利、摩洛哥、南非和土耳其的故事被添加到“白雪公主”故事类型的民俗清单中的时候，就会发现磁场略微有些混乱。尽管这种疏忽无疑是由于想要在修订版的基础上进行改进造成的，改编基于安蒂·阿尔内在《民间故事的类型》中对故事类型索引的原始描述，而不是试图创建一个全新的目录。

对女主人公血液和皮肤颜色的构想经常在民间故事中出现，但并不比血液的红色与牛奶或其他物质的白色形成鲜明对比的故事更频繁。在一个非洲故事中，一名女子在缝纫时不小心刺破了手指，于是她希望自己的孩子像红色的血一样美丽。她生了一个孩子，并且只用牛奶给小孩洗澡。在一个科萨人讲述的故事中，当魔法牛奶倾倒在女主人公身体上的时候，她恢复了生命。在意大利的传说中，大理石、牛奶和奶酪是白色的象征，一位那不勒斯英雄在他的旅途中发现一只乌鸦躺在大理石上的血泊中：“看到洁白的大理石上鲜红的血迹，他深深地叹了口气，惊呼道：‘天哪！为什么我找不到一个像这块石头一样红白相间，头发和眉毛像这只乌鸦的羽毛一样黑的妻子。’”〔1〕

下面是一则故事的梗概，这个故事是捕捉“美丽女孩”这一故事类型主要特征的典范，这是一个在非洲文化中家喻户晓的故事，同时也与《圣经》中约瑟夫和他兄弟的故事产生共鸣：

> 一个非常漂亮的女孩引起了她朋友们的嫉妒，因为她被公认为是最美的女人。
>
> 她满怀妒意的同伴们将她和家人、朋友分开，并将她引诱到一个荒芜的地方。
>
> 同伴们抛弃了女孩。她们说服她爬下一口枯井，并承诺会用梯子帮她爬上来。但是他们却带着梯子跑开了。
>
> 女孩在唱歌求救时被发现。她被带回家并恢复了健康，而她背信弃义的同伴则受到了惩罚。

在非洲的许多地区都可以找到欧洲“白雪公主”故事的闪

〔1〕Giambattista Basile, *The Pentamerone; or,The Story of Stories*, trans. John Edward Taylor (London: David Bogue, 1850), 308.

现，而反过来说也是成立的。在纳米比亚，有一个白雪公主的形象被描述为“Frau Koningin［原文如此］”（德语：王后）的女儿，两人也被认定为“德国人”。在非洲版本中，反派是有血缘关系的亲人——母亲或姐妹。在其中一些作品中，母亲有一面魔镜；但在大多数作品中，是太阳或月亮说出威严的神谕，宣告了女儿至高无上的美丽（许多来自非洲文化的印刷版本，是由19世纪和20世纪来自很少有镜子的地区的传教士和人类学家搜集的）。我们很快就会发现，无论是“白雪公主”还是“美丽女孩”都有许多非洲版本，其中有一些承载着与欧洲故事的相似之处（尤其是在被欧洲列强殖民统治的地区），而另一些则保留着更接近于当地魔法故事的情节设计。两种类型的故事核心都是美貌竞争，并且这场比赛引发了接下来发生的事件：扼杀年轻、无辜的对手生命的强烈企图。

ATU 709中的人物角色，包括：母亲、女儿、一群社会的弃儿或是法外之徒以及援救者，他们在各个版本中可能会做着不同的事情，但他们总是被困在同一个精心编排的性别竞争的剧情里，即表面上看起来都是致命一击，然后重获新生。然而事实上，每个故事的讲述都充满了来自其时代和地域的文化能量，包括当地的地方色彩和本土的细节描绘，但同时都有一个女孩、一个女性迫害者和一个男性救援者存在，以及一系列被提前勾勒好的行动，让我们本能地意识到我们正处于一个“白雪公主”或“美丽女孩”的故事中。

白雪公主故事类型的叙事结构和角色阵容具有令人放心的可预测性，相比较而言，故事中的比喻又有着巨大的不同，这使得故事的每个版本都更具吸引力和相关性。只是快速浏览故事不同的文化表现形式，就可以发现故事的细节波动很大。迪士尼的公主吞下了一个有毒的苹果，但她的欧洲版本却成为了有毒的梳子、被污染的蛋糕以及在某一个故事中，令人窒息的辫子的受害者。在来自非洲文化的版本中，钉子或其他尖锐的物体刺入女孩的头部。致命的袭击中使用的武器从紧身胸衣、戒指、腰带、酒和金币到面包（被污染的）、葡萄干（有毒的）、衬衫、别针和帽子。提供庇护的伙伴有时是矮人和盗贼，但他们也可能是熊或猴子、巨人或食尸鬼、兄弟或骑士。迪士尼的王后命令猎人将白雪公主带入森林，并带回女孩的心脏，这与格林兄弟版本中的邪恶王后要求猎人带着女孩的肺和肝脏回来相比，事实上看起来要克制很多。在西班牙，王后则更加嗜血，她要了一瓶女孩的鲜血，并且要求用女孩的脚趾当作瓶子的软木塞。在意大利，残酷的王后命令猎人带着女孩的肠子和浸满鲜血的衬衫返回。迪士尼的电影用玻璃棺材纪念白雪公主；但在其他的故事版本中，它是由金、银或铅制成的，有时候是镶着宝石的。虽然通常情况下被陈列在山顶上，但它也可以漂浮在河上，放在树下，挂在椽子上，或者锁在烛光闪闪的房间里。在众多的可能性中，擅长讲故事的民间叙事者可以挑选或创造新的素材，精心设计以便令人震撼、使人惊奇或者引人入胜。[1] 即兴创作的诗意使故事保持新鲜，更有意义并充满惊喜。

镜子和棺材

让我们在民俗学家的世界里再逗留片刻，这次不再关注童话世界的情节中席卷而来的人物，而是去探究那些让故事得以延续的意象和文化基因。当我们在一个意象的比喻中穿梭，在思绪的轨道上停靠片刻思考的时候，我们就会这样说："我以前曾经在哪儿看过这个。"这些比喻像一列火车一样轰鸣，提醒着我们，引导着我们；正如他们希腊词源的含义"扭在一起"一词所暗示的那样，他们促使我们端坐起来，集中注意力并促使我们将知道的其他故事联系起来。叙事意象普遍存在着（"处于危险中的女人"或"高中生被跟踪杀害"），但除此之外，还有民俗学家所指的意为"主题"的意象，即与其他故事相关联的，即刻就可以被识别的故事元素，产生一种令人愉

[1] Giambattista Basile, *The Pentamerone; or, The Story of Stories*, trans. John Edward Taylor (London: David Bogue, 1850), 14–15.

悦的共振，例如："闹鬼的城堡""不可能的任务"或"荆棘篱笆"。这些意象的比喻不仅吸引了我们的注意力，而且通过促使我们建立联系、对比和考虑这些比喻是如何被部署的，从而将我们带入一个需要智力参与的场域。充满象征意义的童话比喻邀请我们构建自己的小型研究，例如"丢失鞋子"的意义或"隐形斗篷"的意义。

在一个关于美丽与死亡的童话故事中，正如"王后的镜子"和"白雪公主的棺材"这两个意象，在过去几个世纪的英美和欧洲童话故事中出现的那样，他们与文化意义产生着共鸣。难怪一位评论家提议将ATU 709称为"打碎魔镜"。[1]王后的占卜镜令人难忘，尽管在许多方面它已成为现代和后现代复述该故事的核心，但它也不是必不可少的。故事一开始，白雪公主的亲生母亲坐着做针线活，并梦想着一个"白如雪"的孩子，她透过这扇窗户看到了这个主题，反射透明的表面，在这种情况下，一个封闭的地方暗示着分娩和内心世界。母亲隐居在家庭空间中，虽然它是一个室内空间，但这个空间并不排斥在进行手工艺品制作时，想象外面的事物，并以巧妙的方式使用其中元素的可能性。相比之下，镜子则可以被视为虚荣、

[1] Jack Zipes, *The Enchanted Screen: The Unknown History of Fairy-Tale Films* (New York: Routledge, 2011), p. 115.

傲慢和自恋的隐喻，镜子里外酷似的两个人，可以看作自我分裂的象征，是失去纯真的标志，也是心口不一、欺骗和两面派的胜利。在她对“白雪公主”母题的改造中，海伦·奥耶耶美突出了“镜子的暴政”，展示了它如何以最极端、最无情的形式，启动了反思和内省的过程。[1]

对于邪恶的王后来说，镜子也是裁决的声音，以最令人信服的方式树立了权威。正如女权主义批评家桑德拉·吉尔伯特（Sandra Gilbert）与苏珊·古芭（Susan Gubar）告诉我们的那样，这可能是父权权威的声音，但它同样代表了一种自我评估和自我判断的形式。[2]费欧娜·弗伦奇（Fiona French）在她的时髦漫画书《白雪公主在纽约》（1990）中巧妙地刻画了一份名为《纽约镜报》的报纸，将这种裁决的声音转变为公众舆论。阿黛勒·杰拉斯（Adèle Geras）出版于1993年的青年小说《夜晚掠影》（*Pictures of the Night*），以理发师的形式向我们发出了裁决的声音，他在镜子里看着他的客户，评价着她们，因此激起了女主角贝拉继母的妒火。艾玛·多诺霍（Emma Donoghue）的《那个苹果的故事》（“The Tale of the

〔1〕 Helen Oyeyemi, *Boy, Snow, Bird* (New York: Riverhead, 2014).

〔2〕 “当然，他的（国王）是镜子里的声音，是统治女王——以及每个女人——自我评价的父权裁决的声音。” Gilbert and Gubar, *The Madwoman in the Attic*, 38. 另见 Laurence Anholt, *Snow White and the Seven Aliens*, illus. Arthur Robins (New York: Orchard Books, 2002).

Apple”）源自她 1997 年的短篇小说集《亲吻女巫》（*Kissing the Witch*），极其精彩地将继母和女儿的眼睛变成了镜子，“彼此相对，形成一条反射的走廊，无限地沉闷地回响着”[1]。

镜子向王后展示了一个美丽、正直和独立自主的形象，但它同时提醒了我们世事无常——从镜子里回望到的形象随时可能发生变化：转瞬即逝，并以死亡为标志。美似乎掩盖了死亡，但是无论是在镜子中的美人或是在棺材中白雪公主的脸上，它的形象都有不祥的一面，提醒我们一切都注定会腐烂，并且一定会死去。[2]

《白雪公主》提出了关于美丽、衰老和死亡的问题，但是它也提供了一种反叙事，将我们带入死亡和复活的领域；正是在这里，玻璃棺材以很重要的形象展现在我们眼前。故事中七岁的女孩大概在中毒之前已经长成了年轻的女人，当她死去的时候，小矮人们不忍心将她埋葬于地下。他们将她的尸体放入一个透明的棺材中，以确保白雪公主“从四面八方”都能被看到，并且他们在玻璃棺材的一侧用金色字母写下她的名字。“她没有腐烂，”格林兄弟写道，只是看起来好像死了一样的白

---

〔1〕 Fiona French, *Snow White in New York* (Oxford: Oxford University Press, 1986); Adèle Geras, *Pictures of the Night* (London: Red Fox, 2002); Emma Donoghue, “The Tale of the Apple,” in *Kissing the Witch* (New York: HarperTeen, 1999), 48.

〔2〕 Elisabeth Bronfen, *Over Her Dead Body: Death, Femininity, and the Aesthetic* (New York: Routledge, 1992), 104–105.

雪公主仍然“白如雪，红如血”，有着“黑如乌木”般的头发。七个小矮人通过精巧地谋划，将一具尸体变成了一件艺术品，再加上框架和名字，他们将美丽和不朽用最具有冲击力的方式连接起来，构建了一个复杂的类象符号。一方面，我们将镜子作为对美丽和衰老可感知的最直接的提醒；另一方面，棺材既是美丽的纪念品，也是象征死亡的容器，即使白雪公主的身体已经避免了被破坏的结局。

透明的玻璃和反射形象的镜子：对于早期的故事讲述者而言，这两种平面尚未出现在他们的生活中，所以都是不可用的。当我们在查阅民间传说的记录时，会发现在很多版本中，母亲或继母向太阳或月亮祈祷，来确定谁的美貌更胜一筹。这些天体将故事带入自然世界的轨道，提醒我们昼夜节律和季节变化是早期童话故事情节的推动力。作为光明的来源，太阳和月亮与父权权威相连，象征着智慧；与此同时并没有引入因镜子的存在而增加的自恋阴影。镜子既是代表，又是反映，也是揭示，是一种晚近出现的大礼包，它在根植于前现代时期农村的故事讲述文化中，建立了一种现代主义的做法。

借用神圣的比喻，“美丽女孩”的故事类型属于一个神秘的世界，这个世界呈现了人类状况和我们周围自然世界的基础性问题，同时也与故事讲述的诗学相关联。每件事都注定变化，但是这个故事类型告诉我们，还存在着复活和重获新生这样的可能性。正是因为这样，这个故事变得不只是关于母女冲突，也成为了一个关于季节变化的神话。除此之外，它也是一个永不结束的、至关重要的、自我反馈的故事，正如之前提到的，因为故事总是在进化，同时准备着在下一代更“美”的版本中重新焕发生机。这个故事在无尽的充满镜子的长廊中不断重复，不过，当每一个主要的版本从某一个时空转移到下一个时空的时候，总会被下一个版本所取代，从而在故事发展的历史中出现新的转折点。突然间，我们目睹了故事的一种分离，一方面，故事显而易见的内容是关于母亲和女儿的叙事，而另一方面则是叙事本身的表演，这种表演最显著的表现是一种在自我消费的同时也自我更新的进程。即使是迪士尼的版本，存在最持久和传播最广泛的白雪公主的故事也注定要消亡，因为它也在逐渐被其他同一叙事母题具有相同特点的故事颠覆和取代；包括迪士尼自己的《白雪公主和猎人》(2012)以及在筹备中的真人版《白雪公主和七个小矮人》。

美、衰老和死亡

镜子和棺材已经成为“白雪公主”情节中的主要意象，它们使我们想起了童话故事中简单的欺骗，以及他们具有欺骗性的简单。拿起一面镜子，你会突然发现，它不仅可以捕捉虚荣、美丽和对衰老的恐惧，与此同时，这也是一个可以引起冥想和思考的光可鉴人的表面。把一个美丽的女人放在玻璃棺材里展示，不仅唤起了死亡的幽灵，也唤起了我们对于永远保持所爱之人美貌的希望。童话故事捕捉恐惧和欲望，但并不会直截了当地挑明那下面隐藏着什么。在我们的脑海中，那些恐惧和愿望可能隐藏在潜意识当中——被限制和压抑——但童话故事将它们直接带出水面，使它们变得鲜活且成为可以触知的真实。

在格林兄弟的故事中，当白雪公主年满七岁的时候，便取代王后成为了“世界上最美的人”，这表明母亲的美丽注定会消亡，没有什么是永恒的。随着美丽的丧失，尤其是对于生活在更早时代的女性来说，任何权力都被侵蚀了。[1]正如加里森·凯勒（Garrison Keillor）在《我的继母，我自己》中所写的那样，“白雪公主”中的继母是“男性态度的受害者，在谈及女性时，男性更看重年轻而不是成熟”。他嘲笑女权主义者对这个故事的评论文章，并补充说，在这种情况下女儿通过故意咬了一口苹果来逃脱年龄的陷阱：“事实的真相是，我知道

〔1〕 正如罗杰·赛尔（Roger Sale）所说：“对于一个年长的，与这些让她感到害怕的事实和价值观作斗争的女人来说，没有任何童话故事可以想象打败她的同时却没有摧毁她。” Sale, *Fairy Tales and After: From Snow White to E. B. White* (Cambridge, MA: Harvard University Press, 1978), p.43.

苹果是有毒的。但对我来说，这是唯一的出路。”[1]死了也比变得对于男人没有吸引力要强得多。

在迪士尼将衰老的过程压缩成一组简短的系列镜头时，失去美丽的隐喻的中心思想变得显而易见；这组镜头中，展示了王后喝下一种魔法药水——一杯与青春永驻的灵丹妙药效果完全相反的强效调制的药剂。突然间，她的头发变白了，她的手指变成了爪形，她手部的皮肤变得像老年一样粗糙（“看，我的手！”），她说出的话成了沙哑的咯咯声（“我的声音！”），最后她在黑色的斗篷下面显出身形，变成了一个驼背的干瘪老太婆。这个关于衰老的精彩寓言，以其精湛的艺术技巧令人着迷，提醒我们成年人和少年儿童的童话故事一样多，在许多情况下甚至更多。

对衰老的恐惧和对死亡的焦虑——这也是诗人安妮·塞克斯顿（Anne Sexton）在重写格林兄弟的童话故事时所关切的问题，她将故事以强烈的、令人不安的情绪转变成了成人的诗歌。塞克斯顿于1972年出版的诗集《变形》（*Transformations*），通过韵律改编了格林童话，以颠覆他们的叙事。她在白雪公主的故事中写到一位年迈的王后，以及她是如何与一个十三岁的“可爱的处女”竞争的；在描写王后的时

〔1〕 Garrison Keillor, “My Stepmother, Myself,” *The Atlantic*, March 1982.

候，在她的脑海中很可能浮现出了迪士尼女巫的形象（“棕色斑点布满她的手 / 四根胡须长在唇上”）。“美丽是一种简单的激情，”塞克斯顿宣称，“但是，哦，我的朋友们，在故事的结尾 / 你也会穿着铁鞋跳火舞。”上演王后之死的场景，将舞动着的王后和冻僵了一般的白雪公主并置在一个舞台上。“她（王后）的舌头弹进弹出 / 像煤气灯的火焰一样”直到跳舞至死；“她（白雪公主）的瓷蓝色娃娃眼睁开又闭上 / 有时询问着她的镜子 / 就像所有女人都做的那样。”[1]塞克斯顿的故事中迟钝的白雪公主总有一天会凝视着镜子，走上她继母的老路；当她看到她女儿的美貌超过自己的时候，被刺激后开展行动，最终变成了施虐的代理人。

因此，白雪公主的故事不仅仅是在讲述母女竞争和浪漫的营救。它助长了人们对衰老和代际更迭的焦虑，展现了美丽如何随着时间消逝。与此同时，它也引发了我们对自身死亡的恐惧。白雪公主可能会死而复生——她可能会被拯救，但是我们知道她的美丽也注定会衰老，并且她的肉体也是会死亡的。美好的结局或许是缓解焦虑的一剂良药，但它也提醒着我们，通过创造“永恒”之美的文化工作、“永垂不朽的”的艺术作品，以及对“不朽”爱情的努力追寻都是徒劳的。但是与此同时，

〔1〕 Anne Sexton, *Transformations* (Boston: Houghton Mifflin 1971), 3–9.

就像所有伟大的神话一样，白雪公主的故事永远在暗中削弱其自身存在的根基，并让我们面临一个悖论。通过提供复活的承诺并以最生动的方式展示出来，白雪公主的故事告诉我们，在这种情况下，对美好事物的精神追求，要比死亡具有更强大的力量。

黑魔法、变形和神话想象

“美丽女孩”故事类型，以其丰富的文化差异，为我们提供了最好的童话故事始终如一地传递给我们的两件事：魔法和变形。回想一下杰克种魔豆的过程，当他从豆茎上回来的时候，不仅带着财富（下金蛋的鹅），而且还有歌声（会自动演奏的魔法竖琴）。仙女教母给了灰姑娘漂亮的衣服和一辆魔法马车，然后，噔噔，她立马就从一文不名变成了贵气的名媛。贝拉因同情而潸然泪下，野兽就从一个奇形怪状的怪物身形变成了英俊的王子。白雪公主咬了一口毒苹果，陷入了昏迷，然后被一个吻唤醒——或者，在某些版本中，是当王子的仆人放下她的棺材时，她感受到震动，将苹果从她的喉咙里颠了出来。伴随着魔法以及高度的曲折离奇，就会有许多偶然的巧合、奇怪的意外和被激发的恶作剧出现，这与勇气、风趣和抗争一样都属于童话世界的逻辑。

在格林兄弟的《白雪公主》中，魔力集中在继母这个人物形象身上，她不仅拥有一面神镜，还拥有一种“巫术”，使她可以制作出有毒的梳子和苹果来兜售给白雪公主。在迪士尼版本的故事中，一切都以层层递进的方式，进行了荧幕化的详述；这样一来，邪恶的王后不再是简单地“弄脏”她的脸并打扮成一个卖小商品的女人。相反，当镜子告诉王后，猎人用猪的心脏代替了白雪公主的心脏后，她进入了她的地下巢穴：一个老鼠和乌鸦大量出没的地方。在那里，她查阅了图书馆中发霉的大部头，寻找一个能把她的美貌变成丑陋的“公式”。添加一些“木乃伊的灰尘”让她变老，使用“来自夜晚的黑暗”让她的衣服变黑，用“巫婆的咯咯声”让她的声音变老，用“惊恐的尖叫”让她的头发变白，用“一阵风”煽动她的仇恨，最后，用一个霹雳“把这些配料好好地混合在一起”，她施展了一个“魔法咒语”，然后喝下了这剂把她从貌美王后变成丑陋女巫的药水。在最后充满仇恨的夸张动作中，她制造了一个能够使人睡死过去的毒苹果，然而具有讽刺意味的是，这让她的竞争者比活着的时候更加美丽。

从古老的年代以来，当伊朗词语“maguš”被希腊语作为外来词吸纳的时候，“魔法”就与具有威胁性的陌生力量相联系，背负着一种负面的价值。例如，希腊的“mágos”被看作骗子，并且他的行为被认为是具有欺诈性的。那些实施魔法的人则被视为另类——背信弃义、具有颠覆性并且会产生有害的影响。格林童话中的邪恶王后是巫术大师，与之对应的是，迪士尼动画版的王后擅长各种技艺，从调制药水到施魔咒。魔镜中的声音也许对于占卜预测相当老练，但是王后吸收文字的力量（她地下图书馆中的那些藏书）、各种元素的能量（她一整套的化学实验装备令观众羡慕不已）以及自然的神力（风和霹雳）来施展她的黑暗魔法。如果白雪公主从一个被虐待的孩子自然过渡到有所成就的幸福快乐的大人，她的崛起势必会被她继母——一位依靠魔法和其他异端邪术消灭对手的行家——的邪恶技艺所掩盖。自相矛盾的是，这个童话故事“从此幸福地生活着”的结局，需要某种黑暗的、具有变革性的魔法来促成，这凸显了许多童话女主角所寻求的母性祝福中暗藏的阴谋诡计。

尽管如此，正如我们所看到的那样，故事里还有第二个关于魔法和变形的叙事主线——一种死亡和复活的介质，开启了身体不会腐烂，并且人可以从死亡中复活的可能性。正是这一点使我们可以感知到，我们正处于神话的世界中。伊塔洛·卡尔维诺（Italo Calvino）曾经说过：“穿过童话的森林，神话的活力就像一阵风一样拂动着。”毫无疑问，他脑子里有类似“白雪公主”这样的故事，一个不在基督教和神圣的话语体系中讲述的，更倾向于异教徒和世俗范畴的，讲述死亡和复活的故事。[1]

将白雪公主的故事与美国神话学家约瑟夫·坎贝尔在《千面英雄》中定义的那个“非凡的、永恒的故事”联系起来并不需要开很大的脑洞。[2]根据坎贝尔的说法，英雄的旅程勾勒了从象征意义上的子宫到坟墓的轨迹，紧接着以一种或另一种形式复活。坎贝尔更简洁地将这种模式描述为出发、启蒙、回归，他在这一系列的动作中，看到了一个追踪着英雄（他所提到的英雄都是百分百的男性）的呈螺旋式上升的轨迹，“在通往黑暗的危险旅程中”被拉入迷宫，然后他在其中脱颖而出，成为一个被神恩启的领导者。[3]虽然没有这样的荣耀等待着白雪公主，但她遭遇苦难阶段的情节实际上与英雄旅程的节点并没有根本上的不同，与此同时，这也表明，美有着自身奇妙的魔力。正如许多展示白雪公主棺材的插图所揭示的那样，表现哀悼中的小矮人的场景有一种明显的“三博士朝圣”[4]的即视感，就像故事中同样存在着基督被埋葬和复活的暗示一样。

我们很容易将白雪公主的故事与其他神话故事置于同一个

---

〔1〕 Italo Calvino, *The Uses of Literature* (New York: Harcourt Brace, 1986), 18.

〔2〕 Joseph Campbell, *The Hero with a Thousand Faces*, 3rd ed. (Novato, CA: New World Library, 2008), 1.

〔3〕 Ibid., p. 84.

〔4〕 源自《圣经》故事中耶稣诞生之时，东方三博士前来朝拜的故事。——译者注

对话场景中；举其中的一个例子：德墨忒耳和珀尔塞福涅的故事。故事中的女儿遭诱拐后被带入冥界，只能周期性地回归人间，而这一系列的举动则标志着复活和重生。人类学家告诉我们关于人类所有零碎的东西，都是一个更大的神话，关于生与死，同样关于美。在所有的童话、神话故事中重要的是，当他们创造出与“所有活着的事物一定会死去”这一现实相反的叙事时，如何从相同的叙事弹药库中汲取灵感，去呈现宏大的存在主义的奥秘。

继母的黑魔法敲击着孩子们对全能母亲的恐惧，同样挑动着成年人对人类终有一死的焦虑。童话情节将我们带入家庭内部骚乱的舞台，上演了一位残忍的、擅长黑魔法技艺的长辈与一个无辜的、颤抖着的孩子之间的冲突，这两方构成了在家庭剧情场景中，可能发生的最糟糕的情况。在另一个层面上，这个故事使用魔法来展开与死亡的邂逅，不是轻轻地与死亡擦肩而过，也不是永久地堕入黑暗之中。这提醒了我们，所有的童话故事都有神话元素。

神话，尽管它所有的内容都似乎与虚构、捏造和编织相联系，却以一种不寻常的途径照进现实。当让·谷克多（Jean Cocteau）在战后的法国执导电影《美丽与爱情》（1946）时，他无疑比几乎所有人都更懂得童话故事治愈的能量，“我一直都更喜欢神话而不是历史，”他写道，“历史是变成幻觉的事实；而神话则是成为现实的虚幻。”[1]那么，关于美丽女孩的故事和电影究竟是如何打动了它们的读者和观众？它们做了怎样文化层面的工作？我们又如何在可控的情况下利用它们的能量，用来疗愈而非被毒害？

我们的集体虚构

在《人类简史》中，尤瓦尔·赫拉利（Yuval Noah Harari）描述了一场“认知革命”，正是这场革命使智人能够到达食物链的顶端。赫拉利认为关于语言的发明这件事，最关键的不是语言作为传播知识的工具，而是语言有着创造虚构故事的能力，而这些故事在现实中是没有基础的。集体虚构以神话、传说和宗教的形式出现，它们使人类能够在大群体中合作。但这些故事也不过是虚构的创造物，赫拉利坚信：“在人类的共同想象之外，宇宙中没有诸多的神灵，没有国家，没有金钱，没有人权，没有法律，也没有正义。”[2]我们将这一点作为一种信念，而我们之所以能够幸存下来，正是因为我们创造了集体虚

〔1〕 Quoted in Richard Paul Janaro and Thelma C. Altschuler, *The Art of Being Human: The Humanities as a Technique for Living* (New York: HarperCollins, 1993), 328.

〔2〕 Yuval Noah Harari, *Sapiens: A Brief History of Humankind* (New York: Harper Perennial, 2015), 28.

构，并且不太可能将自己变成真正的信徒。

赫拉利不太关注我们是否认为集体虚构是个谎言，也不太关心我们是否从一开始就对这些故事持怀疑态度。我们一直在互相讲述着“古老的谎言”［佐拉·尼尔·赫斯顿（Zora Neale Hurston）如是说］，这些故事在现在看来显然是反事实的和毫无根据的，它们采用我们称为象征手法的故事形式，不以法律、政治以及商业世界的规则为基础构建叙事，而是建立在探究人类根本性问题的基础上，即了解世界，更进一步地理解我们是谁及我们为什么要做我们所做的事情。当我们讲述童话、神话、传奇或者创作文学小说时，我们极其清楚这些故事不是真的。即便如此，我们还是不断地讲述着他们，不是因为他们告诉了我们真实的历史或者某种真理，而是因为他们在更高的维度，精神层面的真理中运行，帮助我们理解世界可能是怎么样的、应该是怎么样的、也许会是怎么样的。

只是按照字面意思理解，这类故事可能会变得有害。但是，将它们理解成具有象征意义的故事的时候，就可以激发我们的想象力，迫使我们开始思考潜在的危险和蕴藏的生机。正如玛利纳·华纳（Marina Warner）告诉我们的那样，童话故事“超越了所有的想象行为，以一种充满象征意义的世界语来表达”，其中构建表达的“积木”包括“特定类型的人物形象（继母和公主、精灵和巨人）和某些反复出现的特定的意象

（钥匙、苹果、镜子、戒指和蟾蜍）”[1]。与有可能通向创造一种信仰体系的基础性神话和权威性叙事不同，童话接纳不相信的态度，同样也允许怀疑，这促使我们认真地思考故事的界限，同时在我们聆听某一个版本的时候，在自己的脑海中重新想象它。它们衍生出闲话、八卦、唠叨和对话；而所有这些交流方式都协助智人成为集体以物易物、争吵、讨价还价，以及更重要的、集思广益的大师。

然而，并非所有人都会同意，每一个集体的、公共的故事都值得保存，并以新的形态和样式重新焕发生机。艾伦·戴特罗（Ellen Datlow）和泰瑞·温德林（Terri Windling），两位童话专家，将《白雪公主》描述为“最令人不安的”童话经典。他们认为，这个故事“母亲对孩子仇恨的唤起，以及在一个美是权力基础的世界里，一位年老的美女对年轻竞争者的纠缠，都是令人不寒而栗的”[2]。正如我们所看到的，这个故事的众多版本中有很多令人不快的地方，但这可能正是我们不应该让这个关于美丽女孩的故事消失的原因，相反，我们应该在那些让我们反抗的故事中挣扎，只是因为它们让我们走出了舒适区。

---

〔1〕 Marina Warner, *Once upon a Time: A Short History of Fairy Tale* (Oxford: Oxford University Press, 2016), xix.

〔2〕 Ellen Datlow and Terri Windling, *Snow White, Blood Red* (New York: William Morrow, 1993), 105.

当我们正视和质疑像《白雪公主》这样的故事时，我们所获得的比失去的要多得多。举一个引人注目的例子，在理论计算机科学之父艾伦·图灵的生活中，我们可以发现阅读童话故事并接受它们（而不是质疑它们）的巨大影响。迪士尼版本的《白雪公主和七个小矮人》在好莱坞首次亮相一年后，图灵去观看了这部影片，他被邪恶王后在地下巢穴中忙活的场景吸引，她在准备有毒的混合物，使她的继女因此陷入昏迷。

根据他的合作伙伴艾伦·加纳（Alan Garner）的说法，图灵会详细地重温这个场景，他的描述中，苹果一半是红色的，而另一边是绿色的（邪恶的王后实际上是把一个绿色的苹果变成了红色）。更重要的是，他会仪式般地反复吟诵这句台词："将苹果浸入溶液/让沉睡的死神渗透。"1954年6月8日，图灵的女房东发现了他僵硬的尸体。在他的床边有半个苹果；在厨房里有一个装有氰化物溶液的果酱罐。[1]在某些方面，这是真正的图灵之谜，一个来自人工智能奠基者，给那些为魔法使用辩护的人，死后遗留的挑战。图灵的故事提醒我们，打破故事的魔咒，而不是拥抱它诱人的吸引力是多么重要，即使他对迪士尼电影的沉迷并没有对现实生活产生影响，那种痴迷也只

〔1〕 Andrew Hodges, *Alan Turing: The Enigma* (London: Burnett Books, 1983), xxv–xxvi, 615–16.

不过是一种释放根深蒂固的焦虑的表达方式。这些故事的存在是为了活跃我们的想象力，设想故事情节的替代方案，并在创造我们自己的故事时，更具有创造性和冒险性。

我们也许会问，《白雪公主》是否滋养了它旨在缓解的焦虑？这个故事是否在某种情况下放大了母女恩怨戏剧的危险筹码？如果图灵让我们有理由担心童话故事以及它们可能有害的影响，那么当观看艾琳·李·卡尔（Erin Lee Carr）的纪录片《死了的妈妈才是好妈妈》（*Mommy Dead and Dearest*）（2017）时，我们将更有理由害怕幻想的力量。卡尔参与制作了一个引人注目的系列节目，这个系列以一个名叫吉普赛·罗斯·布兰查德的女孩开始，她是孟乔森综合征的受害者（她的母亲需要把一个健康的孩子变成一个危险的病人），影片的开场，她坐在迪士尼乐园的灰姑娘城堡里，吃着"一些真正捣碎的土豆泥"，她这样称呼她盘子里的食物。正如我们所发现的，这是一个从未学会如何区分幻想与现实的女孩。"生活不是童话"，她稍后在等待审判的时候反省到，她与男友一起密谋杀死了自己的母亲。"我通过一条很艰难的路才知道了这一点"，她在被指控犯有二级谋杀罪后供认不讳。

吉普赛·罗斯用哪一部童话来帮助她理解自己的生活？"我喜欢迪士尼电影《长发公主》（*Tangled*），"她对着镜头说道："这片子是关于长发公主的。她是这个王国的公主，她被戈索妈妈从她真正的家中绑架了。并且戈索妈妈在那之后就一直把她关在这座塔里，并告诉她‘不要离开这座塔’，所以，这就是她所知道的一切。最后，戈索妈妈死了。她被扔出了窗外，因为长发公主试图为自己而战，离开她的塔楼。”在很多方面，《长发公主》只是《白雪公主和七个小矮人》的另一个版本，塔就像棺材一样囚禁和限制了一个年轻女子，对于这个世界来说，她就像死了一样。

吉普赛·罗斯从来没有机会学会区分幻想和现实，并且以一种偶然的方式，就像图灵一样，她认同并想要重演童话故事中的情节，而不是去反驳它。她迫切需要追随纯粹幻想的剧本，这使她的生活变成了，如同电影中的一名法官指出的那样，一个“童话般的噩梦”。在一种最坏的情形中，童话巨大的荒诞行为被复制了，但却没有让她体验到童话故事救赎的疗愈价值。故事从来没有在一个安全的空间里被讲述，也就失去了使用象征意义为真实世界导航的机会，在她的案例中，故事成为了造成可怕现实的行为模板。

可以肯定的是，童话故事可能会滋生病态并变得有毒，尤其是当它们变成了令人厌倦的老生常谈时，它们只不过是在重述同一个古老的故事。我们的祖先利用这些叙述来让自己保持警觉和清醒——让人震惊、使人惊讶和引发对话，而不是在自我追求中引起认同和模仿。童话故事的情节，可以让我们参与其中，并克服他们不经意地引起的许多冲突和禁忌。现在留给我们的问题是，如何重写关于美丽女孩的故事，从而使它们成为一种疗愈而非诅咒？

“白雪公主”如何将我们与母女关系纽带的黑暗面相联系

童话故事的戏剧性场面，点亮了那些关乎生存危机的时刻。贝拉被父亲牺牲以安抚野兽；孩子刚出生不久就失去了母亲；一个吃人肉的女巫邀请孩子们进屋吃饭；一个女孩被赶出她曾度过童年的塔楼。很少有生存危机能与女孩成为母性怨恨的受害者相提并论，正如我们所见，同样也没有什么能比《白雪公主》的故事更生动地展示这种恶意。两个对手——一个邪恶、狡猾且坚定；另一个甜美、无辜且幼稚——同时被锁定在生与死的搏斗中，一个注定要死，而另一个则将幸存并茁壮成长。正如我们所见，虽然这个故事以美貌竞赛的形式上演，它实际上带给我们的远不止如此，它以闪电般的速度将我们吸引到从代际冲突、病态自恋到周期变化、复活承诺的诸多命题之中。这个故事开启了一个无法言说的话题：即母爱也许不是坚如磐石的可能性；它给了我们一个机会，去谈论这些在通常情况下，得体的对话中不能提起的话题。

詹姆斯·乔伊斯在《一个青年艺术家的肖像》（*A Portrait*

of the Artist as a Young Man）（1916）中写过一句著名的话："在这个满世界散发着恶臭的粪坑，还有什么是确定的呢？母亲的爱都不是。"[1]我们关于漂亮女孩和她们善妒的母亲的故事，揭穿了母爱全然肯定的确定性的谎言。母爱几乎被普遍认为是坚固的、持久的和随时可用的，而父亲的身份则长期以来与成为父亲的那一刻相联系，而不是与照料和养育的过程相关。这表明，母亲的身份不仅意味着生育的生物本能，还意味着温柔体贴养儿育女的社会活动。

在20世纪70年代的美国，诗人艾德里安娜·里奇（Adrienne Rich）鼓起勇气来描述做母亲的"极度痛苦"。"这是一种感情上极度矛盾的痛苦：在两种选择之间剧烈地交替着，一种是充满苦涩的怨恨、原始的神经质；另一种则是内心充满喜悦的满足和柔情。"有时，一位母亲会视自己为一个"自私而偏激的怪物"，几乎无法控制自己"压抑的愤怒"，陷入"爱与恨的浪潮，甚至嫉妒孩子的童年生活，对孩子的成熟同时寄予希望和感到恐惧"，一位母亲，人类矛盾情感的精髓所在。[2]里奇毫不避讳地、不遗余力地描绘着一位母亲在献身

〔1〕 James Joyce, *A Portrait of the Artist as a Young Man* (New York: B. W. Huebsch, 1922), 285.

〔2〕 Adrienne Rich, *Of Woman Born: Motherhood as Experience and Institution* (New York: Norton, 1986), 21–22.

于抚养孩子的过程中，经历的完整的情感图谱。

“我从未听过一位母亲说不爱自己的女儿”，南希·弗莱迪在她最畅销的母女之间矛盾的情感关系研究的著作《我的母亲 / 我自己》（*My Mother / My Self*）一书中告诉我们。并且她很快补充道：“但我听说过女儿们说她们不爱自己的母亲。”〔1〕显然，有某种禁忌在发挥着作用，而童话故事中母亲残忍的暴行和针对女儿的诡计，都蕴含着丰富的暗示，进而引发需要注意的危险信号。为什么在曾经是成人叙事文化中的故事里，有这么多冷酷且精于算计的（继）母亲？它们是否以某种方式为谈论某些事提供了一个出口，而这些事情在其他情况下被认为是不可提及的？

也许正是因为母亲的愤怒和对孩子的敌意作为一种情感和话题是如此严肃的禁区，所以我们拥有如此多的故事将这些感受戏剧化。南希·弗莱迪告诉我们，母亲们可能会感受到“爱与怨、喜欢与愤怒”的交织，但是她们无法承受“知道这一点”〔2〕。在某些方面，故事可以表达我们在现实生活中压抑的情感，然后通过富有想象力的思维活动，释放在社会文化意义上难以被接受的有毒的感受。我们可以谈论对孩子敌意的机会越

〔1〕 Nancy Friday, *My Mother / My Self: The Daughter's Search for Identity* (New York: Delta, 1977), 10.

〔2〕 Ibid.

少，释放这些情绪的冲动就越强烈。还有什么比编造一个如此离谱的，以至于不可能是真实发生的故事更好的方式来释放它们呢？

精神分析之父准确地理解象征是如何为植根于现实生活的、禁忌的幻想和思维提供掩护的。西格蒙德·弗洛伊德在一篇关于作家和他们的白日梦的文章中描述了，为什么没有一个头脑正常的人会考虑泄露他们无所事事时空想的内容，因为其中通常沾染了太多他们对内心深处感受的内疚和羞耻。他告诉我们，尽管如此，诗人们使用艺术的华丽词藻和伪装，来掩盖梦中的表达被发现的某种焦虑，然后他们施展魔法，以一种吸引人的形式呈现它们。它们使我们能够“在无须自责或感到羞耻的情况下享受我们自己的白日梦”[1]。而最适合在面对内疚和自我谴责时恢复快乐源泉的艺术类型，除了童话故事还能是什么呢？

童话以其运作方式所带来的经济财富而闻名。事实上，虽然是关于残酷母亲的故事，也许为成年女性提供了极具表现力的出口，它们同时也可以帮助儿童，让他们有机会可以自由地发泄对母亲的敌意。我们已经看到了，反对向孩子透露母性愤怒的禁忌是多么强大，还有一个同样强大的禁忌是，

[1] Sigmund Freud, “Creative Writers and Day-Dreaming,” in *The Freud Reader*, ed. Peter Gay (New York: Norton, 1989), 443.

反对揭露幼儿对母亲纯洁之爱的神话。瑞士心理治疗师艾莉丝·米勒（Alice Miller）指出：“有一个禁忌抵挡了近期所有关于启蒙的努力，那就是，母爱的理想化。”[1]通过将母亲分为好（通常已经死了）母亲和邪恶的继母、婆婆或女巫，童话使孩子们沉迷于各种关于“坏”母亲的可怕幻想中的同时，能够保持对他们自己父母的正面感受。正如布鲁诺·贝特尔海姆（Bruno Bettelheim）在他对童话故事研究的里程碑《魔法的用途》（*The Uses of Enchantment*）中所说的那样：“为了保持良好的形象不受损害，而将一个人如此一分为二，对于许多孩子来说，这都是一种经营一段难以处理或理解的关系的解决办法。”并且，通过这种策略，“所有的矛盾都突然被化解了”[2]。这个结论可能会让人觉得有点轻率，但是它提醒着我们，情感矛盾一直是童话故事的基本内容。

像《白雪公主》这样的故事，成功地为母亲这个角色所暗藏的怨恨情绪赋予了声音，特别是在她的体能和精神储备因照

---

〔1〕Alice Miller, *The Drama of the Gifted Child* (New York: Basic Books, 1981), 4.

〔2〕Bruno Bettelheim, *The Uses of Enchantment* (New York: Vintage Books, 1976), 67. 精神分析学家梅兰妮·克莱因（Melanie Klein）写出了，婴儿如何因为感觉到伤害了滋养他们的“乳房”而产生内疚，并将这种内疚感转化为“被害焦虑”——“引起内疚”的对象变成了迫害者或“报复、吞噬和毒奶”。

Klein, *Envy and Gratitude and Other Works, 1946–1963* (New York: Free Press, 1975), 231.

顾孩子而捉襟见肘时。这个故事的天才之处在于，它使孩子能够保有一个保护孩子、养育孩子的母亲的正面形象；同时将所有掩藏的、对真实生活中母亲的敌对情绪都投射到邪恶的替身身上，因为母亲有时可能会克制自己的爱意或是打击孩子的快乐。这个故事可以成为一个富有成效的接触区，适用于从母亲和孩子到治疗师和患者的多种两两相对的关系中；即使这个故事揭示了母女关系的阴暗面，同样也具有深入洞察的潜力。

但是当小孩独自观看那些类似《白雪公主》的故事时会发生什么呢？1997年，迈克尔·科恩制作了一部关于《白雪公主》的改编电影，并为其起了一个副标题——恐怖故事（*Tale of Terror*），这个描述准确地捕捉到了孩子们在接触这个故事时可能会经历的情绪。白雪公主被留在树林里，和一个猎人在一起，在许多版本的插图中，猎人都是手里拿着匕首的造型，凭借着自己美貌的保护力，白雪公主设法逃脱了。在迪士尼版本的《白雪公主和七个小矮人》中，她逃离了猎人并进入了一个闹鬼的森林，在森林里，原木变成鳄鱼，树枝抢夺着她的衣服。在这部1937年的电影中，我们看到她正面对着我们，张大嘴巴，睁大眼睛，张开双臂，惊恐地在危险的地形上攀爬。

在现代，我们已经将许多天真无辜的、受迫害的女主角变成了武士公主，她们挥舞着武器，并用智慧战胜对手。但是，表现脆弱、软弱和恐惧同样是有价值的。展示一个孩子会经历的所有脆弱无助的情感，并借此指出尽管有这些负面的感觉，寻找到一条通往安全的路也是有可能的。毫无反抗能力的白雪公主，使成年人能够回到过去，再一次感受曾经想象自己没有任何资源是什么样的感觉；甚至故事可以让孩子们在一个安全的地方，体验到与被抛弃、身处危险境地和缺乏成年人保护的感觉相关的情绪冲动。也许这正是在心理治疗领域使用魔法力量的一种解释，即作为一种手段，不仅可以回忆起童年遭受的重大创伤，也可以记起与那些回忆中的片段相关的感觉。

让我们忘记过去高雅文化中祭司们的吟唱吧。现如今，我们正在发觉我们可以改变关于叙事的叙事。与其将故事服务于想象共同体的构建，其中包含着对民族国家共同的效忠精神（就像格林兄弟，以及步他们后尘的诸多搜集者所做的那样），我们也可以开始识别，被民俗学家威廉·威尔斯·纽维尔（William Wells Newell）描述为“黄金网络”链条上的节点，根据他的描述，这个网络将在政治秩序、法律实务和经济安排等方面截然不同的世界联系起来。[1]我们想象中属于我们的故事，其实也属于你和我，而这些集体虚构在世界各地被使用，

〔1〕 William Wells Newell, *Games and Songs of American Children* (New York: Harper & Brothers, 1884), 225.

不仅是为了娱乐和分散对现实世界的注意力，同样还可以激发我们的想象力，描绘我们的渴望并塑造我们的身份认同。在永无穷尽的最美的和绝妙的形式中，同样的故事不断地重新流行起来（以新的方式），来揭示我们不仅通过政治、金融和法律世界的集体虚构来生存，即使这些制度构成了人类世界；但是与此同时，我们也倚仗着所有那些让这个世界更人性化的古老谎言而生活。这些故事是关于家庭的，但它们也同样给我们讲述着更大意义上的家庭，提醒着我们彼此都是近亲，我们所共同拥有的比我们可以想象的要多得多。正如我们所看到的，来自世界各地的童话故事中的"美丽女孩"永远提醒着我们，我们的集体恐惧和欲望是多向的和复杂的，但与此同时它们的核心也以强大的方式相互地理解着和关联着。[1]

---

〔1〕当今，研究世界奇观意味着接受唐纳德·哈斯（Donald Haase）所称的挑战，将"童话生产和接受准确地理解为翻译、转变和跨文化交流的行为"，并意识到"19世纪的民族浪漫主义模式，文化和民族的纯洁性"将不再占主导地位。Haase, "Decolonizing Fairy-Tale Studies," *Marvels & Tales* 24, no.1 (2010): 17–38. 曾经，以国家的方式来构建文化空间似乎是合乎逻辑的（我们的学科长期以来一直以这种方式组织，只是逐渐让位于新的跨学科结构），但在一个自觉承认混合性、多元化、跨界、超文本的全球意识时代，童话的制作和分析提醒我们，这些"简单的故事"所进行的文化工作，在最深的层面上始终具有异质性和复杂性。在这一点上，请特别参阅 Cristina Bacchilega, *Fairy Tales Transformed? Twenty-First Century Adaptations and the Politics of Wonder* (Detroit: Wayne State University Press, 2013); and Lee Haring, "Techniques of Creolization,"（欧洲语与殖民地语的混合化——译者注）*Journal of American Folklore* 116 (2003): 19–35。

致读者

本书中的故事将带领读者踏上一段生机勃勃的旅程，可以远离此时此地，进入很久以前和遥远的故事文化。我们的祖先讲述了什么样的故事，来表现母女关系以及出现在她们之间的代际冲突？这些故事在过去是如何转变的，而那些新的转折是否在某种意义上具有启示性？

书中的每个故事都有其自身的引力，可以毫不费力地与相邻的故事分开。同时，关于美丽女孩的童话故事也可以连续阅读，不一定要按照出版时间排列的顺序。就如读者们可能想在某一个晚上到印度去旅行，另一个晚上去意大利，第二天晚上又想在葡萄牙停留。对于那些有兴趣了解故事其他版本的人，参考书目提供了许多深入探索的机会，从古罗马诗人奥维德《变形记》中“喀俄涅的故事”到斯诺里·斯图鲁松的北欧史诗中斯纳尼弗里的故事，再到关于白雪公主和其他美丽女孩的当代图画书、小说和电影，应有尽有。

书中展示的故事，是从多元的社会和文化背景中搜集来的，一些是当地的收藏家为了增强民族认同感而搜集的；但另一些则是非本土的人类学家或殖民地的行政机构，为了了解被殖民者的思维方式而搜集的。他们出版的故事，正如萨迪哈纳·奈沙尼（Sadhana Naithani）提醒我们的那样，“在时间上和精神上与讲述者分离”，并被重新赋予了目的，即成为那些对故事的社会背景毫无理解的人的消遣。不过他们的记录仍然给了我们一个看见的机会，也许是带着厚厚的有色眼镜，让我们看到了在地理上、文化上相距甚远的世界之间的某种联系。

小小白雪公主

格林兄弟的《小小白雪公主》在1857年出版的《格林童话》的最后一版中以规范的形式出现。它以一种文学的语言写就，这反映了格林兄弟投入了巨大的精力，以便以最“诗意”的形式写下这个故事。《白雪公主》较早的手稿版本（下文中的第二个故事）表现了为确定“初稿”所做的努力，这个故事兼顾了格林兄弟可以接触到的许多白雪公主故事的特征。那个版本的质量有一点粗糙，是一部东拼西凑的作品，里面有一位来自英格兰的王后。故事的另一个开头附在下面两个故事后面。白色、红色和黑色作为诗歌色彩和童话色彩的价值，在白雪公主被诅咒般地重复的特征中变得越发明显。在其他德国民间故事的叙事中，红、白、黑的颜色编码，并不是关于引起母亲妒忌的美丽女孩故事的重要元素。

在很久很久以前，严冬时节，雪花如羽毛般从天而降。这时，一位皇后坐在黑檀木框装饰的窗边，正做着针线活，她望向窗外的大雪，一不留神，缝衣针刺破了她的手指。有三滴血滴落在雪地上。红色在白雪的映衬下显得如此美丽，于是她心想："但愿我有一个孩子，白如雪，红如血，黑如窗框上的乌木一样。"没多久，她就生下了一个小女孩，果真得偿所愿，这个孩子白如雪，红如血，黑如乌木，人们称她为白雪公主。孩子出生后不久，皇后就去世了。

一年后，国王娶了另一个女人。她是一位美丽的女士，但是傲慢且自负。在美貌方面，她无法忍受输给任何人，而被排在第二位。她拥有一面魔镜，当她站在魔镜前看着自己时，她会重复这句话：

> 镜子镜子挂墙上，
> 谁是最美的女郎？

墙上的镜子就会回答说：

哦我的女王，您就是这十里八乡最美的女人。

然后她就会感到非常满足，因为她知道镜子总会说真话。

与此同时，白雪公主长大了，并且每一天都会比前一天变得更加标致可人。等她长到七岁的时候，她就像明媚的春光一样美丽，比王后更加娇艳动人。有一天王后问魔镜：

镜子镜子挂墙上，
谁是最美的女郎？

镜子回答道：

我的王后，您是这里最美的，
但是白雪公主还要再美上一千倍！

王后听到这话时，开始颤抖了起来，嫉妒让她的脸都变青了。从那一刻起，她就恨透了白雪公主，并且每当她的目光落在白雪公主身上的时候，她的心就变得冷如磐石。嫉妒和傲慢像野草一样在她的心里滋长。夜以继日，她一刻也没有再安宁过。一天，她召来一个猎人，并对他说：“把那女孩带到森林里去。我再也不想看到她了。杀了她，把她的肺和肝带回来给我，作为你事成的证据。”猎人听从了王后的命令，把女孩带到了森林里，但是就在他拔出猎刀并准备将它刺入白雪公主无辜的心脏的时候，白雪公主开始哭泣，同时恳求他说：“唉，亲爱的猎人，饶我一命吧。我保证跑进森林里，再也不回来了。”

白雪公主是那样的美丽，以至于猎人对她产生了怜悯之心，于是他说道：“快离开这里逃走吧，你这个可怜的孩子。”

“用不了多久，野兽就会把你撕碎的。”他心想。他感到好像一副重担从肩上卸了下来，因为至少现在他不必杀了她。就在这时，一头年幼的野猪从他身边跑过，于是猎人将它刺死，并取出了它的肺和肝脏。他将小猪的肺和肝脏交给了王后，作为他已经杀死那女孩的证据。厨师被吩咐用它们做了卤肉，这个邪恶的女人美餐了一顿，她以为已经吃下了白雪公主的肺和肝。

可怜的白雪公主被独自留在了广阔的森林里。她害怕极了，以至于她只敢一声不吭地盯着各种树上的树叶，不知道接下来该怎么办。她开始奔跑，跑过锋利的石头，跑过荆棘丛生的灌木丛。野兽有时会靠近她，但并没有伤害她。她跑呀跑呀，一直跑到精疲力尽。夜幕降临，她看到一间小屋，便走进去休息。屋子里的每样东西都很小，考究得难以形容并且毫无瑕疵。有一张小桌子，白色的餐布上放着七个小盘子。每个小盘子里都有一个小勺子，总共有七副小刀叉和七个小杯子。七张小床靠墙排成一排，每张床都铺着雪白的床单。白雪公主又渴又饿，她从每个小盘子里吃了一点蔬菜和一些面包，又从每个小杯子里喝了一小口葡萄酒。她不想把某一个盘子里的所有食物一下子都吃掉。后来，她太累了，于是把每一张床都试了一下；但是，第一张床太长，第二张又太短，似乎没有合适的尺寸，直到试到第七张床，尺寸刚刚好，于是她就躺在床上，说了她的祈祷词，很快就睡着了。

等到外面的天完全黑了，小屋的主人们才回来。他们是七个小矮人，白天他们都在山里度过，开采矿石、挖掘矿物。他们点亮了他们的七个小灯笼，当小屋亮起来的时候，他们发现有人来过了，因为有些东西不再是他们离开时的样子。

第一个小矮人问："谁坐了我的小椅子？"

第二个问："谁从我的小盘子里吃了东西？"

第三个问："谁在我的小面包上面咬了一口？"

第四个问："谁吃了我小盘子里的蔬菜？"

第五个问："谁用了我的小叉子？"

第六个问："谁用我的小刀切了东西？"

第七个问："谁用我的小杯子喝了葡萄酒？"

第一个小矮人转身发现他床上的床单被弄皱了，他说："谁爬过我的小床了？"

其他人赶紧跑过来，都喊道："我床上也有人睡过了。"

当第七个小矮人往他的小床上看过去的时候，他看到白雪公主躺在那里睡着了。他呼唤其他的小矮人，他们赶紧跑过来，并惊讶地举着七只小灯笼，让光线照在白雪公主身上。

"我的天哪，哦我的天哪！"他们惊呼，"多漂亮的孩子啊！"

看到白雪公主，小矮人们都很高兴，所以他们决定不叫醒她，而是让她继续睡在她的小床上。第七个小矮人和他的每个同伴都睡了一个小时，直到夜晚结束。

早上，白雪公主醒了。当她看到小矮人们的时候，很害怕，但是他们很友好地问："你叫什么名字？"

"我叫白雪公主。"她说。

"你是怎么到我们家的？"小矮人问道。

然后她告诉他们她的继母是如何试图杀死她，而猎人是如何饶了她一命。她跑了一整天，才找到他们的小屋。

小矮人们告诉她："如果你能为我们打理房子、做饭、铺床、洗衣服、缝衣服、织衣服，并且把所有的东西都打理得井井有条，那么你就可以和我们住在一起，而我们会给你你需要的一切。"

"那太好了。"白雪公主回答说，然后她就和他们住在了一起。

她为小矮人们打理房子。早上，他们上山去寻找矿产和黄金。晚上，他们回来的时候，晚餐早已在桌上等候着他们。女孩在白天是一个人待着，好心的小矮人们给了她一个严厉的警告："小心你的继母。她很快就会知道你在这里。不要让任何人进屋。"

王后吃完她认为的白雪公主的肺和肝后，确信自己又一次成为了这片土地上最美丽的女人。她走到镜子前，说道：

镜子镜子挂墙上，
谁是最美的女郎？

镜子回答道：

您在这儿是最美，亲爱的女王，
但小白雪公主在森林里
和七个小矮人在一起，
是现在最美的女郎。

王后听到这些话吓了一跳，因为她知道镜子是不会说谎的。她立刻意识到猎人欺骗了她，白雪公主现在一定还活着。她深思了很久，想着如何能够杀死白雪公主。除非她本人是这片土地上最美的人，否则她的心中只剩嫉妒在灼烧。最后，她想出了一个计划：如果她把脸弄脏，打扮成一个年老的小贩，别人就完全认不出她来了。她乔装打扮，越过七座小山，来到七个小矮人家门前。她敲了敲门，喊道："物美价又廉嘞。"

白雪公主从窗户探出头来，说："日安，老太婆，你卖的是什么？"

"好东西，漂亮的东西，"她回答说，"五颜六色的束腹带。"说着她拿出了一条织成多种颜色的丝绸系带。

"我可以让这个好女人进来。"白雪公主心想，然后她打开门，并买了那条漂亮的绸带。

"哦，我的孩子，你是多么有眼光啊！来，让我帮你系好吧。"

白雪公主一点也不担心。她站在老妇人面前，任她帮自己穿上新的系带。老太婆绑得太快太紧，以至于白雪公主的呼吸都被切断了，她像死了一样倒了下去。

"这样就是最美的人啦！"老太婆大叫一声，然后跑远了。

过了没多久，傍晚时分，七个小矮人回到了家。当看到心爱的白雪公主躺在地上时，他们吓坏了。她一动也不动，以至于他们确信她已经死了。他们把她抱起来，当看到她的系带太紧时，他们把带子剪成了两段。白雪公主开始呼吸，渐渐地，她恢复了生机。小矮人们知道发生了什么事后，纷纷说道：

“那个年老的小贩不是别人，正是邪恶的王后。要当心呀，除非我们在家，否则不要让任何人进来。”

当那个邪恶的女人回到家后，她走到镜子前问道：

镜子镜子挂墙上，
谁是最美的女郎？

镜子像往常一样回答：

您在这儿是最美，亲爱的女王，
但小白雪公主在森林里
和七个小矮人在一起，
是现在最美的女郎。

听到这些话，王后血管里的血液都凝固了。她吓坏了，因为她知道白雪公主还活着。“但这一次，”她说，“我一定会想出能摧毁你的东西来。”

王后使用了她所有的巫术，制作了一把有毒的梳子。她换了衣服，伪装成了另一个老太婆。她再一次越过七座小山，来到七个小矮人家门前，她敲了敲门，喊道：“物美又价廉嘞！”

白雪公主看向窗外，说道：“走开，我不能让任何人进来。”

“就只是看看怎么样？”老太婆说着，拿出那把有毒的梳子，高高地举在空中。这孩子太喜欢这把梳子了，以至于她完全冲昏了头脑，打开了门。两人谈好价钱后，老太婆说道：“现在让我好好地给你梳梳头吧。”

可怜的白雪公主丝毫没有怀疑，任由这个女人给她梳头，但是梳子刚碰到她的头发，毒药就起效了，女孩昏过去倒在了地上。

“好了，我的美人！”邪恶的坏女人说：“现在你完了。”然后她便匆匆地离开了。

幸运的是，那时候已经快到傍晚了，七个小矮人已经在回家的路上了。当看到白雪公主像死了一样躺在地上的时候，他们立刻就怀疑到了继母。他们检查了白雪公主的身体，发现了有毒的梳子。他们把梳子拔出来，白雪公主就活了过来。她告诉他们发生的一切。他们再次警告她，要保持警惕，不要给任何人开门。

回到家里，王后站在镜子前，说道：

镜子镜子挂墙上，
谁是最美的女郎？

镜子像往常一样回答：

您在这儿是最美，亲爱的女王，
但小白雪公主在森林里
和七个小矮人在一起，
是现在最美的女郎。

王后听到镜子说这些话的时候，开始因愤怒而颤抖起来，“白雪公主必须要死！”她叫喊着：“即使要我付出生命的代价也在所不惜！”

她走进了一个偏僻的房间，隐藏在一个别人从未踏足过的地方，在那里制作了一个充满了毒药的苹果。苹果的外表看起来很诱人，白里透红，以至于一旦看到它，你就会忍不住要吃掉它。然而，无论是谁，只要咬上小小的一口就会死掉。王后做完苹果后，弄脏了自己的脸，装扮成一个老农妇的模样，然后她翻过了七座山，来到了七个小矮人的家门前。她敲响了房门，白雪公主从窗户探头出来，说道：“我不能让任何人进来，七个小矮人不许我开门。”

“那也没关系的，”这个农妇回答道，“我怎么样都能卖掉这些苹果。嘿，让我送你一个吧。”

“不了，”白雪公主说，“我不应该从任何人手里拿任何东西。”

“你是担心这苹果有毒吗？”老妇人说道，“来吧，我把苹果一分为二，你吃红的这半，我吃白的。”

这个苹果是王后精心制作的，只有红色的那半是有毒的。白雪公主非常想吃这个漂亮的苹果，当看到农妇在吃苹果的时候，就再也忍不住了。她把手臂伸出窗外，接过了有毒的半个苹果。但是，她咬了一小口，就立马倒在地板上，死去了。王后用狰狞的眼神盯着她，放声大笑：“白如雪，红如血，黑如乌木！这回矮人们也无法让你起死回生！”

回到家里，她问镜子：

镜子镜子挂墙上，
谁是最美的女郎？

它终于回复了：

哦，王后，您就是这片土地上最美的人。

她嫉妒的心终于平静了，平静到一颗嫉妒的心所能达到的最佳状态。

傍晚，当小矮人们回到家里的时候，他们发现白雪公主躺在地上。她的唇边已没有一丝气息。她死了。他们把她抱起来，四处寻找可能有毒的东西。他们解开她的束腹带，梳理她的头发，用水和酒给她洗脸，但这些都没有用。亲爱的孩子死掉了，并且怎么样也不能把她救回来。他们把她放在一个棺材架上，七个小矮人都坐在棺材旁边，哀悼她。他们哭了三天，准备把她埋在地下，可她看起来仍然像个活生生的人，依然拥有着白里透红的美丽脸颊。

“我们怎么可能把她放到黑暗的地下？”他们问到。于是他们做了一个透明的玻璃棺材，这样从每一个角度都可以看到白雪公主。他们把她放进去，用金色的字母写下她的名字，并补充道她是一位国王的女儿。他们把棺材抬上山顶上，轮流守候在那里。动物们也来悼念白雪公主，最初是猫头鹰，后来是一只乌鸦，最后是一只鸽子。

白雪公主在棺材里面躺了很长一段时间，但是她并没有腐烂，看起来就像睡着了一样，因为她还是白如雪，红如血，头发黑如乌木。

有一天，一位国王的儿子在穿过森林的时候，来到了小矮人的小屋，他想要在这里过夜。在山顶上，他看到了美丽的白雪公主躺在透明的玻璃棺材里，并且读了金色字母写就的文字。然后他对矮人们说：“让我带走这个棺材吧，我会给你们想要的一切。”

矮人们说道：“即使用全世界所有的黄金来换，我们都不会把它交给你。”

王子又说："把它作为一个礼物给我吧，如果看不到白雪公主，我就无法活下去。我会尊重她、珍视她，就像她是我的挚爱一样。"

善良的小矮人听到这话，都很可怜他，就把棺材交给了他。王子吩咐仆人们把棺材扛在肩上抬走。碰巧，仆人们被一棵灌木绊倒了，一阵颠簸把卡在白雪公主喉咙里的毒苹果颠了出来。她复活了。"天哪，我在哪里？"她惊叫道。

王子喜出望外，说："你和我在一起，"他讲述了发生的事，并说道："我爱你胜过世界上的一切。跟我一起去我父亲的城堡。你就是我的新娘。"白雪公主对他感到很亲切，就跟他走了。很快他们举行了一场盛大的婚礼。

白雪公主邪恶的继母也被邀请参加婚宴。她穿上漂亮的衣服，站在镜子前，说道：

> 镜子镜子挂墙上，
> 谁是最美的女郎？

镜子回复：

> 我的女王，您可能是这里最美丽的，
> 但年轻的皇后要美丽一千倍。

这个邪恶的女人咒骂了一句，感到非常沮丧，不知道该怎么办。起初她不想去参加婚宴，但是她再也无法拥有片刻安宁，必须去看看这位年轻的皇后。在王后踏入城堡的那一刻，白雪公主就认出了她。王后吓坏了，她只能站在那儿，无法移动分毫。铁舞鞋已经在炭火上烧红了，用钳子放在了她的面前。她不得不穿上这双烧红的鞋子跳舞，直到倒在地上，死去了。

小小白雪公主，或那个不幸的姑娘

一个冬日，大雪从天而降。一位王后坐在窗边，窗框是用乌木做成的，她正在做针线活儿。她一直梦想着有一个孩子，在她想象的时候，她的针扎到了手指。三（几）滴血落在了雪地上。她许下一个愿望，说道："哦，要是我有个孩子，像这里的雪一样白，脸颊像这血一样红，而眼睛像这窗框一样黑，该多好呀。"

没过多久，她就生下了一个绝美的小女孩，白如雪，红如血，黑如窗框上的乌木。王后是这个王国最美的女人，但白雪公主的美却更胜千万倍。当王后求助于她的镜子，问道：

镜子镜子挂墙上，

整个英格兰最可爱的人是谁？

那面镜子回答道："你，哦，王后是最美的，但是白雪公主的美貌更胜过千万倍。"

王后再也无法坐视不理，如今的白雪公主已经成为整个王国最美的人。

有一天，国王必须去出征打仗。王后套上一辆马车，吩咐车夫将车赶进漆黑的森林深处。她带着小白雪公主一起。森林里有许多美丽的红玫瑰。在森林里停歇片刻后，王后对女孩说："哦，白雪公主，从马车上下去，从那些美丽的玫瑰中摘一朵给我吧。"白雪公主听从命令一离开马车，马车就飞快地驶走了，因为这是王后的命令。她希望野兽会把她吃掉。

白雪公主独自一人待在森林里，她哭了起来。她走呀走，当她看到一座小房子出现在面前的时候，她已经非常疲惫了。七个小矮人住在这座房子里，但他们正在矿井里劳作，所以那时并不在家里。白雪公主走进屋子，看到一张桌子，桌上放着七个盘子，旁边还有七把勺子、七把叉子、七把刀和七个玻璃杯。房间里还有七张小床。白雪公主从每个小盘子里都吃了一点蔬菜和面包，然后她从每个小杯子里都喝了一小口。她感到很累，想要睡觉。于是她试了每张床，发现除了最后一张之外其他的都不舒服，于是她躺在最后一张床上睡着了。

七个小矮人回到家后，每个人都问：

"谁从我的盘子里吃了东西？"

“谁吃了一些我的面包？”

“谁用了我的叉子？”

“谁用我的刀切了东西？”

“谁从我的杯子里喝了东西？”

然后第一个小矮人问道：

“谁试了我的床？”

然后第二个也说有人试过他的床。第三个和第四个说了同样的话，一个接一个，直到他们都意识到白雪公主正躺在第七张床上。他们发现她太迷人了，就怜悯她，让她继续睡下去，最后，第七个小矮人只能和第六个睡在一张床上。

到了第二天早上，白雪公主醒来的时候，小矮人问她是怎么找到了小屋的。她向他们讲述了一切，告诉他们，她的母亲——王后，是如何把她带到森林里，然后把她一个人留在那儿的。小矮人们很同情她，就邀请她和他们住在一起。他们在矿井里劳动的时候，她可以为他们做饭，但是她必须小心王后，不要让任何人进屋。

后来，当王后得知白雪公主和七个小矮人住在一起，并没有惨死在森林里时，她打扮成一个卖货的妇人，找到了小矮人的房子，并请求进屋展示她的商品。白雪公主没有认出她，她在窗口对妇人说，自己不能让任何人进来。卖货的女人说：“但是你看，亲爱的孩子，我身上带了很多美丽的系带，我会把它们以一个好价钱卖给你！”

白雪公主心想：“我确实需要一些新的胸衣，让那个女人进来也无妨，我可以和她好好地讨价还价。”她打开门并买了一些系带。卖完这些系带后，卖货的女人说：“哎呀！可是你的系带系得真不好！那是不对的。我会把你系得好好的、紧紧的。”这个老妇人，也就是真正的王后，拿起带子，把它们拉得很紧，以至于白雪公主像死了一样倒在地上，然后她就走了。

小矮人们回到家，看到白雪公主躺在地上。他们很快就弄清楚是谁来过了，并解开了白雪公主的系带，她又活了过来。小矮人警告她要多加小心。

当得知女儿还活着，王后气得发狂，她再次伪装自己，又一次来到了那间森林小屋，试图卖给白雪公主一把漂亮的小梳子。白雪公主立马被梳子迷住了，就这样，王后又占了上风，她径直穿门而入，并开始梳理白雪公主美丽的头发。王后用力地把梳子插在了女儿的头上，让她倒在地上死了过去。

当七个小矮人回到家，他们看到大门敞开着，白雪公主就在那里躺着。他们马上就知道谁该为这场灾难负责。他们以最快的速度从她的头发中拔出了梳子，白雪公主恢复了生机。小矮人告诉她，如果下次她再中了王后的圈套，他们就无能为力了。

王后气急了，因为她得知白雪公主还活着，于是她第三次打扮成一个农妇，并随身携带了一个苹果。苹果的一侧，也就是红色的一半，被下了毒。白雪公主没有让那妇人进屋。但是妇人通过窗户将苹果递给了白雪公主，就在那时，王后摆出了一个看不清楚她是谁的姿势。白雪公主咬了一口这个漂亮的苹果，从红色的部分，随后她就倒在地上，死了。当七个小矮人回到家里的时候，他们也无能为力了。他们很痛苦，感到非常悲伤。他们把白雪公主放在一个玻璃棺材里，她还是像之前那样美丽。他们把她的名字和她的世系刻在棺材上，并日夜小心翼翼地守护着。

最后，国王，也就是白雪公主的父亲回家了，途中经过了七个小矮人居住的森林。当他看到棺材和上面刻着的内容时，他为女儿的死哀痛不已。他的随从中有一些专业的医生，他们请小矮人把棺材里的尸体交给他们。然后他们把绳子绑在房间的四个角落，一拉，白雪公主就复活了。他们都回家了。白雪公主嫁给了一位英俊的王子。在婚礼上，一双舞鞋在火上加热，王后不得不穿着它们跳舞，直到她倒地而死。

＊＊＊＊＊＊＊＊

在另一个版本中，小矮人用他们的小魔法锤敲了三十二下，这就是他们成功唤醒白雪公主的方法。

一个不同的故事开场

从前，有一个伯爵和一个伯爵夫人。他们驾着马车经过三座白雪皑皑的山。伯爵说："我希望有一个像这雪一样白的小女孩。"他们又往前走了一点，经过了三个满是鲜血的池子。伯爵又许了一个愿望："要是我有一个脸颊像这血一样红的小女孩就好了！"没过多久，三只黑得像煤炭一样的乌鸦飞过头顶，伯爵又许愿想要一个小女孩，她的头发像乌鸦一样黑。终于，他们遇到了一个白如雪、红如血、黑如乌鸦羽毛的女孩，她被叫作白雪公主。伯爵邀请她坐在马车上，但伯爵夫人并不想要她。她忍不住扔下了一只手套，并让白雪公主捡回来。当白雪公主爬下车的时候，马车就飞快地离开了……

年轻的奴隶

詹巴蒂斯塔·巴齐尔（Giambattista Basile，1575—1632）写了五十个故事，这些故事在他死后以《故事的故事》为名出版，成为欧洲最早的印刷童话集之一，成为文学的里程碑。尽管这本书有一个副标题，暗示这些故事是为孩子们准备的（"小家伙们的娱乐"），然而它也以《五日谈》的名字被熟知，并为我们提供了许多为见多识广的成熟观众量身定制的童话故事，有着包括不忠、婚姻阴谋和家庭冲突在内的成人主题。巴齐尔用那不勒斯方言写作，他使用华丽的语言、精巧的文字游戏和文学艺术效果来创作生动的叙事，而这些故事是下流的、粗俗的且充满着令人不快的情节。《年轻的奴隶》给我们提供了一个白雪公主故事不同寻常的新花样，故事中的女主角被她叔叔的妻子而不是继母或婆婆迫害。巴齐尔的故事特别引人注目的是，私人的内心告白转变成了公开的罪行揭露。当丽莎向她的洋娃娃吐露心声时，同时也播报了迫害她的人的罪行。她在宴会上又一次公开讲述了她的遭遇。《蓝胡子》讲述了一个连环杀手的故事，他有一个密室，里面存放着他前妻们的尸体，许多版本的《蓝胡子》在结尾都自我反省式地暗示，讲述自己故事有一种力量，可以让自己从叙事中解脱出来并活着讲述它。

从前，有一位塞尔瓦斯库拉男爵，他有一个未婚的妹妹。这个女孩曾经常和其他同龄的女孩一起去花园里玩耍。有一天，她们发现了一朵盛开的美丽玫瑰花，于是她们决定奖励能跳过玫瑰而不碰一片叶子的女孩。少女们都能越过它，但是每个人最后都碰到了它，没有一个人能完全符合条件。轮到男爵的妹妹莉拉时，她先是后退了几步，助跑后跳过了灌木，而且没有碰到那朵玫瑰花。然而还是有一片花瓣掉在了地上，但是她很快捡起来吞了下去，没有人注意到她。她赢得了赌注。

三天过去了，莉拉突然意识到她一定是怀孕了。她简直要羞愧而死，因为她知道自己并没有做过任何鬼鬼祟祟的事，也没有参与过任何丢脸的行为。她的肚子怎么会一点点大起来了呢？她去拜访了一些曾经与她为友的仙女们的家，然后，当女孩给仙女们讲述她的故事的时候，仙女们告诉她不要担心，这都是因为她吞下了那片花瓣的错。

莉拉听到这件事后，她小心翼翼地隐瞒自己的情况，等到胎儿足月，她生下了一个可爱的小女孩，取名为丽莎。她把这个女孩送到了仙女们的身边，每个仙女都赋予了她不同的魅力。最后一个因为急着要看孩子，滑了一下，脚扭伤得很厉害，在剧烈的疼痛下，她阴差阳错地释放了诅咒。这意味着当女孩七岁的时候，她的母亲在梳理她的头发时会忘记取下梳子，而梳子会一直卡在那里并导致丽莎的死亡。

在第七年结束的时候，一切都如预言的那样发生了。那位绝望的母亲悲痛欲绝，她将女孩的尸体放在七个水晶棺材中，一个套一个，然后将棺材带到宫殿中一个偏僻的房间里，并把钥匙随身带在口袋里。悲痛耗尽了她的生命，当她感到自己最后的日子即将来临之际，她召唤了她的兄弟，并告诉他："我的兄弟，我能感到死神的钩子正在一点一点地拖着我离开。我将把我在尘世间的财产都留给你，你可以随心所欲地使用它们。我只要求你保证，永远不要打开房子另一头那个房间的门，并且把钥匙放在这张写字台里面。"她的哥哥一心一意地爱着妹妹，便答应了，与此同时，莉拉说道："再见了，豆子熟了。"

几年后，这位领主娶了妻子，他被邀请参加一场狩猎派对。他把打理房子的事交给了妻子，并恳请她不要打开那个房间，它的钥匙被他保存在写字台里面。然而，他刚一转身离开，妻子就起了疑心，在嫉妒心与好奇心的驱使下，女人拿着钥匙打开了门。在那里，她透过水晶棺材清晰地看到了那个年轻的女孩，她将棺材一一打开，发现了丽莎，她似乎在睡觉。

她像其他女人一样长大了，棺材也随着她的成长变长了。

当她看到这个美丽的尤物时，嫉妒的女人就立刻想到：“我的命运呀，这真是一件好事！钥匙在我的腰间，却平地起风波！难怪他从不让任何人打开这扇门，看到他在这棺材里崇拜的穆罕默德！”说着，她一把拽住女孩的头发，将她拖了出来，就在她这样做的时候，那把致命的梳子掉在了地上，沉睡中的丽莎醒来了，她喊道：“妈妈，妈妈，救救我！”

“我给你妈妈，爸爸也给你！”男爵夫人叫道，她此时就像奴隶一样愤愤不平，像带着一窝小狗的母狗一样愤怒，像蛇一样恶毒。她直接剪掉了女孩的头发，并用剪下的头发抽打她，给她穿上破布，每天都在她的头上猛打，在她的脸上留下伤痕，让她的眼眶变黑，让她的嘴看起来像是吃了生鸽子。

当男爵夫人的丈夫狩猎归来，看到这个女孩被如此恶劣地对待，就问他的妻子这是谁。他的妻子回答说，女孩是她的姑姑派来的奴隶，完美适配那根一直在鞭打她的绳子的绳头。

后来，碰巧有一天，男爵有一个机会要去集市，他就问家里的每个人，包括猫咪，他们想让他给自己买些什么礼物，当所有人都选好了，一件一件，他终于转向了那个奴隶。但他的妻子却勃然大怒，并且表现出一种作为基督徒不恰当的行为，她说道：“这样就对了，把这个奴隶和我们都放在同一个档次上，让每个人都降到同一水平，这样我们就可以在同一个夜壶里尿尿了。不要理会那只丑陋的动物，让她下地狱吧。”但和蔼有礼的男爵却坚持说，女奴也应该有她自己的礼物。女孩告诉他：“我只想要一个洋娃娃、一把刀和一块磨刀石；如果你忘记了它们，愿你永远无法渡过回程中遇到的第一条河流！”

男爵带回了所有被请求带回家的东西，除了他侄女想要的。他到达了一条河流，这条河流将石头和树木从山上带到岸边，它们为恐惧奠定了基础，也筑起了奇迹之墙——男爵发现无法过河。然后他就想起了奴隶给他下的咒语，就又回去买了那三件被要求的物品。当他回到家时，他给每个人都带来了他们所要的东西。

当丽莎得到了她想要的东西，她就走进厨房，把娃娃放在面前，开始落泪恸哭起来，她把自己备受折磨的故事告诉了那个布偶，就好像它是一个真实的人一样。它没有回答，她就拿起刀，在磨刀石上把刀磨锋利，并说道：“当心，如果你不回答我，我就把这把刀插进我的胸膛，那样一来，我们的游戏就结束了！”那个一吹气就会像芦苇一样膨胀起来的洋娃娃，最后回答说：“好吧，我听到了！我没聋！”

男爵在厨房的另一边有一个小房间，他偶然听到了这首歌，这样的音乐已经持续了好几天了，他把眼睛放在钥匙孔上，透过孔洞他看到丽莎正在告诉娃娃关于她的一切，母亲跳过玫瑰丛的故事，她如何吞下一片花瓣，丽莎自己的出生，以及最后一位仙女的诅咒，留在她头发上的梳子，她的死亡，她如何被关在七个棺材里，并被放在那个最偏远的房间，她母亲的死，母亲托付给自己哥哥的钥匙，他为了打猎而离开，他妻子的嫉妒，她如何违背丈夫的命令打开了房间，她如何剪掉她的头发，并像对待奴隶一样对待她，以及她所遭受的许多许多的折磨。她一边哭泣，一边对娃娃说："回答我，否则我就会用这把刀自杀。"她在磨刀石上磨刀，要不是男爵踢开门，从她的手里抢走了刀，她就要刺伤自己了。

男爵让她把故事的所有细节再讲一遍，然后他欣然接受了自己的侄女，并把她从房子里带走，交给一个亲戚照顾，这样她就可以从被那颗美狄亚之心强行施加的痛苦中恢复过来，美狄亚之心充满了嫉妒，会不惜一切代价毁掉抢走丈夫的假想敌。

短短几个月的时间，丽莎就变得美如女神。男爵带她回到家，并告诉大家她是他的侄女。他安排了一场盛大的宴会，在收拾完餐桌后，他请丽莎讲述她所经受的苦难和他妻子的残忍——一个让所有客人都落泪的故事。之后，他赶走了他的妻子，将她放逐到一些亲戚家。他为他的侄女找到了一个她心仪的英俊的丈夫，一个她内心渴望的丈夫。这样，丽莎可以真正地说：

当我们近乎绝望的时候，天堂的雨会赐福于我们。

七个小矮人之死

历史学家和民俗学家恩斯特·路德维希·罗赫霍茨（Ernst Ludwig Rochholz）搜集了来自瑞士阿尔高州的五百多个传说和故事，试图保护这一强大的传统，他欣赏这种传统，认为这不只是好奇心，或者具有娱乐性的家庭故事。他被民间传说所吸引，主要是出于一种思乡情怀，他想要在瑞士能有更加“宾至如归”的感受，而他正是通过发掘他的故乡（德国）和他生活了二十多年的地区之间的相似之处，来实现他的渴望。他写的《白雪公主》的故事令人震惊，这个故事显然属于成人讲故事的传统，因为它准确地捕捉到了性和暴力如何成为故事的核心，这些故事是在漫长的夜晚用来打发家务活和农业劳动的。

在布鲁格和瓦尔茨胡特之间靠近黑暗森林的一个深谷里，七个小矮人住在一间小屋里。一天傍晚，一位年轻漂亮的农家姑娘出现在小屋门口，请求庇护。她饿了，又在森林里迷了路。小矮人们只有七张床，所以他们陷入了争吵，因为每个人都想为了女孩放弃自己的床。最后，这群人中最年长的人放弃了他的床。就在他们都要睡觉的时候，一个老农妇开始敲门，想要进屋去。女孩听到敲门声从床上爬了下来，她告诉这个女人这里只有七张床，没有足够的空间再容纳一个人。

这个女人勃然大怒，她指责女孩是个荡妇，和七个男人都睡了。她威胁说要尽快了结这桩丑闻，然后就气冲冲地走了。就在那天晚上，她带着两个在莱茵河畔找到的男人回来了。他们闯进房子杀死了七个小矮人，把尸体埋在户外的花园里，然后烧毁了房子。没有人知道那个女孩发生了什么事。

英国插画家沃尔特·克兰（1845—1915）为流行的英文版本《格林童话》创作了这幅图，该版本是由他的妹妹路西·克兰翻译的。图中卖货的女人将有毒的苹果递给白雪公主的时候，看上去是全然无害的。

丹麦插画家凯·尼尔森（1886—1957）为我们呈现了一个具有鲜明北欧风情的白雪公主形象。白雪公主身着像是裹尸布的衣服，静静地躺着，小矮人们环绕在周围，因悲痛欲绝而无法注视她。

奥地利画家海因里希·莱弗勒（1863—1919）懂得高度风格化的取景框的魅力，在这个场景中，王子化作中世纪的骑士，在白雪皑皑的树林中，发现了棺材里（被毒晕和美化过）的白雪公主。

英国插画家玛格丽特·塔兰特（1888—1959）专攻为关于精灵的童话故事书配图，但她同时也为从查尔斯·金斯莱的《水孩子》到刘易斯·卡罗尔的《爱丽丝梦游仙境》等一系列其他的故事书籍进行艺术创作。塔兰特为白雪公主故事创作的插画非常有天赋，就像这幅图一样，偶尔捕捉到的平静瞬间，让观看者大吃一惊，从而充分意识到继母对白雪公主的仇恨。

德国插画家罗塔 · 梅根朵夫（1847—1925）为格林兄弟的《白雪公主》创作了多幅插图，在这幅图中，金发的生母恰巧在缝纫时刺伤了手指，一滴鲜红的血与她白色的手工制品形成鲜明对比。就像为英国公众制作童话“玩具书”的沃尔特 · 克兰一样，梅根朵夫使用生机勃勃的色彩，将室外的植物、动物带入室内，并搭配着带有花卉图案的织物和家具。

苏格兰艺术家凯瑟琳·卡梅伦（1874—1965）为《白雪公主》增添了一丝东方色彩，插图描绘了邪恶的女王询问魔镜的瞬间。王后对外表和形象的关注，不仅表现在照镜子的行为上，同样在花瓶和挂在墙上的艺术品中有明显表现。

“当小矮人们傍晚回来的时候，发现小雪花躺在地上。”神情专注的矮人手忙脚乱地关注着昏迷的年轻女子，测量她的脉搏，端来水，试图让她好受些。在这张经典的亚瑟·拉克汉（1867—1939）创作的格林童话插图中，被称为“小雪花”的白雪公主一身白衣，与小矮人们形成鲜明的对比，他们都戴着怪异的格子条纹头巾。

查尔斯 · B. 福尔斯（1874—1960）受格林童话《小小白雪公主》启发，为一部美国童话剧创作了许多风格忧郁的插图。月光下恶劣的环境中，一个不怀好意的继母占据了画面的主要位置。

玛洛拉和爱罗斯的母亲

玛洛拉受到的折磨比大多数无辜受迫害的女主角更为严峻，她的故事，此处展示的是1877年出版的一个版本，带有阿普列乌斯的《丘比特与普赛克》、格林兄弟的《没有手的女孩》和夏尔·佩罗所著版本的《睡美人》的痕迹。守护天使以一个修道士的形式出现，他对她的保护更像是一种基督教对异教关于性嫉妒及其罪恶的故事的覆盖。玛洛拉对婆婆残忍行径的沉默，和对维护自己清白的失败，与故事结尾讲故事的场景形成了鲜明的对比，每一个场景都表明，忏悔、报告和叙述可以带来治愈和恢复正义。金苹果让人想起帕里斯的裁夺，三位女神争夺的奖品，上面刻着“献给最美女神”的字样。

从前有一位公主，她是迄今为止世界上所有女人中最美的。当小爱神爱罗斯的母亲，阿弗洛狄忒，得知公主的美貌的时候，她就下定决心要杀了这个女孩，因为她无法忍受这个念头：有人比她还美。小爱神的妈妈把自己伪装成一个老妇人，长途跋涉来到了公主居住的城堡。她带了一个施了魔法的金苹果，打算把它卖给公主。公主是个孤儿，但是她有很多兄弟，她的兄弟们竭尽所能保护着她，每次他们离开宫殿的时候，都会把她锁在里面，以确保没有人能够伤害她。所以，当老妇人到达城堡并给公主展示那个金苹果的时候，门是被锁上了的。公主想要买那个苹果，小爱神的妈妈就让她往窗外扔一根绳子。这样一来，她就可以把绳子拴在苹果上，让公主把它从窗户拉进去了。事情就这么发生了。女孩只是咬了一小块金苹果，就倒在了地板上，失去了知觉。这就是她的兄弟们回家的时候，看到可怜的玛洛拉——公主的名字——的样子。他们看到了苹果，并意识到如果苹果被下毒了，那么很可能是它伤害了他们的姐妹。他们把女孩咬下的那块苹果从她的嘴里拿了出来，她突然就活了过来。

爱罗斯的母亲想确切地知道美丽的公主是否在吃了苹果后就死去了。于是她举起一面镜子对着太阳说：

哦，如此耀眼的太阳，
您的眼前轻轻一亮，
就会看到这世上最美的女人。

“你很漂亮，”太阳回答说，“但是在这片土地上，无人能与玛洛拉的美貌相提并论。”当爱罗斯的母亲发现玛洛拉还活着的时候，她比以往任何时候都要更加愤怒，她又带着一枚魔法戒指返回了女孩居住的城堡。公主又一次从她的手中买了戒指，女孩刚把戒指戴在手上，就倒在了地上，毫无生气。这一次，她的兄弟们回到家的时候，并没有发现那枚戴在他们姐妹手指上的戒指被施了魔法。他们放弃了让玛洛拉复活的希望，于是他们把她放进了一个金色的大棺材里，并把棺材放在了城堡附近的草地上。

有一天，一位王子外出打猎，一只小鸟将他的注意力引到了棺材上，鸟儿在王子身旁飞舞，落在了棺材上。王子命令他的仆从们把棺材抬起来并带到他的城堡中。然后他打开了棺材，凝视着躺在里面的美丽少女。机缘巧合之下，他从她的手上取下了那枚被施了魔法的戒指，女孩立刻就活了过来。

王子娶了女孩做妻子，两人一起生活了一段时间后，这位年轻的姑娘怀孕了，她生下了一对双胞胎。王子的母亲被激怒了，因为她的儿子对妻子如此忠诚，却没注意到她。王子的母亲下定决心要毁掉儿媳的人生。一天晚上，她溜进了儿媳的房间，找到了她的两个孩子，砍下了他们的头，然后把用来杀人的刀扔在了玛洛拉的床上，借此把犯下这桩可怕罪行的嫌疑栽赃到女孩的身上。第二天早上，王子就发现双胞胎被杀了，由于王子的母亲将这件事归罪于玛洛拉，于是王子确信玛洛拉犯下了谋杀的罪行。于是他下令砍掉妻子的双手，把它们和孩子们的尸体一起缝在一个麻袋里，然后把麻袋挂在玛洛拉的脖子上。就这样，玛洛拉被驱逐出境了。

玛洛拉走呀走呀，在路上，她遇到了一位修道士，玛洛拉向修道士讲述了她的故事。那位修道士就把孩子们的头颅拿了起来，然后把它们重新固定在孩子们的身体上，忽然之间，孩子们活了过来。同样地，他把玛洛拉的手也接好了。修道士用手杖敲击地面，一座城堡就凭空出现了。他对玛洛拉说："和你的孩子待在这里，过幸福的生活吧。我是你的守护天使，我会再回来看看你过得怎么样的。"说完他就消失了，玛洛拉甚至都来不及跟他告别。

玛洛拉和她的孩子们住在城堡里。有一天，把她赶出家门的丈夫和几个朋友一起外出探险，路过了这座城堡。他看到了自己的妻子，却没有认出她。但是玛洛拉认出了丈夫，她听从了那位修道士——之前神秘现身的她的守护天使——的建议，邀请丈夫和他的同伴们进来。当王子和他的朋友们上楼梯时，玛洛拉让她的孩子们抓起两个球扔向他们，一边扔一边喊道："我们希望您一切都好，父亲，但我们希望我们的祖母被炸成碎片，因为她被爱罗斯的母亲驱使，告诉你要砍掉我们母亲的双手来惩罚她，而事实上正是祖母谋杀了我们。"王子听到这些话后，转身对朋友们说道："我想要你们知道，这是我的妻子，这些是我的孩子们。"然后他向朋友们讲述了发生的一切。玛洛拉则告诉她的丈夫后来发生的事情，包括修道士如何治愈了她和她的孩子们，并告诉她是爱罗斯的母亲，因为嫉妒她的美貌，导致了她所有的厄运。于是王子带着他的妻子和孩子们回到了他的城堡，并把他们藏了起来。几天后，他邀请他的朋友们参加一个宴会，向他们透露了一切，并请他们决定他母亲应得的惩罚。他们决定把她放在一桶焦油里，然后在海里把桶点燃。这就是所发生的一切。这对年轻的夫妇从此过上了幸福的生活，因为爱罗斯的母亲从她强加给玛洛拉的遭遇中找到了足够的满足感，从此不再干涉她的生活了。

被施了魔法的袜子

这个故事是著名的法国民俗学家保罗·塞比洛（Paul Sébillot）搜集的，出版于1880年，由一位名叫Pierre Derou de Collinée的五十八岁老箍桶匠讲述。致命的敌意和热情的款待之间的动人对比，都是由美丽引发的，这为故事的叙事提供了动力，从饥饿感、空中悬浮到变装游戏和令人吃惊的复活，这一切都在提醒我们，即使是最简单的故事也能听到最完整的和弦。

魔镜魔镜谁最美

从前，有一位王后，她的女儿已经长大，差不多要出嫁了。王后以美貌著称，她风姿绰约，常被人当成公主的姐姐，而不是母亲。

一天，当王后和她的女儿一起站在王宫的阳台上时，一些士兵走过，说："王后非常漂亮，但她的女儿还要更美。"

王后听到这些话，对女儿的嫉恨开始在心中滋长，她再也不能忍受女儿靠近她，接着便下定决心要除掉她。她命令她的两个仆人将女孩带入森林并杀死她。可怜的公主对他们的意图一无所知，就跟着他们走进了森林。等他们到达森林中央，两个仆人看着她，被她的美貌和天真打动，不忍心执行王后的命令。他们商量道："公主是如此美丽，并且她从来没有对任何人说过难听的话，杀掉这样的公主是一种罪过。我们就把她留在树林里，她会迷路的，因为我们离城堡很远。没有人会知道她后来怎么样了。"

他们完成任务后就消失了。公主呼唤他们，然后徒劳地试图找到回去的路。整整四天时间，她都在森林里游荡，找不到任何能吃能喝的东西，一丁点的声响就让她浑身发抖，生怕不知在什么时候就会被野兽吞食掉。突然，在树林的空地里出现了一座美丽的城堡，她走了进去，希望能讨到一块面包皮吃。

城堡里住着三兄弟。每天都有两个人出去打猎，剩下的一个则留在家里料理家务。公主来到城堡大约是中午时分。守家的兄弟正好下地窖去找晚饭要喝的酒了。他刚从烤肉叉上取下一只烤鸡，放在桌子上，公主看到了。她已经四天没吃东西了，当她看到那只鸡，闻到它的香味时，她抓住它，打算只吃掉一只鸡腿或鸡翅。但她听到一声响动就赶紧逃走了，带着整只鸡躲进了养狗的马厩里。

两兄弟打猎回来，胃口大开，却发现桌上除了一个空盘子，什么也没有。他们就问留在家里的兄弟："你为什么没有准备晚饭？"

"我准备了，"他回答说，"我烤了一整只鸡，把它从烤肉架上取下来，放在了桌子上。然后我到地窖里去取酒。到底是谁吃了它呢？"

"一定是狗偷吃了它。"其中一个兄弟说。

他们吹了吹口哨，狗狗们就跑了过来，但是其中一只不见了。于是他们走到马厩，确定那只狗没有生病或是跑远了，却发现那里有一个年轻的姑娘，正在给狗喂鸡骨头。

女孩一看到他们就哭了，她说："哦，我亲爱的先生们！你们可能准备杀了我，因为我偷了你们的东西，但是我已经四天没吃东西了。”

“不，不，”他们回答道，“我们无意伤害你。我们唯一想要的就是确保你的安全并拥有一个家。”

他们把她带到了城堡，女孩以她的美貌和她可爱的举止迷住了三个兄弟。几天后，他们说：“我们不能三个人同时和这个漂亮的女孩结婚，如果我们中的一个人娶她，其他的两人可能会嫉妒。如果她作为我们的姐妹留在这里，我们就可以保持家里的和平。我们出去打猎的时候，她可以料理家务。”

公主欣然同意了这个安排，尽心尽力地为兄弟三人打理家务。

一天，当她独自一人在城堡时，一位老太婆来乞讨，并认出这个女孩是王后的女儿。这个本来以为女孩已死的老太婆，赶紧回到王宫告诉王后她的女儿还活着，因为她亲眼看到了她。

王后听到这个消息后大吃一惊，她对这个贫穷的女人说：“把这双长袜拿给公主，但不要告诉她是我给的。如果你设法说服她穿上它们，你的未来就会衣食无忧。”

乞讨婆回到了那个城堡。当公主独自一人时，她设法找到公主的房间，并向她展示了那双袜子。虽然女孩怀疑袜子是来自母亲的礼物，而她的母亲准没安好心。尽管如此，她还是穿上了它们。她一拉起第二只长袜，就闭上眼睛，陷入了深深的恍惚中，动弹不得。老妇人以最快的速度离开了。

三兄弟回到家的时候，发现他们收留的姐妹似乎消失了，便开始担心起来。他们来到她的房间，发现她躺在椅子上，看起来就像死了一样。他们怀疑是那个老太婆对她施了咒语，就去追她，但没能追上。当他们回到城堡时，感到悲痛欲绝，因为他们都全心全意地爱着这个女孩。

“我们的姐妹该怎么办呢？”老大问道。

“让我们把她放在一个有玻璃盖的棺材里面吧，这样我们就可以把她留在身边了。即使她已经死了，也还是很美。”

他们轻轻地把她放在一个玻璃盖棺材里，常常去看她，但她从来没有动过。

这三个年轻人被征召上战场。出发前，他们从城堡里取出棺材，将它吊在森林里一棵树的树枝上。

没过多久，一个正在森林里四处寻找猎物的猎人看到树枝上有一道亮光。第二天，他在同一个地方看到了一个发光的物体，他下定决心，如果他第三次看到那里的光，他就爬上树，把事情弄清楚。

第二天，他爬上了树，发现一口玻璃棺材，透过玻璃盖子看到了能想象到的最美的姑娘，但是女孩闭着眼睛一动不动，就好像死了一样。

他设法把棺材搬到地上，把它带回了家，在那里，他和他的三个姐妹生活在一起。姑娘们为睡着的公主的美貌所折服，三人中最小的那个，又调皮又爱开玩笑，说道："是的，她很漂亮，但是如果她能穿上我漂亮的长袜和我的一件衣服，她会更漂亮的。"

"你在想什么？"她的姐姐们说，"你是怎么想出来的？就别折腾她了。"

最小的妹妹被允许将玻璃棺材放在她的房间里。有一天，就在她的姐姐们都不在家的时候，她打开棺材，给女孩穿上了一条自己的裙子，然后脱下公主的长袜，以便她可以穿上自己更好看的那一双袜子。

刚脱下第二只袜子，公主就睁开眼睛坐了起来，叫道："啊！"就像一个刚刚被唤醒的人那样。少女四肢着地跑下楼，吓得像是见了鬼似的。

"别害怕！"公主喊道，"回到这儿来。我和你一样是活人，但我已经睡了很长很长时间了。"

当姐妹们得知美丽的姑娘复活了，大喜过望，她们的哥哥还要更开心一些。他爱上了公主，并向她求婚，公主同意了，因为他是个英俊的小伙子。

茄子公主

这个故事搜集于今天位于阿富汗和巴基斯坦边境的地区，故事由一位“老妇人”讲述，而不是由该选集标题《启蒙故事：小孩子讲述的故事集，从傍晚到黎明》（1884）所宣称的，故事由“小孩子”讲述。该系列的编辑，热衷于强调他们搜集故事的真实性，并将它们与文学创作的形式区分开来。他们声称，他们的故事“是从从未进过学校的、纯粹的乡村儿童口中直接获得的”（viii）。其中一位编辑，弗洛拉·安妮·斯蒂尔（Flora Annie Steel）和她的丈夫在印度生活了二十二年，后者在印度的行政部门工作。她出版了许多英国和印度的民间故事集，这个故事来源的选集于1917年重印，彼时有着完全不同的标题，即《来自旁遮普的故事：由人们讲述》。

这个故事与玛丽·弗里尔（Mary Frere）《在旧德干时代》（*Old Deccan Days*），或1868年出版的《印度神话传奇》（*Hindoo Fairy Legends*）中搜集的印度灰姑娘的故事《莎蒂瓦·白》有相似之处。发现莎蒂瓦·白“小小舞鞋”的王子与他心爱的人结婚了，但也有一个“首席王妃”，她厌恶这个新媳妇，并取下她佩戴的项链使她晕死过去。但这位看似死去了的年轻女子并没有“腐烂”，甚至“她的脸色也没有改变”。她看起来“像她死去的那晚一样美丽可爱”，并且在故事中，被盗财产的归还使公主起死回生。下面故事中的九十万卢比[1]的项链，包含了在印度的数字体系中相当于10万的单位。

---

〔1〕 原文为：nine-lakh，lakh表示十万卢比。——译者注

很久很久以前，有一个贫穷的婆罗门和他的妻子生活在一起，他们很穷，以至于他们常常不知道要到哪里去找一顿饭吃，晚餐也缩减到只有野菜和根茎。有一天，婆罗门在旷野中挖野菜的时候，偶然发现了一个茄子。想着这个茄子可能在某些方面会很有用，他就把它挖了出来，带回家，种在了他小屋的门口。每一天，他都给它浇水，悉心照料它，所以茄子长得非常好，最终结出了一个很大的果实，就像梨子一样大，紫白相间，非常有光泽。这是一颗如此漂亮的果实，这对好心的夫妻觉得把它摘下来可惜了，于是他们让它日复一日地挂在那株植物上，直到一个晴朗的早晨，屋子里完全没有任何东西可以吃了。

婆罗门对他的妻子说："我们必须吃这个茄子了。去把它剪下来，用它来准备晚餐吧。"婆罗门的妻子拿起一把刀，从植物上切下了这个美丽的紫色和白色相间的果实。突然，她感到自己听到了一声低沉的呻吟。而当她坐下来开始给茄子削皮的时候，她听到了一个很小的声音清楚地在说："小心！——哦，请小心！剥得更轻一点，不然刀会切在我身上的！"

这个善良的女人感到非常困惑，但她继续尽可能轻柔地削着果实，同时一直在想是什么让它着了魔，直到她完全切开果皮，就在这时——你猜怎么着？——从里面走出了一个你能想象到的最美的小女孩，身着紫色和白色相间的绸缎衣服！这个可怜的婆罗门和他的妻子既惊讶又高兴，因为他们没有自己的孩子，就将这个小女孩视为上天的恩赐。

他们下定决心要收养这个女孩，对她照顾有加，宠爱她、善待她，并一直称她为茄子公主。这对夫妻想，尽管她不是真正的公主，但她清秀的模样足够当国王的女儿啦。

离婆罗门小屋不远的地方住着一位国王，他有一位美丽的妻子和七个健壮的幼子。一日，宫中的婢女碰巧路过婆罗门的小屋，她走进来想要借一盏灯，就是在这里，她看到了美丽的茄子公主。她径直回到王宫，迫不及待地告诉她的女主人，附近的小茅屋里住着一位公主，她那么可爱，那么迷人，国王只要看上她一眼，就会不仅立马忘记他的妻子，也会忘记这个世界上所有其他的女人。

王后生性善妒，她无法忍受有比自己更漂亮的人，于是她开始在心里盘算，如何毁掉可爱的茄子公主。只要能把少女引诱到宫中，剩下的事情她就可以轻松搞定，因为她是个擅长各种魔法的女巫。于是她给茄子公主带信说，她绝美容颜的名声已经传到了宫中，王后想要亲眼看看传言是否属实。

可爱的茄子公主对自己的美貌很有信心，于是她落入了圈套。她到了皇宫，王后故作惊讶地说："你生来就应该住在宫殿里！从现在开始，你再也不能离开我。你将会成为我的妹妹。"这样的话语讨好了茄子公主的虚荣心，她便留在了宫里，和王后交换了面纱，用同一个杯子喝牛奶，这是两个人结为姐妹的习俗。

但是，这位王后，从第一眼看到茄子公主的时候，就已经知道了茄子公主并不是人类，而是一个仙女，所以她知道自己在施展魔法的时候，必须非常小心。在茄子公主睡觉的时候，她施展了强大的咒语，吟唱道：

漂亮的茄子！讲真话——

什么是你生命的所在？

接着茄子公主回答说——"在你长子的生命中。杀了他，我就无法存在。"

就在第二天早上，邪恶的王后来到她长子正在睡觉的地方，徒手杀死了他。紧接着，她让婢女到茄子公主的房间里去，希望听到她也同样死去了的消息，但女孩回来却说公主还活着，而且很健康。王后气得泪流满面，因为她知道自己的法术不够强大，而且她白白杀死了自己的儿子。于是，第二天晚上，她对茄子公主施了更强大的咒语，她说：

> 漂亮的茄子！讲真话——
> 什么是你生命的所在？

沉睡的公主回答说："在你二儿子的生命中。杀了他，我就无法存在。"

邪恶的王后又徒手杀死了她的二儿子，但是当她派奴婢去看看茄子公主是否也死了的时候，姑娘又一次回来说，茄子公主还活着，并且很健康。女巫王后因愤怒和怨恨痛哭起来，因为她无缘无故地杀死了她的第二个儿子。尽管如此，她还是拒绝放弃她邪恶的计划，接下来的晚上，她对沉睡的公主施了更强大的咒语，问她：

> 茄子公主！讲真话——
> 什么是你生命的所在？

然后茄子公主回答道："在你第三个儿子的生命中。杀了他，我就无法存在！"

同样的事情发生了。尽管年轻的王子被他邪恶的母亲杀死了，茄子公主却仍然充满了活力，并且很健康。就这样日复一日，直到七个年轻的王子都被杀害了。这位残忍的母亲，为自己无缘无故地杀死了七个儿子，流下了愤怒和怨恨的眼泪。

女巫王后集合了她所有的巫术技巧，对茄子公主施了如此强大的咒语，以至于她再也无法抵抗，不得不说出了真相。当邪恶的王后问道：

茄子公主！讲真话——

什么是你的生命所在？

这位可怜的公主只好回答说：“在一条很远很远的河里，生活着一条红绿相间的鱼。鱼的身体里有一只大黄蜂，在黄蜂的肚子里有一个小盒子，盒子里是一条上好的价值九十万卢比的项链。如果你戴上它，我就会死。”

王后终于满意了，她计划去寻找那条红绿相间的鱼。当她的国王丈夫来看她时，她开始猛烈地抽泣，所以国王问她怎么了。她告诉他，她已经下定决心要得到那条绝美的价值九十万卢比的项链。

“可是在哪里可以找到呢？”国王问道。然后王后就用茄子公主的话回答道：“在一条很远很远的河里，生活着一条红绿相间的鱼。鱼的身体里有一只大黄蜂，在黄蜂的肚子里有一个小盒子，盒子里是一条绝美的价值九十万卢比的项链。”

那时的国王是一个非常善良的人，他长期以来一直在哀悼他七个年幼的儿子，王后说他们由于传染病突然死去了。看到他的妻子如此悲伤，国王急于安抚她，于是他下令让自己王国里的渔夫夜以继日地捕鱼，直到找到那条红绿相间的鱼为止。于是，所有的渔夫都开始工作，没过多久，王后的心愿就实现了——红绿两色的鱼被抓到了。邪恶的女巫剖开那条鱼，里面是大黄蜂，黄蜂身体里面是小盒子，盒子里有一条价值九十万卢比的绝美项链，王后立刻戴上了它。

在王后的魔法迫使茄子公主揭开她生命的秘密后不久，她就知道自己一定会死的。她伤心地回到养父母的小屋，告诉他们她快死了，恳求他们不要焚烧或掩埋她的尸体。

“这是我想让您去做的，”她说，“给我穿上最好的衣服，把我放在床上，在我身上撒满花，把我带到最远的荒野去。在那里，您一定要把床铺放在地上，并在它周围筑起高高的泥墙，这样就没有人能看到它了。”可怜的养父母痛哭流涕，答应会照她的意思办。茄子公主死后（就在邪恶的王后戴上那条价值九十万卢比的项链的那一刻），他们给她穿上最好的衣服，在床上撒满了花，然后把她带到最远的荒野。

这时，王后派婢女来到婆罗门的小屋，确认茄子公主是不是真的死了，那姑娘回来说：“她已经死了，但没有被焚烧，也没有被掩埋。她躺在北方的荒野中，身上盖满了鲜花，看起来像月亮一样美丽！”

王后对这个回答并不满意，但是她也无能为力，只能满足于此了。国王还在哀悼他七个年幼的儿子，为了忘记伤痛，他每天都出去打猎。王后担心他在打猎时会找到死去的茄子公主，就让他保证永远不要北上，因为她说：“如果你这样做，就一定会有灾祸降临到你的身上。”

但是有一天，他向东、南、西三个方向进发，却都没有找到猎物，后来他忘记了自己的诺言，前往北方打猎。在游荡的过程中，他迷失了方向，来到了一个没有门的高高的围场。国王很好奇里面有什么，于是他就翻过了墙。他看到一个可爱的公主躺在铺满鲜花的床上，看起来就像刚刚睡着，他简直不敢相信自己的眼睛。他不敢相信她已经死了，他跪在她身边，整天都在祈祷，祈求她睁开眼睛。夜幕降临时，他回到了宫中，但是天一亮，他就拿起弓箭，以想要独自打猎为借口，遣散所有的侍从，飞到他美丽的公主身边。就这样，他度过了一天又一天，他心烦意乱地跪在可爱的茄子公主身边，求她起来，但她却从未动过。

一年过去了，有一天，他发现公主身边躺着一个你能想象到的最美的小男孩。他大吃一惊，但他还是将孩子抱在怀里，终日温情呵护，夜晚来临的时候，他就将孩子放在他死去的母亲身边。过了一段时间，这个孩子学会了说话，当国王问起他的母亲是否一直是死去的样子时，孩子回答说："不是！晚上她是活着的，就像你白天那样照顾我。"

国王闻言，问小男孩是什么造成了他母亲的死，第二天小男孩回答说："我母亲说，那是你王后戴着的价值九十万卢比的项链的问题。晚上，当王后脱下它时，我的母亲就复活了，但是每天早上，当王后重新戴上它时，我的母亲就死了。"国王很不解，因为他无法想象他的王后和这位神秘的公主有什么关系，所以他让男孩去问问他的母亲，谁是他的父亲。第二天早上，男孩回答说："我妈妈让我告诉你，我是你的儿子，神派我来安慰你，因为你失去了七个美丽的儿子，你邪恶的王后因为嫉妒我的母亲——可爱的茄子公主——将他们都杀死了。"

一想到自己死去的儿子，国王就怒不可遏，他吩咐男孩去问问他的母亲，这个邪恶的王后应该受到怎样的惩罚，以及用什么方法才能找回项链。

第二天早上，男孩说："妈妈说只有我才能找回项链，所以今晚你回宫的时候，应该带我一起回去。"国王把孩子抱回宫里，并且告诉他所有的随从和朝臣，这孩子是他的继承人。闻言，那女巫王后想起了自己死去的儿子们，她嫉妒得发狂，下定决心要毒死这个男孩。为此，她准备了一些诱人的甜食，并抚摸着孩子，递给他一把，让他吃掉。但孩子拒绝了，说除非她把她脖子上闪闪发光的项链给玩，否则他不会吃那些甜点的。

一心想要毒死男孩，但没有其他方法可以诱使他吃下甜食，女巫王后只好将价值九十万卢比的项链取下来给了这个孩子。谁知男孩一碰到那条项链就飞快地跑开了，仆人和守卫都拦不住他。直到他跑到美丽的茄子公主躺着的地方，才喘了口气。他把项链扔到茄子公主头上，她就站了起来，比以往任何时候都更可爱了。国王来了，他请茄子公主跟随他到皇宫去，做他的新娘，但是茄子公主回答说："除非那个邪恶的女巫死了，否则我不能成为你的妻子，因为她会杀了我和我的儿子，就像她杀了你的七个年幼的儿子一样。如果你在宫殿的门口挖一个深沟，把里面填满蝎子和蛇，再把邪恶的王后扔进去，活埋，我就会从她的坟墓上走过去，成为你的妻子。"

国王下令挖了一条深沟，并把里面填满了蝎子和蛇。然后他去找女巫王后，邀请她来看一些非常美妙的东西。她怀疑这是个诡计，就拒绝了。卫兵抓住她，把她绑了起来，将她扔到有蝎子和蛇的深沟之中，活埋了她。至于茄子公主，她和她的儿子一起走过那座坟墓，从此在宫中幸福地生活着。

雪白火红

美丽女孩的故事可预测的戏剧冲突，被这个意大利故事所颠覆，该故事通过女主角的名字，设定了不同的期望。亲吻变得有毒，不是死亡之吻，而是一种导致失忆的手段，一种带有明显死亡色彩的记忆丧失。故事新颖奇特，它是由康奈尔大学的一位教授写下的，他在《意大利通俗故事》(1885)的导言中宣称，他希望“完全精确地”保存“从人们口中说出的故事”。《雪白火红》摆脱了关于美丽女孩故事的经典版本，它有一种俏皮的不敬，这种不敬存在于接近口述传统的故事中，尽管它仍然迷恋女性美。

从前，有一位国王和他的王后没有继承人。他们决定要一个孩子，于是他们发誓，如果他们有一个儿子，或者哪怕是个女儿，他们就会让两个喷泉持续流动七年：一个流出葡萄酒，另一个流出石油。在他们许下誓言后，王后生下了一个英俊的男孩。

孩子一出生，两个喷泉就建好了，大家都聚集在那里取酒取油。七年后，两个喷泉都开始干涸。一个食人女妖想要收集喷泉中仅剩的几滴液体，就带着一块海绵和一个大水罐到那里去了。她用海绵吸干最后的液体，然后挤进她的水罐。在她完成填满水罐所需的所有工作后，在附近玩球的国王年幼的儿子朝她的方向扔了一个球，打破了大水罐。老太婆意识到发生了什么事，她说："听我说！我不能对你做得太过分，因为你是国王的儿子，但我可以诅咒你。愿你在找到雪白火红之前永远不能结婚！"

这个聪慧的孩子拿出一张纸，把老妇人的话写在了上面，然后把这张纸收进抽屉里，对发生过的事只字不提。在他十八岁的时候，国王和王后想为他的婚姻做计划。忽然他想起了那个老太婆的诅咒，于是就拿出小纸条，说道：“噢，要是我找不到雪白火红，我就难以成婚啦！”等到时机成熟的时候，他辞别父母，独自踏上征程。几个月过去了，他一个人都没有遇到。一天傍晚，天色渐暗，一栋空地中央的大房子出现在他面前。

第二天早上，日出时分，一个食人魔出现在屋前。她的块头很大很壮，喊道：“雪白火红，放下你的辫子，让我爬上去！”王子听了这话，心头一喜，道：“她终于来了！”雪白火红将她的辫子垂了下来，长长的辫子似乎没有尽头，食人女妖用它爬上了窗户。次日，女妖又爬了下来，王子见她离开了，就从藏身的树上跳下来，喊道：“雪白火红，放下你的辫子，让我爬上去！”女孩把辫子放了下来，因为她以为是她妈妈在叫她（她叫那个女妖为妈妈）。王子顺着辫子爬了上去。当他从窗户进来时，说道：“哦！我亲爱的小妹妹，我走了很远的路才找到你！”然后他告诉她那位老妇人在他还是个七岁的小男孩时所说的诅咒。

女孩给了他一些饮料，然后对他说：“等女妖回来后发现你在这里，她会吃掉你的。快躲起来吧！”果然，女妖回来了，但在那之前王子已经躲在了一个藏身之处。

女妖吃完饭，她的女儿给她倒了一些葡萄酒，没多久就把她灌醉了。然后她说：“妈妈，我该怎么做才能离开这里呢？不是我想走，因为我真的很想和你在一起。我只是因为好奇才想知道的。快告诉我吧！”

“要想离开这里，你必须对这个房间里所有的东西施咒，来拖延时间，”食人魔说，“我会喊你的名字，而代替你的，椅子、橱柜、五斗柜，所有这些东西都会为你应答。当发现你不见了的时候，我会来追你。你必须把我藏起来的七个毛线球都拿走。当我追你却找不到你的时候，我仍会追踪你的足迹。当你看到我快要追上你的时候，把第一个球扔下来，然后再扔其他几个球。我会继续追赶你，但在你扔掉最后一个球之后，我就会停下来。”

女儿仔细地听着她说的每一句话，记住了每一个字。第二天，女妖离开了，然后雪白火红和王子一起做了他们要离开必须要做的所有准备。他们走遍了整个房子，说：“桌子，如果我妈妈叫我，你必须应答；椅子，当我妈妈喊我，请回答；五斗柜，当我妈妈叫我的时候，请回答。”

就这样，他们对房子里的每一件东西都施了咒语。然后女孩和王子匆匆离去，就好像要飞走一样。女妖回来之后，喊道：“雪白火红，放下你的辫子，让我爬上去。”桌子回答说：“上来，妈妈，上来吧！”女妖等了一会儿，没有人出现在窗口，她又叫了起来：“雪白火红，把你的辫子放下来，让我爬上去！”椅子回答说：“上来，妈妈，上来吧！”她又等了一会儿，窗口还是没有人影出现。然后她又叫了一次，五斗柜回答说："上来，妈妈，上来吧！"与此同时，这对恋人正在尽可能快速地逃离。

食人魔喊了很多次要求辫子放下来，最后屋子里再没有能够应答的东西了，她大声喊道："背叛！背叛！"然后她找到了一架梯子，爬上了窗户。当她意识到她的女儿已经离开了，并拿走了所有的毛线球的时候，她喊道："哦，坏蛋！我要喝你的血！"然后她开始闻着他们的气味追踪逃亡者。他们远远地看到了她，食人魔一看到他们，就喊道："雪白火红，转过身让我看看你。"（如果雪白火红转身，她就会被诅咒的。）

就在食人魔快要追上他们的时候，雪白火红抛下了第一团毛线，顿时出现了一座巨大的山峰。食人魔毫不畏惧。她开始往山上爬，一直往上爬，直到几乎要赶上两人了。雪白火红见她追了上来，就丢下了第二个球，然后顿时出现了一片空地，上面布满了锋利的刀刃。食人魔伤痕累累，鲜血直流，继续追赶着这对恋人。

雪白火红见她再次靠近，将第三个球抛下，激流涌现，形成了一条河。女妖跳入河中继续追击，尽管她已经半死不活。然后第四个球被扔了出去，一个喷泉涌出来，喷出毒蛇和其他可怕的东西。终于，女妖精疲力竭，快要死了，她停下脚步，开始咒骂雪白火红，她说："当王后亲吻她的儿子，王子就会忘记你的一切！"就这样，女妖再也无法忍受疼痛，在极度痛苦中死去了。

这对恋人继续他们的旅程，他们到达了王子出生地附近的一个小镇。王子对雪白火红说道："你留在这里，因为在见我的父母之前，你要先准备好合适的衣服，我会去拿些衣服给你穿。"她同意了，然后就留在了那里。

王后一看到儿子，就冲过去想要拥抱和亲吻他。"妈妈，"他说，"我已经许下誓言，不会让任何人亲我的。"这位可怜的母亲被吓得一动也不敢动。那天深夜，当王子睡着的时候，这位母亲非常渴望亲吻她的儿子，于是便走到他的卧室亲吻了他。从那一刻起，他就再也记不起雪白火红的任何事了。

让我们把王子和他的母亲先放一放，回过身看看那个被留在街上，不知道自己在哪里的可怜的孩子。一位老妇人看到了这个像太阳一样美丽的女孩，注意到她正在哭泣。"到底是怎么回事，我的孩子？"

"我不知道我在哪里！"

"我的孩子，不要绝望。跟我来。"然后老妇人带着女孩去了她的房子。少女的双手灵巧，还可以对物体施魔法。她做了很多手工，老妇人会把它们卖掉，二人就以此为生。一天，女孩告诉老妇人，她需要从宫殿里拿来两小块布，用来做她正在做的东西。老妇人就跑到宫里，央求下人们给她两块布，直到心愿达成。那时候老太婆养了两只鸽子，一公一母，雪白火红用那两块布给鸽子做了衣服，并在鸽子耳边低声说：“你是王子，你是雪白火红。国王正坐下来准备吃饭。飞到他的身边，然后告诉他我们一起经历过的一切。”

就在国王、王后、王子和其他许多人都坐下来吃饭的时候，两只美丽的鸽子从窗外飞来，落在了桌子上。“你是多么美丽！”他们惊呼道，每个人都非常高兴。然后代表着雪白火红的鸽子开口了：“你还记得你小时候，你的父亲为了你的出生而立下誓言，要建造两个喷泉，一个流酒，另一个流油吗？”

另一只鸽子回答说：“是的，我记得。”

“你还记得那个老妇人吗？你把她装满油的罐子打碎了，你还记得吗？”

“是的，我记得。”

“你还记得她对你的诅咒吗？如果找不到雪白火红你就不能结婚？”

“我记得。”另一只鸽子回答道。

简而言之，第一只鸽子回忆了所有发生过的一切，最后说道：“你还记得那个食人魔是怎样跟在你身后，怎样诅咒你，宣称来自你妈妈的一个吻会让你忘记雪白火红吗？”

当鸽子提到这个吻的时候，王子突然想起了一切，国王和王后都被鸽子的话惊呆了。

说完，鸽子点点头飞走了。王子喊道：“喂！嘿！追踪那些鸽子的去向！跟着他们！”仆人跟着他们，看到那两只鸽子停在了一座乡间小屋的屋顶上。王子跟在他们身后冲进去，发现雪白火红就在他的面前。一看到她，他就搂着她，惊呼道：“哦，我亲爱的小妹妹，你为我受了多少的苦呀！”他们立刻给雪白火红穿上漂亮的衣服，并护送她回到了皇宫。王后看了她一眼，就说：“真是个美人！”一切都很快被安排妥当，两人就结婚了。

魔力舞鞋

这个葡萄牙语故事在1888年被翻译成英文，像该故事的其他罗曼语版本一样，它用好客的强盗代替了小矮人们的角色。故事发生在葡萄牙的山区，故事的标志性景观包括连绵起伏的丘陵、蜿蜒的河流、阴暗的森林和黑暗的通道，与女主人公从充满危险的家到一场充满欢乐的城堡婚礼的旅途中，遇到的各种内部空间——旅馆、避风港、巢穴和城堡——形成了鲜明的对比。这个故事的独特之处在于它强调精致、可爱的双脚以及使用舞鞋让人窒息并产生昏迷性的睡眠。关于脚和鞋子的细节将情节带入灰姑娘的故事轨道。许多关于美丽女孩的故事变体，都会从包括"金发姑娘"到"睡美人"在内的一系列故事中挑选意象，以产生最大的戏剧效果。

很久很久以前，有一个非常漂亮的女人，她经营着一家路边旅馆，带着货物在当地停留的骡夫和商人经常光顾这里。这个女人有一个女儿，非常不幸的是，她比她的母亲更美。母亲十分嫉妒女儿，所以就把她关在一个漆黑的房间里，房间所有的窗户都被关了起来，这样就没有人能够看到她。可怜的姑娘，她常常希望自己生来姿色平平，这样她就能像其他年轻人一样拥有自由，享受生活。

每当有骡夫在客栈里停留，这位老板娘问他们的第一个问题总是，他们有没有见过比她更漂亮的女人。因为他们通常都会回答说“没有”，所以她非常确信他们没有见过她的女儿。然而有一天，女孩设法打开了一扇窗户，其中一个骡夫，像往常一样被问到了相同的问题，他回答说刚刚在窗口看到了一个女孩，她的美貌更胜于客栈老板娘。

“啊，我知道那是谁了，”女人说，“她看向窗外干什么？她会为此付出代价的。”她满怀怨恨和愤怒，决心要除掉她的女儿。她命令两个手下，将女孩带到几英里外山上的一个偏远的角落，并在那里将她处死。

男人们把女孩带到了选定的地点。可就在其中一人举起斧头，要从她的身体上砍下她头颅的时候，少女跪倒在地，泪水顺着她美丽的脸庞滑落，她恳求他们饶她一命，并发誓再也不会回到她母亲的身边。他们可以假装已经执行了她的命令。男人们被她的请求打动，将她从地上扶起来，对她没有任何恶意，他们说道："不，不，我们不忍心杀你。但是你必须离开这个地方，因为你妈妈一旦发现你还活着，我们就会惹上大麻烦。"

"很感谢你们的善行，"女孩回答道，"希望有一天，我能有机会报答你们。"

女孩决定尽快离开这个地方。她走上一条蜿蜒曲折的小路，来到山脚下的一条小溪边，她沿着小溪的方向，走到了位于两座小山之间的一栋房子。天已经黑了，她走到房子那里，发现门开着，就一路走进了房子的大厅，没有见到一个人，她喊道："这里有人能给可怜的女孩一个可以过夜的地方吗？"由于没有人回应她的呼喊，她向屋子的深处走去，穿过漆黑的走廊，从一间屋子走到另一间屋子，她发现屋子里空无一人。房子里也没有正经家具，只是散落着一把破椅子或一张已经塌了的桌子。她决定在那儿住到天亮，并尽量让自己舒服些。

女孩饿了，她下到厨房里，把储藏室的每一个角落都翻了个遍，希望能找到一些食物。在一堆垃圾和破碎的陶器中，她发现了一个装着面粉的棕色陶罐，一罐腐臭的油，这对她来说就像是一场盛宴。然后她下到花园里，捡了些柴火，生了火，用面粉和油在火上烤了一个饼。就在她把仅有的饭菜放在厨房的桌子上时——除了饼，还有她在花园里挖的几个小萝卜和一杯从井里打出来的水——她听到了一阵可怕的声响，赶忙躲了起来，听着外面发生的事情。她很快就意识到，那阵声响是一群强盗发出的，他们回到家来藏匿他们的战利品。当看到桌上的晚饭时，他们喊道："喂？是谁准备了这顿饭？如果有人在这里，就赶快现身吧。"

可怜的姑娘吓得浑身发抖，她从藏身处出来，站在强盗面前。但男人们被她美丽的脸蛋和迷人的身材惊呆了，询问她发生了什么不幸的事情，以至于孤身一人来到他们家。强盗们对她十分同情，便说道："不要害怕，也不要难过。你可以留在我们身边，我们保证会保护你，就像对待姐妹一样对待你。"

除了同意他们的提议，这个可怜的女孩还能做什么呢？她和这些男人待在一起，为他们准备饭菜和整理家务来使自己变得有用。强盗们一天比一天喜欢他们新收留的姐妹。她是如此温柔善良，他们对她也很尊重，尽量让她享受他们所能提供的一切可能的安慰。

不得不说的是，女孩的母亲认识一位老妇人，她经常在客栈里逗留，她的工作是跑腿和送信。

“告诉我，”有一天，客栈老板娘对老妇人说，“你到过很多地方，见过很多不同的面孔。你见过比我还漂亮的女人吗？”

“嗯，实话告诉你，我确实见过一张比你的脸更迷人的脸蛋。有一次，在特拉蒙提斯的一个小镇上，我看到一个比我这辈子见过的任何女人都更迷人的女孩。她有着迷人的身材和可以想象到的最甜美和最小的脚。”

“真的吗？”店主回答，“那我就知道她是谁了。我希望你下次到那附近的时候，带个礼物给她。”她从抽屉里拿出一双小舞鞋，然后将它们递给老妇人，说：“来，把这双鞋子带给她，还要告诉她，她慈爱的母亲给她送来了礼物。但是你必须保证，在你看到她穿上这双鞋之前，不要离开。对于这点要非常严格，完全按照我的指示行事，我可以向你保证，我会给你丰厚的报酬。”

老妇人按照老板娘的吩咐，来到了女孩住的房子里。她说：“我亲爱的孩子，我给你带来了你慈爱的母亲送给你的舞鞋。她想让你为了她把鞋子穿上。”

“我不需要鞋子。我的兄弟们会在我需要的时候给我，所以你可以把它们带回给我妈妈。”

但是，老妇人坚持要她试穿，并骚扰了她很久，女孩最后同意了——只是为了摆脱这个老妇人——试穿这双鞋子。她刚穿上一只鞋，她的一只眼睛就完全闭上了。她穿上另一只鞋，另一只眼睛也闭上了，然后她倒在地板上，死了。老妇人看到眼前的景象，又惊讶又害怕，赶紧跑开了。

当强盗们回到家中，看到他们心爱的姐妹躺在地板上死去了，他们无法想象在她身上发生了什么事。他们站在她的尸体旁，陷入了深深的哀悼并流下了眼泪。

“这样的脸蛋和身材被埋在地下真是太可惜了，”他们说，“让我们把她放在一个带玻璃盖的棺材里，安置在国王的儿子和他的朋友们去打猎的山上。让他有机会见到如此稀有又可爱的花，真是再合适不过了。”

强盗们做了一口漂亮的棺材，把他们亲爱的姐妹的尸体放了进去，在她身上撒上了鲜花，扣紧棺上的玻璃盖，把她抬到山上一个偏僻的地方。

有一天，国王的儿子带着一群随从狩猎时，碰巧经过了放置女孩尸体的地方。他和他的手下看到了棺材，不知道为什么它被放在如此不寻常的地方。王子看了看棺材，立刻被死去女孩的美丽面容和缀着长长的柔软的睫毛的眼睑吸引住了。他情不自禁地欣赏着女孩漂亮的手和脚，还有缠绕在茂密发绺中的银带。当王子低头看着她的脸，他的心怦地跳了一下，他很想知道是否有可能召唤出一个仙女，用她的魔杖，可以将这个他渴望从死亡手中抢回来的小美人复活，并让她成为自己的小美人。

等王子从遐想中回过神来，他决定至少要拿走一件信物。他掀开棺材的盖子，从女孩的脚上扯下一只漂亮的小舞鞋。但他刚做完这件事，女孩的一只眼睛就睁开了，国王的儿子看到这一幕，就脱下了她的另一只舞鞋，瞧！另一只眼睛也睁开了，女孩又活了过来。王子喜出望外，然后他拉着她的手，扶着她从棺材里爬出来。她显得比以往任何时候都更鲜活、更美丽，如果还有更美的余地的话。

于是，王子派他的一名侍从，乘坐马车将少女带到宫殿并将她介绍给了国王。几周后，王子在巨大的喜悦中娶了这个女孩。所有的宫廷美女，没有一个人可以与甜美新娘的优雅可爱相媲美。

王子带着他的新娘来到了她母亲的客栈，让这个残暴的女人知道自己最终也没有能够成功地杀死自己的女儿，这个女孩以无与伦比的美貌，俘获了拥有皇室血统的王子并嫁给了他。

根据与那些时代相关的编年史的记载，这个邪恶的老板娘，坚定了她铁一般的决心，再次试图摧毁她的女儿，她被嫉妒和报复心完全吞噬了。但是现在，她的女儿已经远离了她的魔掌和她的势力范围，她再也无法执行她残酷的意图了。就这样，这位美女和她魔力舞鞋的精彩历史画上了圆满的句号。

世界上最漂亮的女人

外来元素的引入，从伊甸园的典故到波斯王子故事的插入，都表明这个匈牙利故事具有一定的世俗色彩。如果玩阴谋和耍手腕在这个故事中被更尖锐地描绘出来，那么在某种程度上，这似乎是一种自觉的文学风格的结果，这种风格对动机进行了一些阐述，强调了美的价值，也反对虚荣。故事中两位年长女性组成的毒杀联盟，是一个不同寻常的同性同胞团结的例子，尽管这种联盟是短暂的。

在亚洲这片美丽的土地上，亚当和夏娃也许曾在此间生活，所有的动物，包括牛在内，都是自然生长的；玉米是自然生长的；甚至面包也长在树上，这里生活着一位漂亮的女人，她的宫殿建在一个低矮的山丘上，俯瞰着一个美丽的山谷，从那里你可以看到整个世界。在同一个国家，生活着一位年轻的国王，他决定在成功地找到世界上最漂亮的女人之前，不会结婚。

有一天，年轻的国王突然觉得结婚是一件好事。于是他让他的贵族朋友们在他的王国里四处旅行，直到他们找到这片土地上最漂亮的姑娘。然后他们要立马给国王写信，这样国王就可以一个个地看，在所有的漂亮姑娘中选出一个自己最喜欢的。

一年后，国王收到了他所有七十七位朋友的来信，并且所有七十七封信都来自同一个小镇，小镇坐落在一个美丽山谷上方的一座低矮的山丘上，那里矗立着一座金色的宫殿，里面住着一位年轻的女士，一个好心的老人和一个仆人。通过宫殿的四扇窗户，可以看到整个世界。

年轻的国王带着一众参加婚礼的宾客出发前往女孩居住的地方。他发现他的七十七位朋友都在那里，他们都得了相思病，随处躺在宫殿的人行道上，躺在像丝绸一样的干草上。他们全都躺在那里。年轻的国王一看到那位漂亮的女人，就大声喊道："主为我创造了你。你是我的，我是你的！我的愿望就是和你在同一个坟墓里找到安宁。"

年轻的女士也爱上了英俊的国王。她被深深地打动了，以至于一句话也说不出来，只是用胳膊搂着他的腰，并把他带到了她父亲的面前。她的父亲高兴得流下了眼泪，因为终于出现了一个他女儿可以爱的男人。在那之前，她一直认为每个男人都很丑。典礼很短。正如他的妻子所愿，国王来到了这个美丽的地方生活，因为全世界没有比这更美的地方了！

宫殿附近有一间小屋。里面住着一个女巫，她知道这位年轻女士所有的秘密，并在她需要的时候提供建议。女巫对她遇到的每一个人都称赞这位女士的美貌，正是她将那七十七名年轻贵族聚在了宫中。婚礼当晚，她拜访了"世界上最漂亮的女人"，并称赞年轻国王的容貌和财富。过了一会儿，女巫深深地叹了口气。年轻的漂亮女士问她怎么了，因为她刚刚夸过国王英俊、富有且尊贵。

"我漂亮的小姐，我美丽的王后，如果你们两个在这里生活一段时间，你将不再是世界上最漂亮的女人。你现在很漂亮，并且你的丈夫是所有男人中最帅的。但是你们两个会生一个女儿，她会比你更美。她会比晨星更美——这就是为什么我如此悲伤，我漂亮的女士。”

“你说的很对，我的好女人，我会做任何你让我做的事情，以确保我是世界上最漂亮的女人。”

女巫对漂亮的女人说：“我给你一把棉绒。当你的丈夫快要睡着的时候，你就把棉绒放在嘴唇上，但注意不要弄湿它，因为上面有毒药。你的丈夫从舞会回来，就会来吻你，然后他就会被毒药毒死了。”这位年轻的女士按照女巫的吩咐做了，第二天早上就发现国王已经死了。医生们也弄不清楚他死亡的原因。

新娘被留在这个世界上，成为了一个寡妇，于是她回到她的女仆和父亲那里生活。她发誓不再结婚，并信守诺言。然而，出乎意料的是，几个月后，她发现自己怀了孩子。她急忙跑去拜访女巫，问她该怎么办。女巫给了她一面镜子，并附上一些建议：“每天早上，你一定要问问镜子是否有更漂亮的女人。如果它说没有，那么可以确定，在很长一段时间内都不会有了，这样你就可以高枕无忧了。但是如果它说会有一个，就一定会有一个，而我本人也会告诉你的。”

漂亮女人欣喜若狂地从女巫手中拿过镜子，一到化妆间，她就把镜子放在窗台上，然后问道：“噢，我亲爱的镜子，在这个世界上，还有比我更漂亮的女人吗？”

镜子回答道：“还没有，但很快就会有一个，她会比你漂亮一倍。”

漂亮女人几乎要失去理智了，她将镜子所说的告诉了女巫。“别担心，”女巫回答说，“让她出生，这样我们很快就可以解决掉她了。”

漂亮女人分娩了，一个小姑娘出生了，她太美了，以至于用恶毒的眼光看她都会是一种罪过。但是这个坏女人，连看都不看这个美丽的小东西，而是拿着她的镜子，问道：“哦，我亲爱的小镜子，还有比我更漂亮的人吗？”镜子回答说：“你很漂亮，但是你的小女儿比你美七倍。”她刚能下床，就派人去请教巫婆的建议。当女巫将婴儿抱在怀里的时候，她宣称自己这辈子从未见过这么美的人。她一边看着这个美妙的小家伙，一边却朝她的眼睛吐了口唾沫，并盖住了她的脸。然后她吩咐漂亮女人三个小时后再看看这孩子，到时候她会发现孩子已经变成了怪物。漂亮女人很困惑，问女巫能不能再对镜子提问。“当然，”女巫回答，“因为我知道，此时此刻，你就是世界上活着的最漂亮的女人。”但镜子却回答说：“你很漂亮，但你的女儿比你美七倍。”漂亮女人差点气死，而女巫却只是笑了笑，因为她对自己的巫术充满了信心。

三个小时过去了，小女孩的脸露了出来。女巫昏倒了，因为这个小女孩，从通常会让婴儿毁容的东西里面出来后，不是比之前最漂亮的人美七倍，而是美七十七倍。当女巫从昏迷中苏醒，她建议漂亮女人杀死这个婴儿，因为即使是魔鬼本人也无法在她身上施展魔力。

漂亮女人的父亲突然去世了，他女儿的所作所为令他心碎。失去了亲人的漂亮女人为了忘却烦恼，就留了女儿一条性命，直到小姑娘长到了十三岁。小女孩一天比一天美，直到有一天，女人再也无法忍受女儿的美貌，就将她交给女巫去杀掉。女巫非常高兴可以做这件事，她把女孩带到了树林深处。女巫用一束稻草把女孩的双手绑在一起，又在她的头上放了一个稻草环，腰上系上了一捆稻草。就在女巫准备点燃稻草，将这个美丽的孩子烧死的时候，突然，森林里传来了一声巨响，十二名强盗如飞鸟般飞快地朝女巫和美丽的小姑娘跑过来。一名强盗抓住了女孩，另一名则敲了女巫的头，把她结结实实地打了一顿。女巫开始装死，强盗们就不再管这个邪恶的坏蛋，而是带走了美丽的姑娘（她已经吓得晕过去了）。

过了一会儿，女巫起身冲到漂亮女人居住的城堡，说："好了，我的王后，不要再问你的镜子任何问题了，因为你现在已经是这个世界上最漂亮的人了。你美丽的女儿已经死了，被埋葬了。"这位女士高兴得跳了起来，并亲吻了丑陋的女巫。

当美丽的小女孩苏醒过来的时候，她发现自己身处一座漂亮的小房子里，十二个男人守着她，他们窃窃私语，谈论着她无与伦比的美貌。甜美的小东西看着长胡子的男人们和他们目瞪口呆的样子。她从柔软的床上起身，感谢这些好心人把她从女巫手中救了出来，然后问他们她在哪里，打算怎么处置她。如果他们要杀了她，她恳求他们快点动手，因为任何事，都比被那个可怕的女巫杀死要更好一些，女巫会把她烧死的。此时，强盗们都说不出话来了，因为她的话让他们的心变得如此柔软——他们从未从任何一个人的口中，听到过这样温柔的言语。她那甜美的神情甚至可以驯服一头野牛。最后，一个强盗说："你这个可爱的小家伙，你现在在十二个强盗的家里，这些人心地善良但道德败坏。我们永远不会杀了你。留在这里，为我们操持家务，让我们大饱眼福！无论你想要什么，即使你要寻找一个丈夫，我们都会带回来给你！做我们的女儿，我们就是你的一切！你的父亲！兄弟！守卫者！而且，如果你需要的话，你的战士们！"

小女孩笑了，她感到非常开心。她在强盗那里找到的幸福，要比在母亲的宫殿中能感受到的多得多。强盗们欢欣鼓舞地重新开始抢劫——唱着歌，吹着口哨，因为他们现在拥有了世界上最美的女王。

一天，女孩的母亲感到厌烦且无聊，因为已经很久没有人夸赞她的容貌了。于是她拿起镜子说："我亲爱的，可爱的小镜子，世界上还有比我更漂亮的人吗？"

小镜子答道："你很漂亮，不过你的女儿比你美一千倍。"

这个女人几乎要大发雷霆，因为她从没想过，她所厌恶的女儿可能还活着。她跑到女巫的小屋里，并告诉她镜子说的话。女巫听了她的话，立刻伪装起来，她走到了美丽姑娘住所的篱笆前。花园里长着各样的花朵，还有玫瑰花丛。她可以看见美丽的小姑娘在花坛间走来走去，在她的身上穿着符合女王身份的连衣裙。女巫看到这个小姑娘的时候，心都快碎成两半了，因为她从来没有，甚至在她的想象里也没有见过这么美的人。她偷偷地溜进花园的花坛，看到少女的手指上戴满了珍奇的钻戒。女巫吻了吻女孩的手，请求为女孩戴上比她所有的钻戒都更珍贵的戒指。女孩同意了，甚至为此感谢了女巫。当女孩回到屋子里，她就像死了一样倒在了地上。女巫匆匆赶回了家，并把这个好消息带给了漂亮的王后，紧接着王后问镜子有没有比她更漂亮的人，镜子回答说没有。

女人感到很愉快，高兴得几乎要发疯了，因为她听到自己又是世界上活着的最漂亮的人了。她给了女巫一把金子。

中午时分，强盗们抢完东西，回到家，看到家里的宝贝好像死了，顿时感到五雷轰顶。在许多的泪水和哀号之后，他们开始为安置他们崇拜的女王做准备。他们脱掉了她的鞋子，以便为她穿上更漂亮的鞋子。他们从她的手上取下戒指，以便将它们清洁干净。其中一名强盗摘掉了最后一个，女孩突然坐了起来，笑了。她告诉他们，她睡得很好，做了最美的梦。她还说，要不是他们从她的小指上取下戒指，她就再也没法醒来了。

强盗们用斧头将那枚致命的戒指砸得粉碎，并恳求他们亲爱的女王不要再和任何人说话。几个星期过去了，这位年轻的姑娘过着风平浪静的生活。但是几周之后，她的母亲又感到无聊了，就去问她的镜子："世界上还有比我更漂亮的人吗？"镜子回答说："你很漂亮，但你的女儿比你美一千倍。"

漂亮女人开始扯自己的头发，然后她又去找女巫，抱怨她的女儿还活着。女巫又去找那位年轻的美丽姑娘。她伪装成一个小贩，然后开始赞美这位年轻女士披肩上的黄金和钻石胸针。她恳求美丽姑娘允许她再为她添加一个胸针作为纪念品。年轻的美丽姑娘谢过她，就进屋料理饭菜了。结果她刚回到屋里，就倒在地上，昏死过去了。

当女巫回来的时候，母亲感到喜出望外，然后，再一次，镜子宣告了女孩已死。与此同时，强盗们回到家中，看到一具漂亮的尸体趴在地上，他们又开始哭泣。三名强盗置办了葬礼所需的一切，其余的则准备将尸体上的衣服脱光并清洗尸体。他们从她的披肩上往下取胸针的时候，发现其中一个比另外的胸针更闪耀，两个强盗争抢着它，每个都急于确保死去的女孩佩戴着它下葬。突然，年轻的女王坐了起来，告诉他们有一个老太婆想要杀了她。强盗们将胸针埋在地下五英寻深，这样，就再没有任何恶灵可以找到它了。世界上没有比女人更容易焦虑的动物了。漂亮是一种厄运，不漂亮也是一种不幸。当拥有美貌的时候，她们总需要一遍遍地确认；如果不美，她们就会想要变美。又一次，恶魔引诱了漂亮的女人，她问有没有比她更漂亮的人。镜子回答说她的女儿更美。

一怒之下，她以各种恶名辱骂女巫，并威胁说，她会出卖女巫，向全世界控诉女巫的罪行，是女巫说服她去做那些罪恶的事，是女巫说服她谋杀了她英俊的丈夫，是女巫给了她神秘的小镜子。老巫婆没有回答，而是自信满满地走开了。女巫把自己变成了一个漂亮的小女孩，径直走进了美丽姑娘住的房子，并告诉她，她是被强盗们雇来伺候她、看守房子的。天真的少女相信了女巫所说的每一句话。女巫按照最流行的样式帮她梳头、编辫子，并用各种发饰将头发固定起来，其中一个饰品是她随身携带的发卡。她把这个发卡藏在女孩的头发里，这样一来就没人会注意到它了。做完这些事后，她请求女孩允许她离开片刻，但她再也没有回来。年轻的姑娘又一次倒地而死，强盗们又一次开始啜泣，并流下了苦涩的泪水。男人们开始了充满悲伤的任务，为埋葬女孩做准备。他们取下了她所有的戒指、珠宝和发夹。他们甚至抚平了她裙子的褶皱，但还是没能让这个年轻的姑娘起死回生。

漂亮女士这次真的非常兴奋，因为从此刻开始无论在什么情况下，只要她对着镜子提问，它都会按照她的心意回答。然而，强盗们却在哭泣和哀号，无法进食。其中一个提议不要埋葬这个姑娘，而是将她留在身边为她祈祷。也有一些人认为把她埋在地下很可惜。另一些人则认为，凝视她美丽的脸庞，无论多久，都会让人心碎。最后，他们订购了一个华丽的金棺。他们用上好的紫色细亚麻布将她包裹起来。然后他们抓了一只麋鹿，把棺材放在它的鹿角上，这样尸体就不会腐烂了。这只麋鹿带着珍贵的棺材四处走动，小心翼翼地确保它不会从鹿角上掉下来。

非常巧合的是，这只麋鹿在波斯吃草的时候，波斯国王的儿子正在外面独自打猎。王子二十三岁。他看到了麋鹿，也看到了鹿角间华丽的棺材，便从包里拿出一袋糖，给麋鹿吃。波斯国王的儿子从鹿角上抬下了棺材，颤抖着双手打开了金棺。他在里面发现了一具尸体，他从未见过那样的场景，甚至在他的梦中也没有。

他开始摇晃棺材，希望能唤醒这位年轻的姑娘并亲吻她。最后，他跪倒在地，祈祷她能起死回生，但她还是一动也不动。“我会把她带回家，”他抽泣着说，“虽然她是棺材里的尸体，而且肯定已经死了一段时间了，但是她并没有腐烂的迹象。这个死去的姑娘，要比波斯所有活着的女孩都美。”王子带着金棺回到家的时候，已经是深夜了。他为死去的女孩哀悼了很久，才去吃晚饭。国王焦急地看着儿子的眼睛，却不敢问他悲伤的原因。每天晚上，王子都把自己锁在房间里，哀悼一段时间后才肯入睡，当在夜里醒来的时候，他又开始哭泣。

王子有三个姐妹，她们都很疼爱自己的兄弟。她们每天晚上都通过钥匙孔观察他，却还是不知道发生了什么事。但是她们能听到她们兄弟的啜泣声，并为此感到十分担忧。

邻国国王向波斯国王宣战了。年迈的国王让他的儿子代替自己与敌军作战。孝顺的儿子同意了，但一想到要留下死去的美丽姑娘，他就备受折磨。他知道一旦战争结束，就能见到深爱的人了。于是他把自己关在房间里整整两个小时，一直哭着，吻着他的心上人。然后他锁上了自己房间的门，并把钥匙放在了他随身的包里。好心的公主们耐心地等着她们的兄弟离开，等他走后，她们就去找锁匠，把所有的钥匙都拿了回来。她们一个接一个地试着，终于找到了一把和锁配套的钥匙。

她们在橱柜里四处查看，甚至把床都拆了。正当她们从床上移开木板的时候，突然看到了闪闪发光的金色棺材，打开它，她们找到了沉睡的天使。三个人都亲吻了她，当她们意识到无法让她起死回生的时候，她们开始哭泣。她们帮她按摩四肢，并把香膏放在她的鼻子下面，但女孩还是没能醒过来。然后她们取下她的戒指和首饰，把她打扮得像个漂亮的洋娃娃。最小的公主带来了梳头用的梳子和芳香的精油。她们拔出她的发卡，将她金色的头发分开、梳理，并用发饰装饰每一个发髻。当她们梳理她颈后的头发时，梳子牢牢地卡住了，然后他们发现了一个金色的发夹缠在头发里。大公主将它小心翼翼地取了下来，忽然，美丽姑娘睁开了眼睛，笑了起来，并从棺材里走了出来。

女孩们一点都不害怕，最小的一个跑到国王面前，告诉他刚刚发生的事情，以及她们是如何发现了她们的兄弟悲伤的原因。国王喜极而泣，去见了那位美丽姑娘，他宣布：“你将成为我儿子的妻子，我孙子的母亲！”然后他拥抱并亲吻了她。国王问她是怎么认识他儿子的，他们第一次见面是在哪里。但这位美丽的公主对此一无所知，只是告诉他，她知道她有两个敌人，她们迟早会杀了她。她还告诉他，她一直和强盗们生活在一起。国王告诉她不要害怕，因为她的母亲和女巫都不会找到她。

美丽姑娘和国王的女儿们一起坐下来吃饭，她问起年轻的王子，很好奇他长得帅还是丑。她说他的长相并不重要。如果他愿意娶她，她会同意的。公主们送给她一幅王子的画像，这个年轻的姑娘深深地爱上了他，她把画像带在身边，不时地亲吻它。一天早上，王子凯旋的消息传开了。消息被证实是真的，骑兵走近时可以看到远处尘土飞扬。公主邀请美丽的新姐妹和她们一起到她们兄弟隔壁的房间，在那个房间里，姑娘的棺材就放在王子的床底下。

王子一到家，就跳下马，跑回自己房间，打开棺材的盖子，但他只发现了一根簪子。他像个疯子一样冲出房间，大开着房门，要求知道是谁抢走了他的天使。但是，那个天使，他曾为之流过无数眼泪的天使，正微笑着站在他的面前。少年紧紧地抱住她，不停地亲吻她。他带着他的未婚妻去见他的父亲，并告诉他自己是如何在麋鹿的鹿角上找到了一具漂亮的尸体。女孩也讲述了她的人生。公主们坦白了她们如何闯入兄弟的房间，以及如何让他的心上人复活的。国王喜出望外，他派人去请了一位牧师主持婚礼。

一天，美丽如仙女一般的年轻王后告诉她的丈夫，她曾经饱受摧残，只要她的母亲在世，她就无法获得安宁。“不要害怕，”王子说，“只要你在这里，人类或恶魔的力量就都无法伤害你。”

一年过去了，王后的母亲依然心满意足。她的镜子上沾满了灰尘，她从来没有想过她的女儿还活着。但是有一天，她擦拭了镜子上的灰尘，并问道：“还有比我更漂亮的人吗？”镜子答道：“你很漂亮，可是你的女儿比你美七万七千倍。”漂亮女人晕倒了，他们不得不在她身上洒冷水，整整两个小时后她才醒过来。她又去找女巫，求她把她从那个女孩的阴影中解救出来，否则她将不得不去自杀。女巫承诺她会竭尽全力来除掉女孩。

八个月后，王子不得不重返战场，怀着沉重的心情，他与怀孕的妻子告别了。他答应她很快就会回来。王子留下指示，孩子一出生，就要把消息传递给他。在他离开后不久，王后生下了两个金发的漂亮男婴。公主们用紫色的料子和丝绸包裹着婴儿，向大家展示着这美的奇迹。国王的父亲派了一名士兵给他的儿子带去双胞胎男孩出生的消息。

天使们欢欣鼓舞的时候，魔鬼却在绞尽脑汁地想要使坏！

女巫在她的围裙下放了一瓶酒，抢在了士兵的前面。她用自己带来的一些脏床单，在路边搭了一个小帐篷，然后将酒瓶放在面前，等待着路人。她等了许久，却没有人出现。突然，天空开始乌云密布，女巫很高兴。一场猛烈的暴风雨袭来。女巫看到那个带信的士兵要跑去躲雨。当他跑过她的帐篷时，这个邪恶的老灵魂喊他进来，在她的帐篷里坐着避避雨。这个士兵很害怕打雷，于是他接受了老太婆的提议，躲进了帐篷。老太婆在他面前放了些烈酒，士兵一饮而尽。她给了他更多的酒，他又喝光了。女巫在酒里放了安眠药，士兵很快就睡着了，就像一件皮毛斗篷放在那儿一样，一动不动。老太婆在他的包里翻找到那封信，然后完美地模仿国王的笔迹，写了一封新的信，告诉王子，家里沉浸在悲伤中，因为他的妻子生了两只小狗。她把信封好，叫醒了士兵。士兵一路小跑，一直跑到营地才停下来。王子看了父亲的来信，感到很沮丧，但是他不想让任何人伤害这些刚出生的小生灵，他下令好好照顾它们。他告诉信使，不要在任何地方停留，要尽快将回信送到。但士兵忘不了那烈酒的好处，所以他又去了那顶帐篷，再次喝了酒。女巫也又一次将烈酒与安眠药混合，并在士兵睡觉的时候翻找了袋子。她偷了信，模仿王子的笔迹回信给国王，说他应该杀了他的妻子和她的小崽子，因为生下小崽的女人一定是个坏人。国王对儿子的回信感到非常惊讶，但他一句话也没说。晚上，他召来士兵，把儿媳放在一架黑色的马车上。士兵接到命令，要把那个女人和她的两个孩子带到森林中杀死他们。但是当士兵命令这位新妈妈在森林里下车时，他开始忍不住哭起来。士兵三次举起棍子想杀死她，但每次他都因悲痛万分而不得不停下来。这位妈妈恳求他不要杀死他们，并告诉他她愿意离开，再也不见任何人。老兵让她走了，她带着她的两个宝宝，在一棵空心树上找到了一处栖身之所。她留在了那里，靠植物的根和果实为生。

士兵回到家后，就被国王审问。他不想让第二天就要回家的儿子失望。士兵发誓说他已经杀了王子的妻子和孩子们，并且把他们的尸体扔进了水里。年轻的王子回到家，很害怕看到他不幸的妻子带着两只小狗。

国王把儿子的信留在了他的书桌上，王子拿起信读了起来，他感到非常愤怒。“这看起来像是我写的，”他说，“但是我却没有这样写。这一定是某个恶魔的杰作。”然后，他拿出父亲的信并递给了他。国王被信中某个恶魔所写的谎言吓坏了，“不，我亲爱的儿子，”他哭着说，“我没有写这样的信，我写的是，你的两个金发的儿子出生了。”

“而我，”王子回答说，“我说的是，我的妻子和她的后代不应该被伤害。我的妻子在哪里？我的孩子们呢？”

“我亲爱的儿子，”国王说，“我以为我在执行你的命令。我把他们送到树林里，让我的一名士兵杀死了他们。他把他们的尸体扔进水里了。”

老兵恰巧在门缝里偷听着两人的谈话。他没有被召唤就进入了房间，说道：“我无法执行您的命令，我的主人和国王。我不忍心毁掉这世上最美的生灵，我在森林里放走了她。如果她和她的孩子们没有被野兽吞掉，那么他们就还活着。”

王子没有碰他的晚饭，立刻给他的马备好了鞍。三天三夜，他和他的手下都在树林里寻找。第四夜，午夜，王子认为他听到了一个婴儿在哭。他跳下马，紧接着找到了他美丽的妻子和孩子。他把家人带回家，整个王国都举行了庆祝活动。

王子的妻子仍然害怕她的母亲和那个女巫，她知道她们会再次试图杀死她。王子对女巫下达了通缉令，士兵找到了她，把她拴在一根绳子上。她是一个可怕的生物，她的身体上长满了可怕的疖子，额头上长着一个巨大的角。王子的妻子认出了女巫并审问了她。女巫告诉她，她是她母亲的姐妹。“当我还是个婴儿的时候，你的祖母曾下令淹死我。一个魔鬼救了我，并教育了我。我支持你母亲疯狂的想法，因为我想要保护她。但是主保佑了你，并且直到我给你的母亲种了疹子后，她才真的疯了。她的脸变得坑坑洼洼、伤痕累累。她的镜子取笑她，她失去了理智，现在她在大地上游荡着，孩子们用石头砸她。她无时无刻不在因你而感到悲伤。”

美丽姑娘把她所知道的都告诉了她的丈夫，女巫被绞死了，她被吊在树上，又在火刑柱上被焚烧。当她的灵魂离开她邪恶的身体后，她的双手和双脚都被绑在了一匹马上，紧接着她的身体被撕成四块，每一部分都分别被送到国境的四个顶点上，作为对其他女巫的一种警戒。

“世界上最漂亮的女人”现在变得很丑。有一天，她碰巧来到了年轻王后居住的宫殿。她的女儿看到母亲的模样后，哭了起来，叫人把她的母亲关在一个漂亮的房间里，每天隔着一扇玻璃让她看自己美丽的孩子们。可怜的疯子哭着折磨自己，直到有一天，她跳出窗外摔断了脖子。王子爱他美丽的妻子，就像鸽子爱它的伴侣一样。他顺从她的每一个愿望，并保护她免受危险。

两个金色头发的小儿子，成为了强壮又勇敢的英雄，国王去世的时候，他的两个金色头发的孙子将他抬到了墓穴中。

这对年轻夫妇经受了如此多的考验，如果他们还没有死去的话，他们仍然活得很好。

银树和金树

澳大利亚民俗学家约瑟夫·雅各布斯（Joseph Jacobs, 1854–1916）搜集了这个故事，并出版了许多英国民间故事集，其中包括《英格兰童话传说》《印度童话》和《凯尔特童话》。他于1900年定居纽约，成为《犹太百科全书》的编辑。雅各布斯是英格兰民俗学会的重要成员，也是保存英国童话故事的关键人物。雅各布斯总是急切地否认在他搜集的故事中有“外国”借鉴的成分。一个来自苏格兰高地的故事可能会使重婚正常化，这让他感到恐惧，他急于将这个故事归于另一种文化。“这不太可能是真实发生的事，”他在《银树与金树》的评论中写道，“这个故事，加上其中沉睡的女主角的事故，应该是在苏格兰高地独立出现的：它很可能是从国外传入的。甚至其中发生了一个最‘原始’的事件，即主人公的重婚家庭。……有可能，这个故事是舶来品，所以这个特色也随之而来，并只在故事的原籍中暗示一夫多妻制。（252）”与童话故事中的三色组合白、红、黑不同，我们在这个故事中看到的是，价值极高的银和金的金属光泽。

很久很久以前，有一个国王，他有一个妻子，名叫银树，还有一个女儿，名叫金树。在众多日子中特别的一天，银树和金树来到一个峡谷，那里有一口井，井里有一条鳟鱼。

银树说："鳟鱼鱼，漂亮的小家伙，难道我不是世界上最美丽的女王吗？"

"哦！你当然不是。"

"那是谁？"

"这还用问，金树，你的女儿。"

银树回到家，感到怒不可遏。她躺在床上，发誓除非能把她的女儿金树的心和肝都吃掉，否则她永远不会好起来。

夜幕降临，国王回到了家，听说他的妻子银树病得很重。他走到她所在的地方，问她哪里不舒服。

"哦！只要一件东西你就可以治愈我，如果你愿意的话。"

"哦！这世上当然没有什么事，是我能为你做，而我却不愿意去做的。"

"如果我能把我的女儿——金树的心和肝都吃掉，我就会好起来。"

恰逢此时，一位伟大的国王的儿子从国外赶来，向金树求婚。国王立马就同意了，然后金树就和王子到国外去了。

紧接着，国王派他的手下去猎场捉一只公山羊，并把它的心和肝给他的妻子吃了。她很快就好起来了，并恢复了健康。

一年后，银树又去了峡谷，那里有一口井，井里有一条鳟鱼。

银树说："鳟鱼鱼，漂亮的小家伙，难道我不是世界上最美丽的女王吗？"

"哦！你当然不是。"

"那是谁？"

"这还用问，金树，你的女儿。"

"噢！好吧，她已经去世很久了，一年前我就吃了她的心和肝。"

"噢！她确实没有死。她嫁给了国外一位伟大的王子。"

银树回到家，请求国王把他们的长船准备好，并说道："我要去见见我亲爱的金树，从上次见她，真是过了好久了。"长船准备好后，他们就出发了。

掌舵的是银树本人，她把船驾驭得非常好，没用多久他们就到达了目的地。

王子在山上打猎。金树知道她父亲的长船即将到来。

"噢！"她对仆人说："我妈妈来了，她会杀了我的。"

“她根本没有办法杀掉你；我们会把你锁在一个房间里，让她无法靠近你。”

然后他们就这么做了。银树上岸后，开始喊叫：

“来见见你的亲生母亲，她千里迢迢地来看你了。”

金树说她做不到，因为她被锁了起来，并且无法从房间里出去。

“你不能把你的小指头”银树说，“从钥匙孔里伸出来，让你的好妈妈亲一下吗？”

金树伸出她的小指头，银树走上前去，插进去一根毒刺，金树倒地而死。

王子回到家，发现金树死了，他悲痛欲绝，当他看到她是如此的美丽时，就完全没有了想要埋葬她的念头，而是把她锁在一个没人能靠近她的房间里。

过了很久之后，最终，王子又结了婚，除了那个房间，整个房子都在第二任妻子的掌管下，而那个房间的钥匙一直由王子自己保管着。某一天，他忘了随身携带钥匙，于是第二任妻子进入了房间。她在房间里看到了这个世界上她见过的最美的女人。

她开始挖空心思试着叫醒她，然后她注意到美丽女人手指上的毒刺。她把刺拔了出来，金树就复活了，和以往一样美丽。

夜幕降临，王子从狩猎的山上回来了，他的神色十分沮丧。

“什么礼物，”他的妻子说，“你会送我什么礼物，如果我可以让你开怀大笑？”

“噢！真的吗？没有什么能让我笑，除非金树复活了。”

“那就对喽，你会在那个房间里，发现她还活着。”

当王子看到金树还活着的时候，大喜过望，然后他开始吻她，吻她，再吻她。第二位夫人说道：“既然她是你的第一任妻子，那么你最好还是和她长相厮守，我这就离开。”

“噢！你当然不会走，我会和你们两个共同在一起的。”

这一年的年底，银树再次去了那个峡谷，那里有一口井，井里有一条鳟鱼。

银树说：“鳟鱼鱼，漂亮的小家伙，难道我不是世界上最美丽的女王吗？”

“哦！你当然不是。”

“那是谁？”

“这还用问，金树，你的女儿。”

“噢！好吧，她没有活着了。一年前我就将毒刺刺入她的手指了。”

“哦！她当然根本没有死，根本没有。”

银树回到家，请求国王把他的长船准备好，因为她要去见她亲爱的金树，从她上次见到金树，已经过了很久了。长船准备好之后，他们就出发了。掌舵的是银树本人，她把船驾驭得非常好，没用多久，他们就到达了目的地。

王子在山上打猎。金树知道她父亲的长船即将到来。

“噢！”她说：“我妈妈要来了，她会杀了我的。”

“完全不可能，”第二任妻子说，“我们下去会会她。”

银树上岸了。“下来吧，金树，我的挚爱，”她说，“你的母亲带着珍贵的酒来找你了。”

“这个国家有个风俗，”第二任妻子说，“请喝酒的人要先喝一口。”

银树把嘴凑到酒瓶口的旁边，第二个妻子走上前去推了她一把，然后一些酒就顺着她的喉咙流了下去，银树就倒下死去了。他们只能把她的尸体抬回家，埋葬了。

王子和他的两个妻子在这之后活了很长时间，快乐而平静。

故事到这儿就结束了。

孔雀王

《孔雀王》有许多与《白雪公主和七个小矮人》共享的主题和比喻——一个冷酷的母亲，一个仁慈的仆人，一个陷入沉睡的年轻女子，她被一个拥有王室血统的崇拜者唤醒。这个故事脱胎于1895年的版本，变成了一个女版的“杰克与魔豆”的故事，在一个不寻常的情节中，有一个食人女魔用鲜艳美丽的孔雀羽毛扇给女孩扇凉——而这羽毛恰好预示着拯救者的名字。在“美丽女孩”的许多变体中，赠予女孩的种子暗示着与珀尔塞福涅故事的相关性，当她吃掉了哈迪斯给她的石榴种子后，被哈迪斯诱骗回到了冥界。

从前，有一位非常漂亮的女士，她太漂亮了，以至于她从不想要结婚。她在所有展示自己的追求者身上，都发现了一些可以批评的地方，她对他们说："哦，你太丑了。""你太矮了。""你的嘴太大了。"

有一天，一个男人抵达了这位女士的住所，他乘坐着一辆由八匹骏马拉着的金色马车。他向那位女士求婚，但她拒绝了。他大发雷霆，然后告诉她，一年后她会生一个女儿，而她的女儿会比她漂亮得多。除了轻蔑，这位女士对他没有任何感觉，就把他打发走了。

一年后，她生下了一个漂亮的小女孩。当她看到小姑娘长得有多美的时候，她就把女儿锁了起来，关在房子另外一头的一个房间里，只有一个奶妈照顾她。女孩变得一天比一天漂亮。奶妈从不让她离开房间，甚至不让她看向窗外。

一天，这个老女人，女孩的奶妈，在扫地的时候没有关门，年轻的女孩透过门看到了一只大鸟。

"奶妈，"她说，"那只漂亮的鸟叫什么名字？"

女人说："那是一只孔雀。"

“如果我要结婚，”女孩说，“我想嫁给孔雀王。”

“愿上帝听到你的愿望，我的孩子。”

就在那天，女孩的妈妈出现了，她和奶妈走到一个角落里。女孩的妈妈从裙子底下抽出一把长刀，并说道：“我要你杀了我的孩子。她已经长得比我漂亮了。”

奶妈哭了起来，她求那位女士放过这个可怜的孩子，但没有用。那颗邪恶的心无法变得柔和。当夜幕降临，奶妈对女孩说：“我可怜的孩子。你妈妈想让你死，我必须杀了你。”

这个女孩很善良，她回答说：“好吧，杀了我吧，奶妈，如果那是我妈妈的愿望。”

但是奶妈说：“不，我不忍心做那样的事。给你，拿着这三颗种子跳到井里，就好像你要淹死自己一样。但是在跳井之前，吞下三颗种子中的一颗，就没有什么能伤害到你了。”

女孩向奶妈道了谢，然后走到井边跳了下去。但在接触到井水之前，她拿起一颗种子放进了嘴里。那粒种子掉进了水里，井水就突然干涸了。小姑娘看到井里没有水了，感到非常难过。她爬了出来，走进树林，在那里发现了一间小房子。她敲了敲门，一个老妇人出现了。当她看到这个年轻的漂亮女孩时，说道：“哦！我的孩子，你为什么要来这里？你不知道我的丈夫是个食人魔吗？他会吃掉你的！”

女孩回答说：“这就是我所希望的。我妈妈想让我死。”

那妇人道："既然如此，那就进来吧。真是可惜。"

女孩坐在角落里，在等待食人魔回来的时候，她哭了起来。突然，她们听到了响亮的脚步声，食人魔一打开门，就说："老婆，我闻到这里有新鲜的肉味。"然后他就跑向那个女孩。她睁大眼睛看着他，他停下了脚步，对妻子说："我怎么可能把这么漂亮的姑娘当作晚餐？她太美了，我想做的只是看看她。"

女孩说她累了，食人魔便把她带到一个漂亮的房间里，然后命令他的妻子在她睡觉的时候用孔雀羽毛扇给她扇凉。

女孩心想："我现在还是死了比较好，因为食人魔明天之前就可能会改变主意，决定把我当作一顿美餐。"她把一颗种子放进嘴里，然后沉沉地睡去了。她睡啊睡啊，食人魔的妻子在这期间一直给她扇风。三天过去了，她还是没有醒，食人魔看了她一眼，说道："真可惜，但是我相信她一定已经死了。"

食人魔去了镇上，带回了一个黄金做的棺材。他把女孩放进去，然后将棺材放在了河上。在很远的地方，孔雀王正与随从站在大堤上，享受着凉风。他看到河面上漂浮着一个明亮又闪光的东西。他命令随从去看看那是什么。他们开着小船靠了过去，对于所看见的东西感到难以置信。那竟然是一口棺材，他们把它带到了国王面前。当看到这个似乎睡着了的漂亮女孩时，国王说："把她带去我的房间。"与此同时，他希望自己能够唤醒她。他将她移到一张床上，用古龙水擦了她的手和脸，但是无济于事。然后他打开她的嘴巴，想看看她的牙齿有多漂亮。他在她的门牙上看到了一些红色的东西，就试图用金针将那些东西移除掉。那正是一粒种子，种子掉在了地上。女孩醒来了，并说道："见到您真是令人愉快呀。"

国王回答道："我是孔雀王，我想要和你结婚。"女孩说："我愿意"。于是就有了这一场婚礼，在婚礼上，他们派我到世界各地去讲这个故事，每一个地方都要讲到。

美丽的女儿

罗伯特·哈米尔·拿骚（Robert Hamill Nassau，1835–1921）在他回忆录的序言中告诉我们，他曾于1861年乘坐一艘名为“欧文鹰”的“小双桅横帆船”从纽约起航，到达了非洲西海岸的科里斯科岛。他以“传教士、教师和邻近大陆的行商”之名在岛上生活了四年（iv）。他在非洲待了将近四十年，生活在非洲大陆的其他地方（贝尼塔、康圭、巴拉卡和塔拉古加等地），他发现“同样的习俗和宗教在流行着”。每当与人相识，他都会把话题引向对“本土思想”的研究上。“这是一千次社交聊天的历史，白天在独木舟上，晚上在营地和小屋里，以及在我自己房子里，我的公共房间在白天或晚上的任何时候都对任何访客、请愿者或者是闲逛者开放。我对他们的需求和愿望的关注，得到的回报是一些他们行为习惯的秘密。（vi）”在外交使团委员会专款基金的资助下，他大量的笔记变成了一本书（1904）。

拿骚的这个关于一个美丽女孩的故事，提供了一个令人信服的例子，以说明故事如何混合、融合以产生它们的新版本，在“美丽的女孩”中，名字既有非洲人的（奥古拉）也有欧洲人的（玛丽亚），主题取材于本土传说，同样取自非本土来源。这个女孩的美不仅仅在于她的外表，同样也因她的内在美——“优雅、和善又谦逊”而更上一层楼。另外请注意，女性的邪恶似乎跨越了代沟，母亲和她祖母般的同伙都是天生的杀手。

从前，有一个美丽的女人。她是一位国王的女儿，并且已经结婚了，她的名字叫玛丽亚。她有一面会说话的魔镜，玛丽亚每天都会使用它，尤其是在她要出去散步之前。她会将镜子从隐秘的地方取出来，看着它，问道：“镜子！有没有其他女人跟我一样漂亮？”镜子会回答：“女主人！一个也没有。”

她每天都这样做，随着时间的流逝，她变得越来越猜忌，可能会有人与她的美貌匹敌。

不久之后，她生了一个女儿，成为了一位母亲。她开始意识到这个孩子很漂亮，甚至比她小时候还要漂亮。这个孩子在优雅、和善和谦逊中长大，并且她一点都没有注意到自己的美貌。

当女孩大约十二岁的时候，玛丽亚害怕她的女儿可能会开始意识到自己有多美，并把她比下去，即使是无意之中的。于是玛丽亚告诉她的女儿，她绝不能进入存放化妆品的那个房间。玛丽亚继续照着镜子，每天出去展示她的美丽。

有一天，女儿心想：“哦，我真是厌倦了所有这些规定！”于是她拿着钥匙打开了禁室的门。她环顾四周，没有发现什么特别有趣的东西，就又往外走，并把身后的门上了锁。第二天，母亲进了同一个房间，然后出去散步。母亲刚一离开，女孩就想："我要回去仔细看看里面到底有什么。"这一次她找得更仔细了，然后就看到桌子上放着一个漂亮的小棺材。她打开它，发现里面放着一面镜子。这面镜子似乎有什么古怪之处，于是她决定更仔细地观察一下。就在她这样做的时候，镜子对她开口说话了，它说了下面这些话："哦，我亲爱的姑娘！没有人比你美！"女孩把镜子放回原处，离开了房间，紧紧地关上了门。第二天，母亲在散步前走进房间，她问了镜子与往常一样的问题："有没有其他人和我一样漂亮？"镜子答道："是的，女主人，还有一个人比你更美。"

玛丽亚一怒之下离开了房间，她怀疑女儿曾进过这个房间，于是她问道："女儿，你进了那个房间吗？"女孩回答说："不，我没有。"母亲咄咄逼人地对她说："是的，你进去过了。不然，我的镜子怎么会告诉我还有一个比我更漂亮的女人？而你是唯一一个在美貌上与我相当的人。"

这些年来，母亲一直将女儿留在宫中，从不让她在公共场合露面，因为她一想到别人会称赞她的美丽，就感到很恼火。愤怒的女人叫来了她父亲的侍卫，将女孩交给了他们，对他们下了命令："到森林里去，杀了这个女孩。"

他们听从了命令，把女孩和两条大狗一起带进了森林。当他们到达森林时，守卫对她说："你的母亲让我们杀了你。但是你是那么美好，那么漂亮，我们无法让自己去做这件事。我们会让你离开，你可以在森林里四处游荡，看看会发生什么。"

女孩离开了，守卫们杀死了两条狗，以便让母亲看到他们剑上的血迹。做完这些事后，他们就回到母亲身边，告诉她说："我们杀了那个女孩，你可以在我们的剑上看到她的血迹。"这位母亲满意了。

让我们回到森林里，看看那个漫无目的地四处游荡的女孩，她碰巧到达了一座房子，房子坐落在一个看起来像是个村庄的地方。她走上面前的台阶，推了推门。门没有上锁，于是她走了进去。在这里，她没有看到任何人，也没有听到有人的动静，她注意到房子里乱七八糟的，于是她开始打扫。扫完地板后，又把东西收拾整齐，她上楼躲在了一张床底下。

她不知道的是，这所房子属于一伙盗贼，他们整个白天都在偷东西。到了晚上，他们会把战利品带回家。那天晚上他们回到家里的时候，惊讶地发现房子已经收拾干净了，他们所有的物品都整齐地堆放着。他们吃惊地问道："谁来过了，还把房间打扫得这么干净整洁？"

他们准备了晚餐，吃饱喝足后，就睡觉了。但是他们没有收拾桌子，也没有洗碗。

第二天，他们又出去打劫。他们一走，女孩，又饿又怕，她从藏身之处爬了出来，给自己做了饭。然后，和第一天一样，她扫了地，洗了所有的盘子，又为男人们准备了一顿饭。这样，在下午晚些时候，盗贼们回到家时，饭菜就已经准备好了。再一次，她把屋子里的东西都收拾得整整齐齐，回到了自己的藏身之处。

那天盗贼回来归置赃物的时候，惊讶地发现屋子里很整洁，更惊讶的是，他们发现桌上有饭菜。他们感到疑惑，“是谁在为我们做这一切？”

首先，他们坐下来吃饭。然后他们说：“让我们四处找找，看看是谁在为我们做这些工作。”他们到处寻找，却没有找到任何人。

第二天，盗贼像往常一样在离开前武装起来，他们把房间搞得乱七八糟，赃物散落了一地。

等他们走后，女孩从她的藏身之处走出来，像前一天晚上一样做饭、吃饭、洗碗、扫地、收拾房间、准备晚餐。

盗贼们回来的时候，比之前还要震惊，惊呼道：“到底是谁做了这一切？如果是女人，我们就认她为姐妹。她可以打理家务，让我们的物品井然有序。任何人都能娶她。如果是男人，他将不得不加入我们的行列。”

第二天，他们准备离开家，继续他们平日的行动，但他们决定留下一个人。他要待在那里，躲起来，搞清楚是怎么回事。他们最终会弄清楚是谁一直在为他们操持家务。

等他们走后，女孩还不知道有一个盗贼留在了家里，从藏身之处出来，然后开始了她的日常工作。当她走到户外生火做饭的时候，留下来的那个盗贼突然出现了。她吓得想要逃走，但盗贼却在她身后喊道："别怕！不要逃跑！回来！你为什么害怕？你没有做错什么，你为我们做的都是好事。到这边来！"女孩走回来，说道："我怕你会杀了我！"

这个盗贼走近她，说道："你真是个美丽的姑娘！你什么时候来到这里的，你是谁？"她给他讲述了她的故事。等她做完所有家务，就和盗贼一起坐下来，等着其他人回来。等他们回到家，看到两人，便对留下来的盗贼说："这下你找到她了！"盗贼说是的，他已经找到了那个女孩。他的伙伴们看着她，惊叹道："哦，多么漂亮的女孩！"为了让她平静下来，他们对她说："不要惊慌！你会成为我们的姐妹。"

他们拿来了所有的战利品，请她保管好它们，并负责打理房子。他们就这样生活了一段时间——盗贼偷东西，而女孩照顾他们。

有一天，城堡里邪恶的母亲开始担心，卫兵们可能没有听从命令杀死她的女儿，心想："也许那孩子并没有真的被杀死。"她有一个仆人，仆人的年纪很大了，对她很是忠心。玛丽亚把一切都告诉了她的仆人，并对仆人说："请到每个城镇中去搜寻。如果你找到了一个非常漂亮的女孩，那就是我的女儿。你必须为我杀了她。”老妇人回答说：“好的，我的朋友，我会为你做这件事。”于是她就离开了，开始四处寻找。

她到达的第一个地方，竟然恰巧是盗贼们的房子。周围没有人，她便径直走进房子，发现女孩独自一人待在家里。因为这个姑娘长得太美了，她立刻就知道，这一定是她女主人的女儿。女孩递给她一把椅子，问她需要些什么。老太婆惊呼道：“哎呀，你这孩子真好看！你是谁，你的妈妈呢？”女孩没有预见到会发生任何不好的事情，就讲述了她的故事。

老太婆对她说：“你的头发看起来有点乱。过来，让我给你整理好。”女孩就让老太婆给她编辫子。老妇人的袖子里藏着一根又长又尖的钉子。她给女孩梳完头发后，就把钉子深深地插进了女孩的脑袋里，女孩瞬间瘫倒在地，仿佛死了一般。老妇人看着那软弱无力的身体，自言自语道：“好样的！我现在帮了我的朋友一个大忙。”之后，她就走了，留下尸体躺在地上。没多久，她就带着好消息回家了，她对这位母亲讲诉了自己的所作所为。母亲确信她的朋友没有欺骗她。

盗贼们回到家里，发现女孩倒在地上。他们陷入深深的悲痛中，并开始检查尸体，试图确定她的死因，但是，他们找不到任何伤口。这具尸体一点也不僵硬，软软的，头部和颈部没有出汗，所以他们决定，“我们不可能把这张看起来还活着的脸埋进坟墓里”。于是他们做了一个漂亮的棺材，并用金子覆盖，然后把金饰放在女孩的衣服上。他们决定不钉上棺盖，而是制作凹槽，让盖子可以滑动，这样就可以打开和关上棺材了。由于担心尸体可能会开始腐烂，他们将棺材放在户外的露天处。为了让棺材远离动物的侵扰，他们把它挂在空中。一天两次，一次在他们离开之前，一次在他们回来之后，他们会放下棺材，打开盖子，看看他们“姐妹”依然鲜活的面孔，她看起就像还活着一样。

一天，当他们外出工作时，一个名叫埃塞伦吉拉（Eserengila：搬弄是非者）的人碰巧来到他们家。他居住的小镇有一位名叫奥古拉（Ogula）的首领。当埃塞伦吉拉到达房子的时候，他在周围找不到任何人，但他立刻就看到了悬在空中的黄金盒子。“多好的东西啊！”他惊呼一声，然后就冲回他的主人奥古拉身边，说道：“快来看看，我找到了一个多么可爱的东西。你会想把它带回家的！”于是奥古拉和他一起去了，埃塞伦吉拉把挂在空中的镀金盒子拿了下来。他们没有进屋，也不知道这里之前发生的事情。他们带着这个盒子匆匆回到奥古拉的家，也没有看看里面是什么，就把它放在一个小房间里。

几天后，奥古拉回到这个房间，来看看盒子里有什么。他注意到盒子的顶部没有被钉牢，所以可以把它的盖子滑开。弄明白这一点后，他就立刻打开了盒子，在里面，他看到了一个年轻的漂亮女子。他的心中充满了疑问。她显然已经死了，但在她的身上没有任何东西带有死亡的气味。既然她并不憔悴，他认为她并不是死于某种疾病。他检查了尸体，试图弄清楚她是怎么死的。可他什么也没找到，于是他大声说道："真是个漂亮的姑娘！她到底是怎么死的？"

他盖上棺材的盖子，然后离开了房间，小心地关上了他身后的门。然后他又折返回来，看着那具尸体美丽的容颜，叹了口气，说道："唉，我真希望这美丽的生物还活着。她会成为我女儿的好玩伴，她们的体型差不多。"再一次，他走出去，小心地关上了身后的门。他告诉他的女儿永远不要进入这个房间，女儿附和着她不会进去的，但他自己却继续每天都探望这个女孩。

几天过去了，奥古拉的女儿厌倦了看她的父亲不断地进入一个禁止她进入的房间。有一天，奥古拉离开家后，他的女儿对自己说："我父亲告诉我，不能进入那个房间，但现在我要进去看看里面有什么。"她走了进去，看到那个镀金的盒子，说道："哦，好漂亮的盒子！我要打开它，看看里面放着什么。"

她向后拉动盖子，然后看到一个人头，有着美丽的头发，上面点缀着黄金饰品。她完全打开棺盖，终于看到了年轻女孩的身体，惊呼道："好漂亮的姑娘！她的头发真漂亮，饰品也很可爱！”

她不知道女孩为什么不能动，她说：“我希望她能和我说说话，然后我们就可以成为朋友了，因为她的身高和我差不多高。”于是她向陌生人打招呼：“姆博罗！姆博罗！”没有人回答，然后她说：“我打招呼的时候，你为什么不回答我，姆博罗？”她大失所望，把盖子合上，就离开了房间。

女孩的父亲回到家时，发现门有些不对劲，这让他起了疑心，于是就问他的女儿：“你进去过那个房间吗？”女儿回答说：“不！你告诉我不要进去，我就没进去。”第二天奥古拉又出去了，他的女儿想再看看那张漂亮的脸蛋。她走进了房间，打开棺盖，再次向女孩打招呼：“姆博罗！”没有人回答。她再一次变得不耐烦，说道：“我问候你，你仍然拒绝问候我！”然后她补充说：“我可以和你一起玩，摸摸你的额头，摸摸你的头发吗？也许你有虱子，我可以帮你从头发上捉下来。”她开始用她的手指抚摸那些头发，并感觉到有一个坚硬的东西。仔细一看，她才发现那是一颗钉子头。她震惊不已，说道：“哦，她的头上有钉子！我要试着把它拔出来！”

她把钉子一拔出来，女孩就打了个喷嚏，睁开眼睛，环顾四周，坐起身来，说：“哦，我睡了这么久。”另一个女孩问：“你之前是睡着了？”女孩回答说：“是的。”然后奥古拉的女儿向她打招呼：“姆博罗！”女孩回答说：“诶，姆博罗！”另一个女孩应了一声："唉！"

然后美丽的女孩问道："我在哪里？这是什么地方？"另一个女孩回答说："不用问，你在我父亲的家里。"然后女孩问："但是，是谁把我带到这里来的？我是怎么被带过来的呢？"奥古拉的女儿向她讲述了关于埃塞伦吉拉和他发现镀金棺材的整个故事。两人很快就变得非常熟识，不久她们就成为了好朋友。整个下午，她们玩耍、欢笑、交谈和拥抱。

过了一会儿，美丽的女孩累了，说道："你还是把钉子钉回去吧，让我再睡一会儿。"于是她又躺在棺材里，奥古拉的女儿把钉子钉回了她的头上，不知不觉中，她很快又睡着了。

奥古拉的女儿把盖子盖回原处，离开了房间，并小心地关上了她身后的房门。她现在已经失去了离开家找朋友们玩耍的欲望。她的父亲开始注意到她的异常，并敦促她像往常一样去拜访她的朋友，与她们一起玩耍。但是她找了个借口拒绝了，说她不想这样做。她唯一感兴趣的就是那个房间，里面放着那个装着漂亮女孩的镀金棺材。无论什么时候她的父亲出门，她都会冲到那扇门前，走进房间，滑开盖子，然后拔出钉子。她的朋友会坐起来，两人就在一起玩，又一次成为好朋友。奥古拉的女儿，看到她的朋友因为没吃东西需要睡觉，就开始每天给她送食物。于是女孩变得强壮，她很快乐，也很健康。

这种情况持续了很多天，而奥古拉对此一无所知。

但恰巧有一天，两个女孩一起玩耍，她们全神贯注地沉浸在游戏和谈话中，以至于奥古拉的女儿没有意识到她的父亲就要回来了。突然奥古拉出现在门口，并且惊讶地看到两个女孩正在说话。女儿见到回来的父亲时，吓坏了。不过，父亲非但不生气，还安抚她说："别怕！你是怎么成功地让这个女孩起死回生的？你做了什么？"

女孩把她所做的一切都告诉了她的父亲，尤其是她如何拔掉了那枚钉子。然后奥古拉在镀金盒子里的女孩身边坐下，请她告诉他她之前的生活。她毫无保留地讲述了她的故事。奥古拉又道："既然你的母亲是那种派人去杀人的人，我，作为这片区域的首领，明天就去调查这件事。我会把住在这里的所有人都召集起来，明天早上会有一个集会。你必须留在这里，你会是我的妻子。"

第二天，生活在这个地区的所有人都被传唤过来：恶毒的母亲、守卫、老太婆，以及除了神秘的盗贼之外的所有人。整个事情的每个节点都开始被讨论，在接近尾声的时候，美丽的女孩在奥古拉女儿的陪伴下出现在了集会上。

玛丽亚看到女儿进来，吓了一跳，她看着老妇人，冲她喊道："那个女孩还活着！还没死！我以为你杀了她！"老太婆吃了一惊，但又坚持道："是的，我杀了她。我信守了对你的承诺！"

女孩坐下，奥古拉让她向在场的每个人讲述了她的故事。她从魔法镜子、守卫、盗贼的房子等等开始，一直讲到留宿在奥古拉家中。

每个人都开始大喊大叫，谴责和威胁玛丽亚和老太婆。两人都吓坏了，她们逃到了遥远的地方，再也没有回来。

这位年轻的美丽女子嫁给了奥古拉，她很高兴，奥古拉的女儿是她的朋友。

回到藏身之处，盗贼们没有听到任何关于这次集会的消息，他们继续为失去他们的姐妹而悲伤。他们不知道她的下落。故事就这样结束了。

上面这个故事大概不超过两百或者两百五十岁；“玛丽亚”这个名字无疑来自刚果国家的葡萄牙占领者。【来自故事收藏家的笔记】

松山之镜

在这个故事中，孝道是胜过其他一切的美德，甚至继母也被女孩对死去母亲的孝心征服。镜子的奥秘，除了倒映人像之外，还有再现的能力，这是故事一个引人注目的特征，它是一个制造家庭冲突但也解决家庭冲突的古老神器。不像其他的关于美丽女孩与母亲发生冲突的故事，这个出版于1912年的日本传说，更重视宽容与原谅，而非病态的愿望和复仇。

古时候，在日本的一个偏远地区，住着一对夫妇。蒙受恩赐，他们生了一个小女孩，她是父母的宠儿和挚爱。一次偶然的机会，这个男子被叫到遥远的京都出差。临走前，他告诉女儿，如果她对她的母亲恭敬孝顺，他就会给她带回一件她非常珍视的礼物。然后这个善良的男人便离开了家，母女俩目送着他远去。

终于，男人回到家中，在妻子和女儿帮他脱下他的大帽子和凉鞋之后，男人坐在白色的席子上，打开竹篮，注视着他小孩热切的目光。他拿出一个极好的洋娃娃和一个装着糕点的漆盒，并把它们放在她伸出的手上。接着他又一次把手伸进篮子里，送给他的妻子一面金属镜子。它凸出的表面闪闪发光，而它的背面则是松树和鹳鸟的图案。

这个善良的男人的妻子从未见过镜子，当她凝视镜子的时候，她感觉有另一个女人在镜子里注视着她，特别是当她对此愈加好奇地盯着镜子时。她的丈夫解释了其中的奥秘，并嘱咐她好好地保存镜子。

在这次愉快的回家和分发礼物后不久，妻子就病重了。临死前，她把小女儿叫到身边，对她说："亲爱的孩子，等我死了，你要好好地照顾你的父亲。我走后你会想念我。但是，拿着这面镜子，当你感到最孤独的时候，看看它，这样你就能一直看到我了。"说完这些话，她就去世了。

到了一定的时候，男人又结婚了，他的妻子对继女一点也不友善。但是这个小家伙，心中记着妈妈的话，总会退到角落里，急切地看着镜子，仿佛看到了她亲爱的妈妈的脸，不像她临终时那样因痛苦而憔悴，而是年轻又美丽。

有一天，这个孩子的继母偶然看到她蜷在角落里，俯身对着一个她看不清楚的东西，喃喃自语。这个暴躁的女人，她讨厌这个孩子，于是认为她的继女也讨厌她，她自以为是地认为这个小家伙正在施展一些奇怪的魔法技巧——也许是制作一个人偶并在上面扎针。怀着这样的想法，继母找到了她的丈夫，告诉他他邪恶的小孩正在竭尽全力，使用巫术杀死她。

听完这离奇的独唱后，这位一家之主径直走进女儿的房间。他的出现让女儿吃了一惊，女孩一看到他，就赶紧把镜子塞进袖子里了。溺爱她的父亲第一次生气了，他担心妻子告诉他的事情最后被证实是真的，于是他立即将妻子的话告诉了女儿。

当他的女儿听到这不公的指控时，她对父亲的话感到惊愕，她告诉他，她对他的爱太深了，以至于她从来没有试图或希望杀死他现在的妻子，因为她知道父亲很珍视这位妻子。

“你在袖子里藏了什么呢？”父亲半信半疑地问道。

“是你给我母亲买的镜子，她在临终前送给了我。每次我看着它闪闪发光的表面时，我都会看到我亲爱的妈妈，年轻又美丽。当我心痛时——哦！最近真的好痛——我就拿出镜子，妈妈的脸，带着甜美和善的笑容，给我带来了平静，帮我忍受严厉的言语和愤怒的目光。”

因为孩子的孝顺，父亲对她越发理解和疼爱了。就连女孩的继母，当她知道真正发生的事情后，也感到羞愧并请求原谅。而这个孩子，她始终相信自己在镜子里看到了母亲的脸，她原谅了她的继母，灾祸永远地离开了这家人。

女孩和狗

迪德里希·韦斯特曼（Dietrich Westerman），是这个故事所在的故事集的编辑，该故事集出版于1912年。他于1910年前往苏丹，在普鲁士教育委员会的资助下进行了一次旅行。他研究了苏丹南部的一个族群——希鲁克族（仅次于丁卡人和努尔人的第三大族群）的语言和文化。韦斯特曼对希鲁克族进行了广泛的人类学研究，其中包括丰富的民俗资源。正如他解释的那样，"Jwok"是他们宗教中至高无上的存在。在许多方面，这个故事可以看作一个关于父母鲁莽行为的警示故事，女儿是母亲轻率许诺和父亲未能保护孩子的受害者。故事中的猎人成为了保护者，并抚养了一个被迫与世隔绝和被奴役的孩子。

从前，有一个女人，她没有孩子。有一天，女人走到灌木丛里，发现了一条狗。“哦，Jwok！”她喊道，“我想要一个孩子胜过一切！如果您满足我的愿望，我会让孩子嫁给这条狗。”*Jwok* 实现了她的愿望，后来，女人生了一个孩子，孩子长大后成为了一个美丽的姑娘。有一天，姑娘走进灌木丛中，在那里发现了一条狗。那是一只白色的狗，它对她说：“去找你的妈妈，告诉她，那条狗在问你什么时候才嫁给我。”

女孩回到家中，找到她的母亲，把刚刚发生的事告诉了她。母亲听她讲述了整个故事。女孩告诉她的妈妈，她在灌木丛中发现了一只狗，接着，那只狗对她说：“去找你的妈妈，告诉她那条狗想知道，什么时候他才可以结婚。”

母亲开始哭泣，把发生过的一切都告诉了女孩的父亲。父亲说：“带她到狗那里去，就像你曾许诺过的那样。”他们发现狗躺在灌木丛中，女孩就这样被交给了他。

狗和女孩出发了，他们陷入了地下世界。这只狗是 Jwok。他们走进了狗的房子，周围有很多树。这只狗说：“你要永远和我在一起吃饭；你不能离开这个围场。”那个地方的其他人让女孩待在围场的中央。狗向女孩解释说，其他人都是奴隶。然后狗走了，将女孩留在了这里。她进入了狗的领地，一个广阔的空间，而这所房子就是 Jwok 的房子。

一天，女孩决定逃跑，当她跳起来的时候，她脚下的地面裂开了。她以最快的速度逃跑了。狗一看到她，就追了上去。女孩径直跑进了河边的一所房子。那是一座大房子。狗也来了，就待在房子旁。那间屋子里住着七个人，都是男人，没有女人。这些人是猎人，他们以肉为食。

女孩躲在屋里。当男人们打猎回家后，发现桌子上有吃的，就问："这是谁给我们做的？"他们非常惊讶，便开始搜查房子。他们找到了那个女孩，喜出望外。他们告诉她，她可以和他们住在一起，成为他们的姐妹。女孩决定留下来，并告诉他们她是如何被狗追赶的。"它在哪里？"他们问。"它在房子下面的地下。"她说。这些人在房子周围挖了一圈，一找到那条狗，他们就把它带走，并开枪打死了它。狗死了，他们把它扔进了灌木丛。

七年过去了，女孩说："我想去看看狗的骨头。"男人们说："你留在这里，不要去。"女孩回答说她要去，男人们就跟着她一起去了。女孩四处寻找，一根骨头伤到了她的脚，她倒地而死。男人们都哭了。他们把她的尸体放在水面上。女孩被水流带走，被带回了她的祖国。一个渔夫发现了她，把她从水里拉了出来。他们告诉了国王他们的发现。国王雇了一位老妇人，用水清洗这个女孩。老妇人在死去的女孩身上发现了一块骨头。她把骨头拔了出来，女孩突然打了个喷嚏，又活了过来。

有人告诉国王女孩打了个喷嚏，起死回生了。“你来自哪里？”他问她。女孩回答说：“我是从河边的一所房子来的。”国王问：“你是怎么到那里去的？”她告诉他，她的父亲把她嫁给了一条狗。但是那条狗追着她，她逃到了河边的一所房子里。当她讲述自己的故事时，国王哭了，因为他就是女孩的父亲。女孩的母亲很快出现了，她也哭了。然后这对夫妻买了一些牛并将它们献祭了。三人一起回到了家。

就这样——故事讲完了。

不近人情的母亲和额头上有星星的女孩

采集这个故事的亨利－亚历山大·朱诺（Henri-Alexandre Junod，1863–1934）是瑞士出生的非洲传教士和人类学家，他的工作地点在南非最北端的林波波省。他与一位同事一起编写了特松加人的语言。1912 年，他出版了《南非部落的生活》一书，书中描述了当地的传统，并汇集了许多民间故事，这个故事就包含其中。朱诺对民间传说的跨代吸引力着迷，“男人、女孩、年轻人安静地坐上几个小时，聆听一位老妇人的讲述，她将他们置于故事的魔力之中。”（215）他指出，“不近人情的母亲”可能是一个班图人的故事，是一位名叫玛莎的中年妇女讲给他的，讲述者从祖母那里听到了这个故事，当时该地区几乎没有传教士。这个故事包含了朱诺所认为的“完全不协调元素的非凡融合”（265），其中包括母亲的肤色。“Muhanu”是用来表示“不近人情的母亲”的专有名词，当朱诺直接问玛莎“她真的是个白人女性吗？”玛莎回答说：“是的。”

故事是这样开始的：很久很久以前，有一个女人，她的额头上有一个像月亮一样的印记。小时候，她与父母住在一起，但是有一天，她的父母去世了。母亲留给她一面大镜子。她长大结婚后，就带着镜子搬去与她的丈夫一起生活。她喜欢洗澡，沐浴后她会打理她的卷发，把镜子放在桌子上，对着它说："我母亲的镜子，在这个国度，还有比我更漂亮的人吗？"镜子会这样回答："只有来自天上的东西才能超越您的美丽。"（ñwa nya ka tilo）这时，女人感到很开心，她把镜子从桌子上拿开，坐下来，心里感到极度地平静。没过多久，她怀孕了。在孩子出生之前，她的丈夫要去莫萨帕，并给妻子留下了严格的指示。"我要去莫萨帕猎象。如果孩子是个死胎，就留一根他的骨头给我。"——"好的。"女人说，然后男人就出发去猎象了。

女人和她的仆人留在家里，仆人一直待在家，等着她分娩。当她开始感到阵痛时，对仆人说："给我烧点热水。我想洗个澡。"仆人把水放在火上加热。然后女人洗了个热水澡，她把镜子放在桌子上，梳了梳头发，对着镜子说："我母亲的镜子，在这个国度里，还有比我更漂亮的人吗？”——“只有来自天上的东西才能超越您的美貌。”镜子回答说。然后女人把镜子收了起来，在地板上铺上毯子，生了一个女儿。婴儿是在日落之后出生的，但是，在她出生的时候，屋子里发出一道亮光。村民们见此情景吓坏了，说道：“那房子好像着火了！”这束光芒来自一颗耀眼的星星，它在婴儿的额头上闪闪发光。

这位母亲把她的小家伙照顾得很好，她把婴儿放在一张漂亮的床上。她像往常一样洗澡梳头，却忘记了她的镜子。孩子渐渐长大，开始能坐起来了。后来她甚至可以站起来走几步了。她在妈妈的小屋里蹒跚学步。村里的人都很惊讶，说道：“首领的屋子里会是什么东西在燃烧呢？”他们不知道一个小孩已经出生，并住在那个小屋里。仆人告诉他们：“我的女主人有了一个女儿！”

孩子长大了，开始在屋外散步，她总是牵着妈妈的手。一天，这位母亲拿着镜子，给孩子洗澡，梳头。小家伙的头发比她妈妈的还要迷人，因为她额头上的星星散发着光芒，光影像水珠一样落在她的头上。母亲注视着女儿，开始对她感到害怕。母亲问她的镜子：“我母亲的镜子，这个国度还有比我更漂亮的人吗？”镜子回答说：“仔细想想。我告诉过你，只有来自天上的东西才能超越你的美丽，我指的就是你子宫里的婴儿。只有你的孩子才能超越你的美貌。”女人拿起镜子，把它打碎了。她对它所说的话感到愤怒。她捡起碎片，把它们扔到一个盒子后面。她回到自己的小屋，给孩子穿好衣服，戴上帽子。接着，她自己也穿好衣服，戴上帽子。她拿了一把漂亮的雨伞放在孩子手里，自己也拿了一把，她们一起出发了。

她们俩上了一座山，那里有一条大路，路上有很多人经过。母亲对从那里经过的人说："看看我，然后告诉我，你是否认为这里有比我更漂亮的人？"他们都回答说："你当然非常漂亮，这位母亲，但是你身边的孩子比你还要美。"女人开始感到不高兴了，就带着孩子回家了。每天她都去山路上问同样的问题，人们总是回答说："你很漂亮，但是却没有你额头上有颗星星的孩子那么美。"

这个孩子长大了，长到大约和她的母亲一样高了，哦对，这位母亲的名字叫恩瓦尼尼。一天，恩瓦尼尼找到了一个小葫芦，把葫芦递给她的女儿，让她去打水。恩瓦尼尼说道："不要到大家都去打水的地方，要到悬崖最高的地方去。"她自言自语道："这孩子会滚下悬崖死掉的。"但女孩并没有到悬崖上去；她去了其他人都去打水的地方。当她回到家后，她的妈妈说："我让你到悬崖高处打水，你没听见吗？"女孩回答说："妈妈，我去了你让我去的地方。"因为她很清楚她的妈妈想要杀了她。

恩瓦尼尼叫来她的卡菲尔，也就是仆人，并对他们说："如果我让你们去杀了这个女孩，你们会服从吗？我会为此给你们一袋钱。”他们说：“是的。”然后她说：“带走孩子，杀了她。在你们杀了她之后，切掉她的小指，挖出她的心肝。把这些东西带回来给我，这样我就可以确定你们已经杀了她。”

仆人们对小女孩说：“我们走吧！”他们一起走了。到了一个偏僻的地方，他们对女孩说：“听着！你的妈妈让我们杀了你。如果我们放了你，你自己能跑得远远的吗？”——“当然，”她说，“我一个人跑起来很容易。虽然我不了解这个国家，但我总能在某个地方找到一个家。”——“你能不能鼓起勇气，”他们问道，“让我们砍掉你的小指头？”她举起她的小手指，让他们把它砍掉。他们切完手指之后，她弯下腰，在裙子上扯下一片布，将伤口包扎好。然后她跑了，在河里和海里洗澡。无论走到哪里，她都会洗澡。

至于仆人们，一只羚羊突然从灌木丛中跳出来，他们抓住了它。然后把它切开，取出心肝，连同小指一起，带到他们的女主人面前。女人由衷地感谢他们，说：“你们做得很好，我的女儿比我美，这就是让我感到困扰的事，这就是我在山上徘徊的原因，因为她比我更美，而现在我又可以开心起来了！”

女孩继续前行，看到一所属于伊班内白人的大房子。傍晚时分，她到达了那个地方，日落之后，她走进了屋里。那是首领的房子，但是里面空无一人。每个人都出去偷东西了。那些人绑架男人，把他们关起来，然后吃掉他们。伊班内是他们的首领。他们就是为了他才绑架男人们。

盗贼们回到家，发现伊班内的房子里有很强的亮光，连忙跑了起来，喊道："房子着火了！"伊班内推开房门，发现少女正坐在他的床上。伊班内对女孩说："我的女儿，你从哪里来？"他拥抱了她，并补充道："现在我确实发现了非常美的东西！"然后他转念一想，说道："你不是我的女儿，你将会成为我的妻子。等你长大了，就要嫁给我。我将弃绝我所有的恶行，将它们从我身边赶走！"于是，他下令："去召来所有被你们囚禁的人，放他们走。再也不要猎杀人吃了。"族人们谢过他，又说道："我们现在再也不吃人了，因为我们有了一个这么漂亮的公主！"伊班内说："你们都去洗个澡，干干净净地回来，来庆祝我找到了一个如此迷人的妻子！"当女孩长到和伊班内的女儿希哈汉兰加差不多高时，伊班内下令准备婚宴。族人们进入沼泽地采集甘蔗，并建了一个大磨坊来压榨甘蔗。伊班内和他的族人们一起出去做这件事，年轻的女孩独自待着，她明白自己很快就要结婚了。

就在这时，女孩很小的时候经常陪她玩耍的一个小仆人恰巧经过她的住所。女孩站在窗边，仆人看到了她。他自言自语地说："虽然我去过很多地方，但我从没见过像这个女人一样的人。"他压根儿没想起来那是他童年的玩伴。他跑回到女孩母亲的身边，对她说："我见到了一个女孩，额上有一颗星星，但是她没有看见我。”这位母亲说：“嗯！把这双漂亮的鞋带去给她。你不觉得她会很想买一双鞋吗？”仆人回答说：“给我吧。我会把这双鞋带给她的。”仆人急匆匆地跑开了，一直跑到了女孩的房子那里。那天，伊班内不在家，他正忙着榨甘蔗。仆人在家里找到了那个女孩，提出要把鞋子卖给她。“你要卖多少钱？”她问。——“随你想给我些什么都行，”他回答说，“这双鞋子非常漂亮。”——“等一下，我必须要试穿一下。”

女孩走进屋子里，穿上鞋子。她刚做完这件事，就晕死过去了。仆人跑回家，找到恩瓦尼尼，并告诉她女孩已经死了。“那很好，”恩瓦尼尼说，“这事儿当然是你最有发言权！”伊班内从糖磨房回到家中，女孩没有出来迎接他。他打开门，发现她躺在床上。他以为她睡着了，想叫醒她，但没有成功。然后他发现她已经没有了生机。他的族人们听到他在哭泣，并把所有的东西都砸得乱七八糟，他说：“我永远也找不到像她这么漂亮的妻子了！我能做的最好的事就是独自生活，因为我所有的梦想都寄托在她身上了！”

伊班内准备了一口棺材，铺上布，往里面塞了些钱。然后他们就把女孩抬走准备埋葬了。但伊班内说：“她永远不会被埋在地下。把她放在树上，用厚木板在她上面盖一个顶棚，要延伸出很长一段！”族人们不得不用强力控制伊班内，因为他想自杀。他们拿了一些丝布，在棺材上盖了一个天棚，这样日光就不会晒坏它。

那个国家的首领，马特洛洛马尼有一个儿子。有一天，这个儿子出去打猎，来到了棺材所在的地方，他抬头看着树，对他的仆人说："那上面闪闪发光的东西到底是什么？"他看到的是用来封上棺材的金钉。仆人们说："我们跑过去，看看谁先摸到那棵树！"首领的儿子先到了，仆人们跟在后面。他对他们说："爬上树，把盒子拿下来。小心别让它掉下来。"

棺材被抬下来以后，他用棺材上带着的钥匙打开了锁，并试图打开棺盖。他还没完全掀开盖子，就看到里面有光。他连忙重新把它盖上，对仆人们说："把它带回家。"由于箱子很重，所有人用尽了全力才把它抬起来，他们回到村子里的时候天已经黑了。年轻人告诉仆人们，关于他们的发现，一丁点儿也不要透露给他的父亲。"只是告诉他，"他说，"我身体不太舒服。"他把自己猎杀的所有野味都给了仆人们，并说："不要给我送任何肉过来。你们可以自己吃掉所有的猎物。任何人不得进入我的房间！"

首领的儿子把自己关在房间里，他把女孩从棺材里抱出来，放在床上。他坐在地上开始哭泣，说道："我找到了我的妻子。她是多么可爱，但是，唉，她死了！"他把住在另一个房间里的最小的弟弟叫来，对他说："给我拿些水来，我想洗澡。"但是，想着女孩可能会复活，他把水都用来给年轻的女孩洗澡了。王子的父母惊讶地看到他的房间里有一道亮光，便质问和他一起打猎的仆人们，但他们只是说：“我们对此一无所知。”父母问：“我们的儿子怎么了？”仆人回答说：“我们不知道；他只告诉我们他头疼。”

几天过去了，儿子不吃不喝，也不让任何人进入他的房间。他把女孩放在另一张床上，哀悼，哀悼，不停地哀悼她。

有一天，他把女孩放在自己床上。一大早，他的弟弟走进来，发现他正在给女孩洗脸。弟弟说：“你从哪里找来这么迷人的女人？恭喜你啊。”他一边祝贺他的哥哥，一边摇晃女孩的腿想要叫醒她，结果女孩脚上的鞋子掉了下来。他又脱掉了她的另一只鞋，女孩突然醒了过来，她复活了。首领的儿子感谢了他年轻的弟弟，说道：“你这么做真是有智慧！我还以为你只是个小男孩，但是你已经足够聪明，让一个美丽的女孩复活了！”

首领的儿子从钱包里拿出两先令，递给弟弟。他自己不愿意离开房间，他也拒绝去探望自己的母亲。他只想凝视这个年轻的女孩。他让他的兄弟去母亲那里，取一些水给这个女孩洗澡。房子里有很多的房间。王子问年轻的女孩：“你觉得你可以走路吗？”他用双手搀扶着她，因为她的四肢还很僵硬，他把她带到了其中一个有大浴缸的房间里后把她扔进了水里。给她洗完澡后，他欣喜若狂，因为他看到了她额头上闪闪发光的星星。弟弟离开了，他不敢告诉母亲发生了什么事，因为所有的仆人都告诉他："如果你被问到任何问题，你必须隐瞒真相。"他所做的只是为他的哥哥要些食物，并告诉他的父母说："他现在感觉好一点了。"

得知儿子正在康复，父母很高兴。他们为他宰了一些鸡，以为他可以独自享用所有的鸡肉。然而他们不知道的是，家里还有个女孩，女孩很快恢复了健康，可以开始吃饭了。她长胖了，变得强壮了，但是没有人知道她的任何事情。

当哥哥见到小姑娘的身体很健康时，就准备把弟弟赶出房间，他说："现在你最好回到我们的母亲的身边。"小弟弟很生气被人这样对待，所以他就把一切都告诉了他的父母。他说："我哥哥收留了一个女孩，但她不是这个国家的人。如果你看着她，你会眼花缭乱，以至于不得不把视线移开。但是，一旦你适应了，你就无法将目光从她身上移开。"他的父母说："我们去看看她。"——"好的，"他说，"但不要让哥哥知道是我告诉你们的！悄悄地过去，等她坐在桌子旁边，你们就会看到她了。"父母起身前往他们儿子的房间。他们看到亮光，就问弟弟："我们看到的是灯光吗？"——"不，"他说，"光是从女孩额头上的一颗星星发出来的。"当看到他们的儿子和那个女孩一起坐在桌子旁边的时候，他们走进了他的房间。他们非常欣赏她的美貌，并且非常高兴。母亲抱住她说："这真是个可爱的姑娘！”父亲也被她的美貌折服，说道：“这女人当我的妻子，倒是很合适！”母亲责备他说：“如果你娶这个女人，我就带着我所有的孩子离开你！她不适合你！我是你的妻子！你的想法是有罪的。”

“确实如此！我犯罪了。我被她的美貌弄得头昏脑涨！”他回答道。他们对他说：“不要再这样做了！”

在王子与女孩的婚礼上，他们安排了一场盛宴。女孩很快就怀上了王子的孩子。她的丈夫对她说：“我要去莫萨帕猎象了。”女孩开始哭泣。“哦，”他说，“我会回来的，但我不能错过狩猎。”时间过去了，这个女人成了一对双胞胎的母亲——一个男孩和一个女孩。她给远在莫萨帕的丈夫写了一封信，告诉他这个好消息，并让一个仆人把信交给他。这个仆人路过了额头上有星星的女孩小时候的家，也就是女孩的母亲现在居住的地方。那里的每个人都在喝酒，他们请仆人和他们一起喝。仆人睡着后，母亲拿过信读了起来。她看到上面的签名是“额头上有星星的她”。——“这信是从她那儿送出来的，”她叫道，“那她还活着！”她把信撕毁，然后烧了，拿出了另一张纸，写道：“你老婆生了两只猴子。”然后她把纸塞进了仆人的口袋里。仆人找到了女孩的丈夫，男人得知他的妻子生了两只猴子。他在回复中写道：“没关系！他们是我的孩子。不要伤害他们。我回家后会和他们一起玩的。”

仆人起身返程了，并再次经过了女孩娘家的村子。在那里，他们又一次请他喝酒，女孩的母亲拿走了信，又写了一封换掉了它，上面写着："剜掉她的眼睛，切掉她的乳头，把一个孩子绑在她的背上，另一个绑在她的怀里。让她在灌木丛中走过，被荆棘撕裂，被刺刺穿，让她受苦！"他们叫醒了仆人，对他说："走吧，太阳已经落山了。"他安全地到达了女主人的村子，把信给了她的公公，首领读了这封信，泪流满面。两位父母不敢把信交给儿媳。他们说："我们的儿子疯了。他坚持认为孩子必须被杀掉，因为他们是双胞胎！"他们无法下定决心该怎么做。最后他们还是决定把这封信交给儿媳，因为这是她丈夫的来信，但他们对她说："至于我们，我们不会碰你，也不会伤害你。如果我们的儿子想要做这些事，他就必须自己动手！"这位妻子说："不，你必须这样做。"她确信这封信不是来自她的丈夫，她说："动手吧，就这样做吧。"——然后他们剜了她的眼睛，切掉了她的乳头，把一个孩子绑在她的前面，另一个绑在她的背上，她就这样从家里出发了。

这个美丽的女人并没有直立行走，而是用手和膝盖爬行。她在日落时分到达森林，浑身是血。雷霆从天而降，对她说道："我的女儿，你在寻找什么？"她回答说："我什么都不想要。他们剜了我的眼睛，他们切掉了我的乳头，把一个孩子绑在我的前面，一个孩子绑在我的背上，就这样把我赶出家门，我的肉很快就会被荆棘撕裂了。”天空中的声音继续说道：“不要害怕，我的女儿。继续走，当你到达河边的时候，不要恐惧，大胆地渡过去。”当她到达河边时，发现河很宽。“我的孩子们可能会被淹死，”她说，但接着又说，“没关系！”她跳进水里，开始向对岸游去。她在水下发现了一艘蒸汽船，当她从河里浮起来的时候，她正坐在蒸汽船上行进。她的眼睛又恢复了原来的样子，她的乳头也恢复了。她坐下来，看到一些已经准备好的食物，却不知道这些食物是从哪里来的。随后她开始吃饭，她的孩子们围着她玩耍。

大约在这个时候，她的丈夫带着象牙从莫萨帕回来了。那是在日落之后。他四处寻找他的妻子，但是哪里都找不到她。他四处询问，他们告诉了他发生的一切。他没有大惊小怪，只是说：“给我指明她去的方向，”他们指给他看。他追寻着妻子的踪迹，一路上发现了很多小块的衣服，是被荆棘撕下来的，散落了一路。他来到森林，穿过它。他同样到达了河边，但是，在那里也找不到他的妻子。最后他还是找到了她，这时汽船已经不见了。他又一次看到了那颗照亮她脸蛋的星星。他还看到了她的孩子：女孩的额头上有一颗星星，像她妈妈一样，男孩的额头上有一个月亮，像他的外祖母一样。他对他们笑了笑，没问任何问题，就把他们带回了家。他的父母担心他会生他们的气，但是经历过这么多事以后，已经没有什么能够困扰他了。

猎人和他的妹妹

这个达斡尔族故事的搜集者，在20世纪80年代来到莫力达瓦达斡尔族自治旗的腾克镇。在那里，他找到了一位名叫契克尔的故事讲述者，这位故事讲述者在几周的时间里，讲述了120个故事。收藏家“Sayintana”尽力准确地记录下来：“我从来不敢改变一点，也不敢打磨风格。我尽最大努力保持原有的风格。”（3）

达斡尔人是当下生活在中国的众多少数民族之一。有十几万人口，主要居住在内蒙古，使用的语言属于阿尔泰语系蒙古语族。它从未被编成书面语言。

这个故事中的麻烦制造者，是女主人公哥哥的第一任和第二任妻子，她们用踝骨玩了一场神秘的游戏。中国民间故事经常将敌意的来源放在继母、第二任妻子或婆婆身上，而不是放在亲生母亲身上，要找到直接展现母女冲突的故事是一个挑战。

很久以前，有一位出色的猎人，他的名字叫作赵四，他和他美丽的妹妹，昌黎华卡托，生活在一起。赵四很喜爱昌黎华卡托，于是就在自己家附近为她盖了一栋二层小楼，小楼的二楼有一间卧室。每次打猎回来，他都会把打回来的猎物分给妹妹。这让他的三个妻子中年长的两位嫉妒不已。有一天，他又出去打猎了。等他离开家，他的大老婆说："赵四对我们不公平。他只喜欢昌黎华卡托。如果不是因为昌黎华卡托，我们就会拥有他现在分给他妹妹的那些毛皮和肉。"二老婆说："我也一直有同样的想法。我们杀了她吧。"三老婆说："我不想参与这些计划。"

大老婆和二老婆拿着金子和银子做的踝骨来到昌黎华卡托的家，喊道："放下梯子！"昌黎华卡托向外张望，看到她的两个嫂子就在楼下，她放下了梯子。哥哥的两个老婆一走进她的房间，就说："昌黎华卡托，我们玩玩这些踝骨吧。我们把它们扔到空中，用嘴接住它们，然后通过肚脐把它们拿出来。"昌黎华卡托说她不太清楚怎么玩这个游戏，并建议两个嫂子先示范一下。两个嫂子都把一根脚踝骨扔到空中，然后含在嘴里。昌黎华卡托也张开了嘴，就在她刚要把脚踝扔到空中的时候，大老婆就把一个踝骨扔进了她的喉咙眼里。昌黎华卡托咽不下去，也喘不上气来。她好像已经死了。两个老婆高兴地把她的尸体放在房间的床上，愉快地回家了。

那天下午，赵四回到家，发现她的妹妹已经“死了”。他睡不着也吃不下，就这样过了三四天，赵四让木匠做了一个三层红棺。在底部，他放了一件由貂皮和猞猁皮制成的外套。然后他把昌黎华卡托放在棺材中央，上面放了一些衣裳，金银饰物则放在最上面。他把棺材放在两只鹿拉的雪橇上，对它们说：“等拉雪橇的铁链断了，你们就可以离开棺材了。”鹿点了三下头就走了。在鹿拉着棺材跑了很多天之后，它们经过了一个村庄，在走到村里的第三户人家的时候，午夜的钟声敲响了，链子就在这时断开了。铁链断裂的声音惊醒了住在那所房子里的一对没有孩子的老夫妻。他们来到屋外，看到了一个他们以为是柜子的东西。他们把它拿回家打开。他们很高兴发现了珍贵的金银饰品和一件漂亮的外套，但令他们更高兴的是，他们找到了那个女孩。她的样子看起来一点也不像死了。每天白天，他们将她支撑起来，让她坐在炕上，晚上，他们又将她放平睡觉。

一个名叫哈伦德汗的村民有一个名叫哈伦尼德的儿子。一天，儿子的猎鹰落在了这对老夫妇的屋顶上。哈伦尼德走进他们的房子，请求他们允许自己上屋顶去取他的猎鹰，就在这时，他看到了美丽的昌黎华卡托正坐在炕上。回到家后，哈伦尼德无法入睡，直到他的父亲通过媒人，说服了这对老夫妇，让他的儿子娶他们的女儿为妻。事实上，这对夫妇并不想让任何人娶她，只是因为媒人不断登门拜访才勉强同意这门亲事的。他们决定，在婚礼当天，就说他们的女儿在去往新郎家的途中死去了，这样就能了结这一桩事。

大婚之日，昌黎华卡托被送上花轿，带到了新郎家里，坐在南面的炕上。她的母亲坐在她旁边。婚宴结束后起身送别宾客，是新媳妇的职责，但是昌黎华卡托仍坐在炕上。哈伦尼德被这种无礼的行为激怒，他在昌黎华卡托的后背拍了一巴掌，她把脚踝骨给咳了出来。她深吸一口气，说道："哦，我怎么睡了这么久啊。"听到女儿说话，母亲说道："我家姑娘在来的路上病倒了，一整天都没吃东西。请准备一碗小米粥给她。"饭菜做好了，昌黎华卡托吃了满满两碗。

第二天还有第二场婚礼宴会，昌黎华卡托的妈妈告诉女孩他们是怎么找到她的。她妈妈补充说："我的名字是二缇若恳，我丈夫的名字是阿缇若肯。"昌黎华卡托道："我是赵四的妹妹，我叫昌黎华卡托。"

后来，阿缇若肯在家中，心想，"我的妻子已经去了好几天了。也许发生了很糟糕的事情，因为我们把一个已经死去的女孩送到了新郎家里。”就在这时，一辆马车停在他家门口，他的妻子就坐在车里。妻子把发生的一切都告诉了她的丈夫。有这么漂亮的女儿，还有这么善良富有的亲家，老两口都感到喜出望外。

一年过去了，昌黎华卡托生下了一个儿子。有一天，她要去参加一个婚礼，于是就请邻居家的女孩帮忙照顾她的儿子。出发之前，她教给邻居女孩唱这首歌：

赵四的侄子，洛卡比，洛卡比！
昌黎华卡托的儿子，洛卡比，洛卡比！
哈伦德汗的孙子，洛卡比，洛卡比！
哈伦尼德的儿子，洛卡比，洛卡比！

与此同时，赵四已经在寻找妹妹的旅途中了，他始终无法忘记她。他找了很久，依然没有发现她的踪迹，这一天，他碰巧路过邻居女孩的家，听到了她的歌声。他走进了那个房子。跟女孩聊过之后，他才明白发生在妹妹身上的一切。与妹妹欢聚后，赵四邀请妹妹去自己家做客。然后他们一起回家去处置他的妻子们。

赵四命令他的妻子们认罪。没多久，两辆马车来了，一辆载着昌黎华卡托的养父母，另一辆载着他的妹妹以及妹妹的丈夫和孩子。昌黎华卡托的出现，吓坏了哥哥两个年长的老婆。第三个则悄悄地出屋，准备饭菜去了。吃完饭，赵四叫来了他的三个老婆。他对妹妹说："是谁想要杀你？""大老婆和二老婆。我没有看到小老婆。"她回答道。赵四问他两个年长的老婆希望如何死去。"我想被四马分尸。我知道我做错了。"大老婆说。二老婆说："我想要自杀。"她走到屋后上吊了。赵四按照大老婆的要求处置了她，和妹妹、妹夫告别，并邀请老两口作为养父母和他一起生活。从此他们幸福地生活在一起。

老妖婆的女儿

找到属于“白雪公主”的中国女主角是一个挑战，但在这个出版于1938年的故事中，半红半绿的桃子和紧张的女主角，是我们所熟知的“白雪公主”的故事元素闪现在我们面前。当我们考虑到格林童话中邪恶女王的半红半绿的苹果与配色相似的桃子之间的联系时，同样，当我们发现两个故事中的女人都拥有变成巫婆的力量时，比喻的弹性就显而易见了。伴随着许多不可能完成的任务和神奇的追求，这个故事充满了至关重要的能量和活力，这给我们提供了在讲故事的圈子中必定会取悦观众的要素。《老妖婆的女儿》令人震惊的结局，使它在关于美丽女孩的经典故事中独树一帜。

在一个偏远山区的深处，有一间稻草搭建的小茅屋。一个老人和他的三个儿子生活在那里。每天，父亲都会出去捡些柴火，有一天他在树林里遇到了一位年迈的寡妇。她一身白衣，独自坐在一个方石桌前下着围棋。由于老人自己就是个棋迷，于是他停下来开始观看比赛。

“你想和我对弈吗？”寡妇问道。

“当然。”老人说，当寡妇问起他们比赛的赌注时，他提议用他捡的柴作为赌注。老妇人却说：“不行，我们不能以柴作赌注，因为我没有柴。但是你有孩子吗？有几个？”

当得知老头有三个儿子的时候，老女人很开心，说道：“太好了，因为我正好有三个女儿。如果你赢了，我就把她们送去你家，做你三个儿子的新娘。但是如果我赢了，你必须把你的孩子们送到我那里做我的女婿。”

这个老人捋着胡须，想了一会儿，最终还是同意了。他每一局棋都输掉了，当寡妇起身离开时，她指着一个黑黑的山谷说：“我的房子就在那里。你明天可以把你的大儿子送到我那里去，三天后送第二个，再过三天，送最小的儿子。”

女人离开了，老人没有再继续捡柴就回家了。他告诉了他的儿子们刚刚发生的事，儿子们听了他的话后都很高兴。

次日，男人将他年纪最长的大儿子送到了寡妇家里。三天后，他送了第二个，第六天，他送去了最小的一个。

第三个儿子在树林里闲逛了一会儿，遇到了一位白胡子老隐士，老隐士问他要去哪里。“我要去山谷里的寡妇家，我就要成为她的女婿。我的两个哥哥已经在那里了。”最小的儿子说。

隐士叹了口气，说道：“那个寡妇是个老妖婆。她只有一个女儿，她把自己的女儿当作引诱年轻男子的诱饵，然后再杀死他们。你大哥被她家院门口等着的狮子吃掉了，你二哥被待在屋门口的老虎吃掉了。你遇见我真是有福气呀。”老隐士从胸前取出一颗铁珠，继续说道：“把这个扔给院门外等着的狮子。”说完，又递给三儿子一根铁棒，说：“把铁棒扔给等在屋门那里的老虎。然后再从溪边的樱花树上折下一根树枝，等到了第三扇门，用折下的树枝推开，就可以安全地进去了。”

年轻人拿着铁珠和铁棒，走进樱桃林，折了一根树枝。谢过隐士之后，他就进入了老妖婆住的山谷。不久，他来到一所高度和宽度一样的房子。在院门口，他把铁珠扔给狮子，狮子就开始玩那颗珠子。在屋门口，他把铁棒扔给老虎，老虎也开始玩它的棒子。第三扇门关上的速度很快，但是他用樱桃树枝推了一下，只听“嘣！”的一声，一块一千磅重的铁块掉了下来，门开了。如果他用手开门，就会被铁块压碎了。

老妖婆正坐在她的房间里做针线活儿，突然听到门口传来一声巨响。她往外一看，就见进来一个年轻人，她知道，这一定是老人的三儿子。她很疑惑他是如何安全通过全部三扇门的。他进来的时候，老妖婆假装很高兴地说：“你来得正是时候。我有一蒲式耳的亚麻籽，希望你在下雨之前把它们种在那块地里。当你干完活儿回来的时候，我们就给你举行婚礼。”

年轻人朝外面看了看，果然天上乌云密布，看起来就像马上要下雨了。他拿着一蒲式耳亚麻籽走到田里，但是田里长满了杂草，他心里想：“没有公牛和犁，我怎么可能在这块地里播种呢？”小儿子开始还试图拔掉一些杂草，但是后来他决定躺下来睡一觉。当他在傍晚时分醒来的时候，发现一群野猪已经翻好了土，并拔掉了所有的杂草。于是他种下亚麻籽，感谢了猪的帮助，回到了老妇人身边。

女人见他回来了，就问：“那些种子都种完了吗？”“是的。”年轻人说。然而，这位寡妇却皱起了眉头。“你不能操点心看看天气吗？”她抱怨道，“你为什么要种下那些种子？所有的乌云都已经散开了，月光也很明亮。老天不会下雨了，那些种子也不能发芽。你快去，务必把所有的种子都捡出来，一粒也不能留在地下。当你干完活儿回来的时候，我们就给你举行婚礼。”

小儿子咬了咬嘴唇，拿起空空的量杯，到田里去找种子。他找了很长一段时间，却只找到了一点点，他的腰开始因为长时间弯着而感到酸痛。他忧伤地抬头看了看月亮，又低下头一看，发现成千上万只不知道从哪儿冒出来的蚂蚁，正在往量杯里搬种子。不一会量杯就被装满了，小儿子谢过蚂蚁之后，又回到了老寡妇身边。当她看到他的时候，问道：“你找到了所有的种子吗？”“是的。”小儿子回答道。“好。”老妖婆点点头，说：“我现在要去睡觉了。明天我会给你一个新的任务。”

第二天早上，老妖婆告诉他：“我躲起来。如果你能找到我，我们就给你举行婚礼。”她的话音刚落，就不见人影了。小儿子找完高处找低处，却丝毫找不到她的踪迹。正在他到处寻找的时候，听到房顶传来一个声音：“我娘躲在花园里了。她把自己变成了一个半红半绿的桃子，挂在靠墙的树枝上。绿色的部分是她的背，红色的部分是她的脸颊。咬她的脸颊，她就会现出原形了。”

小儿子抬起头，看到一位身穿海绿色长裙的少女，脸颊绯红，宛如一朵半开的莲花。他知道女孩一定就是老妖婆的女儿，他的脸都羞红了，迅速走进了花园。果然，有一棵靠墙的桃树，上面挂着一颗半绿半红的桃子。他摘下桃子，在红色的一面咬了一口，然后将它扔到一块石头上，老妖婆立马就出现在他的面前了，她的脸颊上还流着血。“女婿！女婿！你差点把我砸碎死掉了。”她说。年轻人却说：“我怎么能知道你变成了桃子？”

老女人转身要走，临走前说：“从龙宫拿一张白玉床带来给我，我们就给你举行婚礼。”

当小儿子低着头站在花园里，不知道该怎么办的时候，老妖婆的女儿走到他身边，问他在想什么。“你娘让我从龙宫里给她拿一张白玉床来。”他说，“可是，凡人不可能穿越大海进入他的王国。”

女儿宽慰他说：“其实很简单。我有一只金叉子。只要你用它在海里画一条线，就会出现一条路，那条路会带你到你想去的任何一个地方。”

年轻人拿着叉子，走到海边，画了一条线。刹那间，一条路破浪而出，直通龙宫。他到达龙宫，见到了龙王，便说明来意，告诉龙王他要来借一张白玉床。“当然可以，”龙王说，“后宫有许多白玉床，选一张你想要的就行。”

年轻人非常开心，挑了一张白玉床，就回到了寡妇身边。当她见小儿子把床带了回来时，就对他说：“在西边，孙悟空的花果山上，有一面大鼓。把鼓给我拿来，这样我们就可以在婚礼上敲鼓了。”

就在小儿子准备离开的时候，女儿出现了，问他：“我娘现在给了你什么任务？”

“我得从孙悟空的花果山上偷一面大鼓。”他说。

“我听说孙悟空去了西天，还没回来，”女儿说，“花果山下有个泥潭。如果你像孙悟空一样在泥潭里打滚，小猿猴们就会以为你是他们的老祖宗，把你带回家。我会给你一根针、一些石灰和一些豆油。你必须随身携带这些东西，到了危急时刻，先把针扔在你的身后，然后是石灰，最后是豆油。”

小儿子拿着这三样东西，走到花果山下，在泥潭里打滚，直到他浑身都裹满了泥，只剩下眼睛还露在外面。他飞快地跑上山坡，所有的小猿猴都从树上下来，叫道：“爷爷，您终于回来啦！”

小猿猴们围在他的身边，把他放在一个很大的箱子里。小儿子拍了拍手，说：“你们的爷爷走了很远的路，现在很饿。快，去桃园里给我摘些桃子回来。”小猿猴们带着各种大小的篮子，以最快的速度跑进了桃园。这时，那个年轻人却从大箱子里跳了出来，他看到一面大鼓挂在凉棚下面，他抓起那面大鼓就跑了。没走多远，他就发现猴子们紧跟在他的身后，尖叫着：“大坏贼！你假装是我们爷爷，却去偷我们的大鼓！等着，我们这就抓到你！”

小儿子赶紧从口袋里掏出针，扔到身后。那根针立马变成了一座插满了针的山。在针山上，小猿猴们戳破了皮，扎瞎了眼，但却还是对年轻人穷追不舍。然后小儿子又把石灰拿出来扔在身后，石灰变成了一座石灰山。那些皮肤撕裂、眼睛流血的小猿猴粘在石灰山上，痛苦不堪，有些死了，但剩下的还继续追赶着他。最后，他把那瓶豆油扔了出去，油倒了出来，山变得很滑。小猿猴们一爬上去，很快就会滑下来。太阳落山前，小儿子终于逃走了，回到了老太婆身边。

寡妇见小儿子把大鼓也带回来了，就对他说："天还早。去花园里砍两根毛竹的竹竿，我们给你做个蚊子架。"

但是，小儿子却在想："花园里又有什么巫术？"

他鼓起勇气问了老妖婆的女儿。"园丁是个毛茸茸的人，"她说，"他喜欢剥男人的皮，吃他们的手指。如果一定要去砍竹子，那会非常危险。"

女儿拿出一件椰子壳外套，披在小儿子的肩膀上。然后又将十根小竹芦苇放在他的手指上，并给了他一把双刃斧。"快去吧，"她说，"你不会有事的。"小儿子跑进花园，找到了竹子，把它砍了下来。就在这时，一个黑黝黝、毛茸茸的男人从灌木丛中走了出来，一只手抓住椰子外套，另一只手扯掉了竹芦苇。他以为外套是人皮，竹芦苇是手指，就吃了起来。就在这时，小儿子逃跑了。

老太婆见他回来了，就问到："你把竹子给我带来了吗？"

"是的。"小儿子说。

“很好，”寡妇说，“可是你一整天都没吃东西了。这里有一些用小麦粉做的面条。”

小儿子真的很饿，他走进厨房，掀开锅盖，用手抓起美味的白面条，吃了起来，但很快他就开始感到疼痛，剧烈的疼痛。门开了，一个丫鬟提着一盏灯走了进来。她对小儿子说：“我们家小姐要你去见她。”

小儿子走到美丽的姑娘跟前，姑娘吩咐丫鬟把年轻人倒吊在横梁上，脱掉他的鞋子，用鞋子抽打他的身体。几下之后，十条小蛇从他的嘴里掉了出来，在地上爬来爬去。姑娘解开了绑着年轻人的绳索，说道：“我母亲总是想伤害你。她给你吃的是蛇不是面条。去告诉她，婚礼必须现在举行！”

第二天傍晚，婚礼真的举行了。孙悟空的大鼓在一个房间的门口敲着，可以看到房间里放着龙宫的白玉床，还有一个用竹子架着的漂亮蚊帐。一切都很美好。但是当两人上床睡觉的时候，一条河开始在床上流动，横在夫妻二人之间。妻子说：“这只是我母亲的另一个小把戏而已。”她环顾四周，直到在梳妆台下面发现了一壶水。还有一点木头漂浮在水中。她移开木头，倒出水，床上的河流就一下子全都消失了。

妻子对她的丈夫说：“我们必须马上逃走。我的母亲会继续试图伤害我们的。”她拿了一把破雨伞和一只公鸡，把这些东西交给丈夫，两人就连夜逃走了。

半圆的月亮照亮了山间的小路。二人刚走了几里路，忽然从头顶传来一阵呼呼的声音。妻子拿过伞来说："我娘派了一把飞刀来追我们。如果刀觉察到血气，便会落下。但是，如果你把公鸡扔到空中，刀就会追上它，并把它杀死。"

丈夫照她说的做了，刀消失在了稀薄的空气中。过了一会儿，妻子说："刀肯定会再回来的。鸡血是甜的，人血是咸的。我娘一定会知道她没能成功杀死我们。我们该怎么办呢？"

丈夫仔细地听着，没过多久就听到了飞刀发出的呼呼声。他开始哭泣，说："我要死了。"但是，他的妻子不会让这种情况发生。"我是那个必须要死的人，因为我可以重生。我死后，你必须把我的尸体带回家，买一个大莲花桶。你要把我的身体放进去。七七四十九天后，我就会复活了。"

妻子说完，走到外面，刀子停止了旋转。年轻人看到他的新娘躺在地上，闭着眼睛，脸色白得像一朵梨花。刀已经刺进了她的心脏，鲜血从里面喷涌而出。他痛哭流涕，抱着她回到了自己家。

小儿子到家的时候，东方还没有亮光。他把发生的一切都告诉了自己的父亲，父亲听到他的两个儿子都被老妖婆杀死了的时候，开始痛哭起来。儿子把莲花桶带回了家。他把妻子的尸体放进去盖了起来，并一直守在旁边。

四十八天后，他听到桶里开始传来呻吟声，仿佛有人承受着巨大的痛苦。他想："如果我现在不让她出来，而是再多等一天，她也许会再次死去。"于是他从桶上取下了盖子。他的妻子缓缓地抬起头，轻声说道："你为什么要提早一天打开盖子呢？现在我明白了，我们命中注定不能在一起。"然后她的头慢慢地沉了下去，闭上了眼睛。她永远地死去了。

诺莉·哈迪格

苏西·胡佳西安·维拉（Susie Hoogasian-Villa）从阿卡比·穆拉迪安（Akabi Mooradian）夫人那里收录了这个故事，并于1966年出版，她是一位居住在密歇根州底特律的亚美尼亚移民。“诺莉·哈迪格”具有许多在“美丽女孩”不同版本中出现的标准特征，（月亮作为认证美貌的权威、招募杀手、血迹斑斑的衬衫作为谋杀的证据、患有精神紧张症的公主等等）但是，女主角并没有发现一个住着七个小矮人或是一群强盗的房子，而是找到了一个满是金银财宝的地方，那里是一个沉睡着的王子的居所。“隐忍之石”就像许多童话故事中的家居用品一样，成了一个没有生命的密友，它给了女主人公一个机会，得以大声讲述她的故事，即使她曾发誓不向任何人讲述。嵌入的故事不仅创造了一种镜像迷宫的效果，而且还提醒我们，讲故事的力量是通往解放和社会正义的途径。（故事中的吉卜赛女奴，是用金币买来的，在这种叙事中，她没有机会讲述自己的故事。）女主角的名字，诺莉·哈迪格，意思是“一点点石榴”，或许与哈迪斯送给珀耳塞福涅的石榴籽相呼应。

从前有一个富人，他有一个非常漂亮的妻子和一个美丽的女儿，女儿名叫诺莉·哈迪格。每个月，当新月出现在天空的时候，他的妻子就会问月亮："新月，我是最漂亮的吗，还是你？"每个月，月亮都会回答："你是最漂亮的。"

但是，当诺莉·哈迪格长到十四岁的时候，她已经比自己的母亲美太多了，以至于月亮不得不改变了她的答案。一天，母亲又问了月亮那个不变的问题，这次月亮却回答道："我不是最漂亮的，你也不是。父亲和母亲的独生女诺莉·哈迪格是最美的。"诺莉·哈迪格是一个恰如其分的名字，因为她的皮肤非常白，而她的脸颊很红润。如果你曾经见过石榴，你就会知道它有红色的果肉种子，红色的果皮和纯白色的内衬。

这位母亲非常嫉妒她的女儿——事实上，她因为过于嫉妒病倒了，躺在床上。那天，当诺莉·哈迪格从学校回来的时候，她的母亲拒绝见她，也不跟她说话。"我妈妈今天病得很重。"诺莉·哈迪格对自己说。当她的父亲回到家时，她告诉父亲她的母亲病倒了，也不跟她说话。这位父亲去看他的妻子，体贴地问："老婆，怎么了？你怎么了？"

“发生了一件事，这件事太重要了，我必须马上告诉你。我问你，谁对你来说更重要，你的孩子还是我？你不能同时拥有我们两个。”

“你怎么可以这样说呢？”他问她。“你不是继母。你怎么能对自己的亲生骨肉说这种话？我怎么能抛弃自己的孩子？”

“我不管你做什么。”女人说，“你必须除掉她，这样我就再也不用看到她了。杀了她，然后把染了她的血的衬衫带回来拿给我。”

“她是你的孩子，也是我的孩子。但是如果你让我必须杀了她，那么她就会被杀掉。”父亲悲伤地回答。然后他走到女儿的面前说：“来吧，诺莉·哈迪格，我带你去一个地方。收拾一些你的衣服，跟我来。”

两人走了很远，直到天色开始变暗了。父亲对女儿说：“你在这里等我，我到下面的小溪去取水，待会儿我们吃饭的时候喝。”

诺莉·哈迪格等啊等，等着她的父亲回来，但他没有回来。她不知道该怎么办，哭着在森林里游荡，试图找到一个容身之处。终于，她看到远处有一盏灯，走近那盏灯，她看到了一座大房子。“也许房子里这些人今晚会让我进去。”她对自己说。当她把手放在门上时，门自动打开了，她走进去后，门立刻就在她的身后关上了。她试图再次打开它的时候，发现门已经开不了了。

她穿过房子，看到了许多宝物。一个房间放满了黄金；另一个则堆满了白银；一个装满了皮草；一个存满了鸟毛；一个收集了满屋锦鸡的羽毛；一个摆满了珍珠；还有一个塞满了地毯。她打开下一个房间的门，发现一个英俊的青年正在睡觉。她呼唤他，但他没有回答。

突然，她听到一个声音告诉她，她必须照顾这个沉睡的男孩，为他准备食物。她必须把食物放在他的床边，然后离开；当她回来的时候，食物就没有了。她要这样做七年，因为这个年轻人被下了诅咒，还有七年时间才能解除。于是，诺莉·哈迪格开始每天做饭，照顾男孩。诺莉·哈迪格离家后的第一个新月，她的母亲问道："新月，我是最漂亮的吗，还是你？"

"我不是最漂亮的，你也不是。"新月回答道，"父亲和母亲的独生女诺莉·哈迪格是最美的。"

"哦，也就是说，我的丈夫终究没有杀掉她。"邪恶的女人自言自语地说。她感到非常生气，于是又躺在床上，装作生病的样子。"你对我们美丽的女儿做了什么？"她问丈夫，"你究竟把她怎么样了？"

"你让我除掉她。所以我除掉了她。你让我把她那件带血的衬衫带回来给你，我都按你说的做了。"她的丈夫回答道。

"当我对你说那些话都时候，我病得厉害。我不知道自己在说什么。”他的妻子说。“现在我对这件事感到非常后悔，并且我打算把你交给当局，因为你谋杀了自己的孩子。”

“老婆，你在说什么？是你告诉我去这么做的，现在你却想要把我交给当局？”

“你必须告诉我，你对我们的孩子做了什么！”妻子喊叫起来。虽然丈夫不想告诉妻子他并没有杀死他们的女儿，但是为了自救，他不得不这样做。“我没有杀死她，老婆。我杀了一只鸟作为替代，然后把诺莉·哈迪格的衬衫浸在它的血里了。”

“你必须把她带回来，否则你知道接下来什么样的事情会发生在你身上！”妻子威胁道。

“我把她留在了森林里，但在那之后，我就不知道她怎么样了。”

“那好吧，我会找到她的。”妻子说。她去了很多很远的地方，但都找不到诺莉·哈迪格。每个新月，她都会问她的老问题，并得到确切的回答——诺莉·哈迪格是最美的。就这样，她跋山涉水，寻找着自己的女儿。

诺莉·哈迪格在这所被施了魔法的房子里已经待了整整四年。一天，她向窗外望去，看到了一群吉卜赛人正在附近露营。“我在这里很孤单。能不能送上来一个跟我年纪差不多大的漂亮姑娘？”她朝他们喊道。吉卜赛人同意了，她就跑到存金子的房间里，拿了一把金子。她把金币扔给吉卜赛人，吉卜赛人又把一条绳子的末端扔给她。然后一个女孩开始从绳子的另一端爬上来，她很快就找到了她新的女主人。

诺莉·哈迪格和这个吉卜赛女孩很快就成为了好朋友，并决定共同照顾这个熟睡的男孩。第一天，是一个人照顾他；第二天，就换另一个人照顾他。她们以这种方式轮替，一直持续了三年。在一个炎热的夏日，吉卜赛人正在给年轻的男孩扇风，男孩突然醒了过来。他以为这个吉卜赛人已经服侍了他整整七年，于是就对她说："我是一个王子，你会成为我的公主，因为你已经照顾了我如此之久。"吉卜赛人说："如果你这么说，那就如你所愿。"

诺莉·哈迪格，听到两人的对话之后，感到非常痛苦。在吉卜赛女孩到来之前，她已经独自在这个房子里待了四年，然后又和她的朋友一起服侍了那个男孩三年，这时另一个女孩却要嫁给英俊的王子。两个女孩都没有把她们轮替照顾男孩的真相告诉王子。

婚礼的一切都准备好了，王子准备启程到城里去买婚纱。然而，在他离开之前，他对诺莉·哈迪格说："你一定也照顾了我一段时间。告诉我，你想让我带些什么给你呢？"

"请带给我隐忍之石（saber dashee）。"诺莉·哈迪格回答说。

“你还想要什么吗？”王子问道，他对这个很小的要求感到惊讶。

“你幸福就好。”

王子进城，买了嫁衣，又到石匠那里，询问隐忍之石的事。

“这是要给谁的？”石匠问道。

“给我的仆人。”王子回答。

“这是一块检验忍耐力的石头。”石匠说，“如果一个人陷入了很严重的困境，并向这块隐忍之石讲述，就会发生一些变化。如果这个人的境遇很悲惨，大到石头无法承受那份悲伤，它就会膨胀并破裂。另一方面，如果一个人只对轻微的不满小题大做，隐忍之石不会膨胀，但倾诉的人会膨胀。而且如果没有人去救这个人，他就会爆炸。所以听好了，守在你仆人的门外。不是每个人都知道隐忍之石，因此，您的仆人，她是一个非常不寻常的人，一定有个珍贵的故事要讲。如果她冒险这么做请准备好冲进去救她，以免她会爆裂。”

王子回到家后，把婚纱给了他的未婚妻，也给了诺莉·哈迪格隐忍之石。那天晚上，王子在诺莉·哈迪格的门外听着。美丽的女孩将隐忍之石放在她面前，开始讲述她的故事：“隐忍之石，”她说，“我曾是一个富裕家庭的独生女。我的妈妈非常漂亮，但我的不幸却是因为我比她更美而引起的。每到新月，我的母亲都会问谁是世界上最漂亮的人。而新月总是回答说我母亲最漂亮。有一天，我母亲又问了同样的问题，月亮却告诉她，诺莉·哈迪格是全世界最美的人。我的母亲非常嫉妒，于是让我的父亲把我带到某个地方杀掉，给她带回我带血的衬衫。我的父亲做不到，所以他放了我一条生路。”诺莉·哈迪格说：“告诉我，隐忍之石，是我更隐忍还是你更隐忍？”

隐忍之石开始膨胀。

女孩继续说道：“我父亲离开之后，我就一直走，直到远远地看到了一座房子。我朝它走去，刚碰到门，它便如同有魔力一般，自动打开了。我一走进去，门就在我的身后关上了，直到七年后门才再次打开。在里面，我发现了一个英俊的年轻人。一个声音告诉我，要为他准备食物并照顾他。我这样做了四年，日复一日，夜复一夜，独自一人生活在一个陌生的地方，没有一个人能听到我的声音。隐忍之石，告诉我，是我更隐忍还是你更隐忍？”

隐忍之石又膨胀了一些。

“有一天，一群吉卜赛人在我的窗下扎营。这些年来我一直很孤独，于是我买了一个吉卜赛女孩，并用绳子把她拉到我被关起来的地方。从那以后，她和我轮流服侍那个被施了魔法的年轻人。第一天，她为他做饭；第二天我给他做饭。三年后的一天，当吉卜赛女孩在给年轻人扇风的时候，他醒了过来，看到了她。他以为这些年都是她在服侍他，于是就要她做自己的未婚妻。而那个吉卜赛人，我买来并把她当作朋友的吉卜赛人，却没有为我说一句话。隐忍之石，告诉我，是我更隐忍还是你更隐忍？”

隐忍之石膨胀了一次又一次，越胀越大。与此同时，王子在门外听到了这个最不寻常的故事，冲了进来，以免女孩爆裂。但是就在他踏入房间的那一刻，隐忍之石却爆开了。

“诺莉·哈迪格，”王子说，“我选吉卜赛人做我的妻子，而没有选择你，这不是我的错。我不知道完整的故事。你将会成为我的妻子，而吉卜赛人会是我们的仆人。”

“不，既然你和她订婚了，婚礼的一切准备都做好了，你必须和吉卜赛人结婚。”诺莉·哈迪格说。

“那不行。你必须成为我的妻子和她的女主人。”于是诺莉·哈迪格和王子结婚了。

在此期间，诺莉·哈迪格的母亲从未停止寻找女儿。一天，她又问新月那个老问题：“新月，是我最漂亮，还是你？”

“我不是最漂亮的，你也不是。阿达纳的王妃是最美的。”新月说。母亲立刻就明白了，诺莉·哈迪格现在已经结婚了，并住在阿达纳。她制作了一枚非常漂亮的戒指，如此璀璨夺目，没有人能抵挡它的美丽。但是她在戒指里放了一种药水，那种药水会让佩戴戒指的人沉沉睡去。完成她的活计后，她喊来一个骑着扫帚旅行的老巫婆。“巫婆，如果你拿走这枚戒指，并把它送给阿达纳公主，作为她挚爱的母亲的礼物，那么我会给你你最想要的东西。”

于是，母亲将戒指交给了女巫，女巫即刻动身前往阿达纳。女巫到达时王子不在家，她得以直接与诺莉·哈迪格和吉卜赛女孩交谈。女巫说：“公主，这枚美丽的戒指是您挚爱的母亲送给您的礼物。你离开家的时候她病得不轻，说了一些气话，但你的父亲不应该听她的话，因为她那时正在经受难以忍受的病痛。”于是她把戒指留给了诺莉·哈迪格就离开了。

“我的妈妈并不希望我获得幸福。她为什么要送我这么漂亮的戒指呢？”诺莉·哈迪格问吉卜赛女孩。

“一个戒指而已，能有什么危害？”吉卜赛人反问道。

于是诺莉·哈迪格就把戒指戴在了手指上。刚戴上戒指，她就失去了知觉。吉卜赛人把她放在床上，但除此之外，什么也没做。

不久，王子回到家，发现他的妻子正在沉睡。无论他们怎么摇晃她，她都没有醒过来；然而在她的脸上挂着愉快的笑容，任何看到她的人，都不会相信她已经陷入了昏迷。她还在呼吸，却没有睁开眼睛。没人能成功叫醒她。

“诺莉·哈迪格，你照顾了我这么多年，”王子说，“现在该我照顾你了。我不会让他们埋葬你。你就一直躺在这里，吉卜赛人会在夜间守护你，而我则在白天守护你。”他说。所以王子白天和她待在一起，而吉卜赛人则在晚上守着她。连续三年，诺莉·哈迪格一次都没有睁开她的眼睛。一个接一个的治疗师来了又走，但是没有人能帮助这个美丽的姑娘。

有一天，王子带来了另一位治疗师去见诺莉·哈迪格，虽然他一点忙也帮不上，但是他不想这么说。当他和那个被施了魔法的女孩独处的时候，他注意到了她美丽的戒指。“她戴着这么多戒指和项链，如果我把这枚戒指拿走，送给我的妻子，也没有人会注意到。”他对自己说。当他把戒指从女孩手上摘下的时候，她睁开眼睛，坐了起来。这个治疗师立即将戒指重新戴到了她的手指上。“啊哈！我发现了奥秘所在！”

第二天，他向王子索取了许多财富，以治愈他的妻子。“如果你能治好我的妻子，我会给你任何你想要的东西。”王子说。

治疗师、王子和吉卜赛人走到诺莉·哈迪格身边。“那些项链和饰品是什么？一个生病的女人穿着这样的华服合适吗？快，”他对吉卜赛人说，“把它们摘下来！”吉卜赛人摘下了所有的珠宝，但唯独没有取下那枚被施了魔法的戒指。“把那枚戒指也摘下来。”治疗师命令道。

“但是那枚戒指是诺莉·哈迪格的母亲送给她的，是一份珍贵的纪念物。”吉卜赛人说。

“你说什么？她的母亲什么时候送了她一枚戒指？”王子问道。吉卜赛人还没来得及回答他，治疗师就从诺莉·哈迪格的手指上取下了戒指。公主立刻坐起身来，开始讲话。他们都很高兴：治疗师、王子、公主和吉卜赛人，吉卜赛人现在是诺莉·哈迪格真正的朋友了。

与此同时，这些年来，每当母亲问月亮那个不变的问题时，月亮都会回答：“你是最漂亮的！”但是，当诺莉·哈迪格恢复健康时，月亮又说道：“我不是最漂亮的，你也不是。父亲和母亲的独生女，阿达纳的王妃诺莉·哈迪格是最美的。”母亲感到非常惊讶，她对女儿还活着这件事感到愤怒至极，以至于当场气死了。

从天上掉下来三个苹果：一个给我，一个给讲故事的人，一个给刚刚让你消遣了一会儿的人。

布兰卡·罗莎与四十大盗

布兰卡·罗莎（Blanca Rosa）的故事在很多西班牙语国家很有名，无论是在欧洲，还是在美洲都是如此，此处使用的是出版于1967年的故事集中的一个版本。这个故事似乎与《一千零一夜》中的四十大盗有着某种遥远的联系。暗示谋杀的血腥细节（眼睛和舌头被放在盘子上），王子姐妹们的死亡场景，以及对裸体女主角的反复提及，即她不止在一个场合下被剥光衣服，这些都表明这个故事更适合成年受众。在崇高与不道德、神圣和世俗的结合中，这个故事将布兰卡·罗莎的形象理想化——她的美貌是如此无法抵挡，以至于被认为是“天上的圣女”。2012年，巴布罗·伯格执导了一部无声电影，其灵感来自格林兄弟的《白雪公主》，名为《白雪公主斗牛记》（原名为：*Blancanieves*）。故事发生在20世纪20年代的塞维利亚，讲述了一个名叫卡门的女孩与一群小矮人出走并成为斗牛士的故事。

一个鳏夫有一个漂亮的女儿，名叫布兰卡·罗莎，她简直是母亲活着时候的翻版。她的妈妈，在临终时，给女孩留下了一面小魔镜，母亲告诉她的女儿，如果想妈妈了，只要拿出镜子，它就会显现她心中所想的人。过了一段时间，鳏夫又结婚了，这次他娶了一个非常善妒的女人。继母看到女儿整天对着镜子说话，就把镜子拿走了。

这位女士认为自己是世界上最漂亮的女人。她问镜子："所有女人中谁最迷人？"镜子回答说："你的女儿。"因为这个小玻璃片儿没有用恰当的回答讨好她，她妒意大发，便下令要杀了她的女儿。本该干这脏活的男人放了布兰卡，后来一个小老头救助了她。

与此同时，继母又一次问镜子，谁是世界上最漂亮的女人。"你的女儿，她还活着。"这就是镜子的回答。盛怒之中，她叫来那个帮助过女孩的小老头，威胁他说，如果他不把她女儿的舌头和眼睛给她带来，就判处他死刑。当时，这个老家伙正好养了一只蓝眼睛的宠物狗。见自己无法保护这个可怜的女孩，他便决定杀了他的狗，好让继母相信他执行了她的命令。

之后，小老头把布兰卡·罗莎留在了森林里，交给上帝照顾。当小老头为继母带来放在银盘上的蓝眼睛和舌头的时候，她非常高兴。

在很长一段时间里，布兰卡·罗莎的生活都充满着悲伤和痛苦，直到有一天，她偶然发现了四十大盗的藏身之处。这一天，她坐在高高的树冠上，看到一群男人离开了森林。少女从树上爬下来，来到了大盗们的窝点，她看到了琳琅满目的珠宝和许许多多的美味佳肴，顿时感到眼花缭乱，惊叹不已。上好的食物是她最想要的，于是她钻进去吃得心满意足后，就回到树顶，进入了梦乡。

当盗贼们回到他们的老巢时，发现东西散落得到处都是，他们怀疑有人发现了他们。然而，他们的头儿却不这么认为，他在入口处留了一个守卫，以防万一。第二天，当他们再一次为掠夺财宝倾巢而出的时候，布兰卡·罗莎又从树上下来了。留下来守卫的人看到了布兰卡，就被她出众的美貌迷住了。他认为她是从天而降的天使，便匆匆忙忙地冲过去告诉其他人这个消息。但是，当他们回到营地的时候，却没有人相信他所说的话。第二天，首领命五个男人一起站岗，来调查这件离奇的事情。他们都看到了布兰卡·罗莎，并报告了同样的消息，认为那是天堂的圣母来惩罚他们了。与此同时，布兰卡·罗莎在盗贼们离开时，在他们的藏身之处度过了愉快的时光。他们回来后，也没有找到任何人。

首领决定亲自站岗，因为他无法相信所有这些发生的事情。当看到布兰卡·罗莎从树上下来时，他大吃一惊。首领这辈子从未见过这么漂亮的女人。他恳求她的原谅，认为她肯定是上帝的母亲，并叫他的同伙们一起忏悔并崇拜她。但布兰卡·罗莎神情痛苦，坚持表明她不是圣女，而只是被继母赶出家门的可怜孤儿。她唯一想要的就是一个栖身之所，这样就不会在孤独中饿死。盗贼们拒绝相信这一点，继续把她当作圣母来崇拜。他们为她建造了一个黄金宝座，给她穿上最迷人的衣服，并用最珍贵的珠宝装饰她。从那天起，布兰卡·罗莎在她的强盗“亲戚”中过着幸福而满足的生活。

城里有传言说，森林里有一个强盗的巢穴，他们崇拜着一个美丽的女人。当继母听到风声后，拒绝相信这件事，并坚称自己是世界上唯一的漂亮女人。

“小镜子，”她又去问那个小配饰，“以上帝赋予你的力量，告诉我谁是最漂亮的女人。”

“布兰卡·罗莎是最美的女人。”小玻璃回答道。

绝望之中，继母找到了一个女巫，并给了她一大笔钱，只要求她杀了自己迷人的继女。这个老巫婆在森林里寻找，直到找到强盗们的窝点，通过谎言、哄骗和奉承，老巫婆终于见到了布兰卡·罗莎。当确定布兰卡就是自己要寻找的那个女孩的时候，老巫婆装扮成一个可怜的女人，想要感谢女孩曾经给了她一些金子。她递给女孩一篮水果，但布兰卡·罗莎让老妇人留着它们，因为她已经有很多水果了。

“如果你不肯接受这点水果，”老妇人嘶哑着喉咙说，“至少让我摸摸你的裙子，用手抚摸你柔顺的头发。”她抚摸着布兰卡·罗莎的头，把一根魔针戳了进去。少女顿时陷入了深深的沉睡之中。老妇人眨眨眼就溜了出去，来到继母跟前告诉她，她的继女不会再让她烦恼了。

当大盗们回到森林里的巢穴时，发现他们的宝贝女王正在睡觉。由于她多日没有动静，他们确信她已经死了。他们号啕大哭，做了许多使她复活的努力，最后终于接受了埋葬她的任务。她的强盗朋友们把她放在一个由纯金和纯银制成的棺材里，把她打扮得漂漂亮亮的，用最精美的项链和珍珠打扮她。他们将她密封在棺材中，以抵挡最微小的水滴，然后将棺材扔进了海里。

当时，城里住着一个王子，他和他的两个老处女姐妹生活在一起，他非常喜欢钓鱼。一天，他乘坐自己的船出海钓鱼，在船上拉网的时候，他在海浪中看到有什么东西在水面上闪闪发光。他急切地想要知道其中的秘密，便连忙喊来一些渔民，帮他把浮动着的美丽的棺材带回岸上。他们把棺材装上他的船，然后他把它带回了家，和自己一起锁在房间里。棺材被铆得很紧，他只有把所有的工具都拿来才能完成这项任务。经过七天七夜的劳作，他揭开盖子，发现女孩穿着迷人的衣服，戴着珠宝。他温柔地将尸体从棺材中取出来，放在床上，并脱去了她的衣服，将她的珠宝一一摘下，疑惑着这个女孩有怎样的奥秘。当他一无所获时，他突然想到可以给她梳梳柔顺的头发。梳子在一个小凸起上卡住了，王子用镊子把它夹了出来。那个美丽的女孩立刻苏醒过来，他意识到在这期间她被施了魔法。

“我的大盗们呢？”布兰卡·罗莎叫喊着，她看到自己和一个素未谋面的男人单独在一起，还赤裸着身体。为了安慰这个心烦意乱的女孩，王子开始给她讲述他是如何发现她漂浮在海浪上的，并向她保证他是一个好人，她没有什么好害怕的。但是她完全不能平静下来，执意要走，王子就又把魔针扎进了她的脑袋里，王子走出房门，盘算着要拿这个迷人的少女怎么办。与此同时，王子的两个未婚的姐妹也绞尽脑汁，想要看看她们的兄弟日夜关着房门在房间里做什么。他甚至在吃饭的时候都没有出现。她们开始通过钥匙孔观察。当看到一个金色的棺材和成堆的珠宝时，她们是多么震惊啊。

王子思索良久回到自己的房间，再次将布兰卡·罗莎头上的魔针拔了出来。王子告诉布兰卡，他没能找到四十大盗，并请求她留在他的房子里，在他的保护下，做他的妻子。如果她不想出门，她可以待在自己的房间里，没人能知道这其中的秘密。

一个晴朗的早晨，王子出门钓鱼了，把悲伤忧郁的布兰卡·罗莎留在了她自己的房间里，两姐妹被好奇心驱使，打开了房门。看到这么美丽的女孩子坐在床上，她们不禁有些气愤。两姐妹立即剥去她华美的衣服和项链，把她赤身裸体地扔到街上。布兰卡·罗莎发疯似的到处躲藏，最终气喘吁吁地来到一个老鞋匠的房子里。她哭得如此伤心，老头子把她抱了进去，藏了起来。王子回到家，发现女孩的房间空无一人，衣服散落在地板上。郁闷中，他漫无目的地四处寻找那个可爱的女孩，直到有人告诉他鞋匠家里有个年轻美丽的女人。果然，他在那里找到了布兰卡·罗莎，欣喜若狂地带着她回到了自己的住处，开始在那里筹备他们的婚礼。作为对他姐妹们的惩罚，王子派人找来了两匹野马，将老处女们的头和脚绑在它们身上。拱起脊背猛冲的野马将她们撕成了碎片。紧接着，他们举行了盛大的婚礼。四十大盗应布兰卡·罗莎的要求出席，并为新娘带来了许多精美的礼物。她和王子在余下的时光中，过着幸福的生活。

神奇的孩子

就像“美丽女孩”来自印度的版本一样，这个出版于1966年的埃及故事将一颗珍贵的宝石变成了女孩力量源泉也变成了她脆弱的源泉。科瓦瓦不仅是一个“美丽的小女孩”，还是一位演奏“优美旋律”的才华横溢的音乐家，一位描画“迷人图画”的画家和宗教故事的虔诚读者。请注意，这个故事赋予了美丽的女孩“有光泽的黑发”和“像桃子一样光滑”的皮肤。说到皮肤，强调的是质地，而非颜色。

很久以前，一位拉比和他的妻子生活在一起，美中不足的是，他们没有孩子。每一天，他们都为能够拥有自己的孩子而祈祷，但是他们的祈祷从未得到回应。

在那个年代，传说五旬节的子夜时分，天空会打开，此时任何祈祷或是愿望，都会实现。因此，在五旬节，拉比和他的妻子决定整夜不眠不休地祈祷，这样他们的愿望就一定能传到上帝的耳朵里。

令他们惊讶的是，午夜时分，天空就像红海的海水一样裂开了，一瞬间，天地之间充满了来自上天的赐福。在那一刻，拉比和他的妻子同时许愿想要一个孩子。当天晚上，拉比的妻子做梦，梦到了一个神奇的孩子，一个小姑娘手中紧握着珍贵的珠宝，降生在他们的家中。在梦中，拉比的妻子被告知，孩子必须时刻随身携带着这颗宝石，因为她的灵魂就在那里面。如果离开那颗宝石，她就会陷入沉睡，直到再次戴上宝石，她才会醒来。

第二天早上，拉比的妻子把这个梦告诉了她的丈夫，他感到非常惊奇。果然，事情如梦中预示的那样发生了，九个月后，一个漂亮的女婴诞生了。她的右手紧握着一颗珍贵的宝石，那颗宝石似乎散发着光芒。拉比和他的妻子给他们的女儿取名为科瓦瓦，意思是“星星”，拉比把这颗宝石镶在一条项链上，让女儿戴在脖子上。

有一天，当时只有三岁的科瓦瓦，拿起了母亲的长笛。她从来没有吹奏过长笛，但一放到嘴边，优美的旋律就倾泻而出。她不仅会演奏各种乐器，而且在很小的年纪，她就自学成才，开始绘制迷人的图画、写字母表中的字母和读书。她最喜欢的是父亲书架上的书，这些书中讲述了古老的岁月中发生的故事，那时亚伯拉罕和摩西还在世上行走。

随着岁月流逝，科瓦瓦长成了一个美丽的少女。她乌黑亮丽的头发，在阳光下闪闪发光。她乌黑的眸子，就像挂在她脖子上的那颗耀眼的宝石一样亮晶晶的。她的皮肤像桃子一样光滑，她的笑容更是将快乐带给每一个遇到她的人。

这时，拉比和他的妻子才真正意识到，他们的女儿是一个神奇的孩子，正如梦中所承诺的那样，他们为此不住地感谢上帝。但在他们心中，却同时担心有一天他们的女儿会被迫与项链分离，失去她的灵魂。这就是为什么拉比和他的妻子小心翼翼地看着科瓦瓦，很少让她离开家。

一天，拉比和他的妻子得知王后当天要去公共浴池，她给村里所有的女人发了邀请函，请她们同去。科瓦瓦问她的母亲自己是否也可以去看看，因为她从未见过王后。起初她的母亲很担心，但最后还是同意让女儿去了。

两人到了浴池后，女人们都惊讶地看着科瓦瓦。“她从哪里来？怎么回事，她比王后还要漂亮！”她们惊呼道。

王后听了这些话，非常生气。“这个女孩是谁？”她问她的仆人们。她们回答说，科瓦瓦是一个异常美貌的犹太女孩，据说她可以演奏任何摆在她面前的乐器。

王后下令要见科瓦瓦。而当她意识到这个女孩的美貌确实胜过了自己的时候，她的心中充满了嫉妒，同时，王后突然感到害怕，她怕她的儿子，王子，可能会见到科瓦瓦并爱上她。那将是一件糟糕的事情，因为她希望王子娶一位公主，而不是一个可怜的犹太女孩。

王后让她的仆人拿出一支笛子，吩咐女孩吹奏。科瓦瓦立刻演奏出美妙的旋律，让听到的每个人都热泪盈眶。每个人，意思是，除了王后以外的每个人。接着王后命令女孩拉小提琴，后面是竖琴。科瓦瓦触碰到的每一件乐器，都流动着优美的旋律。王后见科瓦瓦果然有极高的天分，便吩咐道：“这个女孩必须立刻跟我一起回宫，为我的皇家乐团效力。”

拉比的妻子一想到科瓦瓦要去王宫居住，就感到非常忧心，但是她知道他们必须服从王后的命令。在科瓦瓦离开之前，她的母亲把她拉到一边，小声地告诉她，永远不要摘下她的项链，也不要告诉任何人它承载着她的灵魂。然后母女俩挥泪吻别，科瓦瓦和王后一同乘坐着皇家马车离开了。

王后根本无意让科瓦瓦成为一名皇家乐师，因为那样她的儿子，王子，就可能会看到她。唉，她们一到宫殿，她就把科瓦瓦关在地牢里，并命令把她活活饿死。

就这样，这个还没搞清楚状况的女孩，发现自己被囚禁了，并开始为她自己的生命感到担忧。如果不是那位监狱守卫，被她的美貌和温柔倾倒，暗中给她带来食物，她可能已经饿死了。在黑暗的牢房里，科瓦瓦为她的父母哭泣，并祈祷有一天能从邪恶王后的手中被救走。

一天，王后到地牢中亲自查看科瓦瓦是否还活着。当她走进漆黑的牢房时，惊讶地看到了一道亮光。她仔细观察，发现那道光芒是从戴在女孩脖子上的宝石中发出的，而那个女孩，真真切切地，还活着。

“把那项链给我！”王后命令道。“我要自己留着。”科瓦瓦很害怕，因为她想起了母亲的警告。但王后，不等科瓦瓦服从她的命令，就动手把项链扯了下来。就在她这样做的那一刻，科瓦瓦陷入了沉睡。

王后很高兴看到科瓦瓦死了。“啊，我永远地摆脱了她。”她喊着。然后她命令监狱守卫，将科瓦瓦埋葬在远离宫殿的地方，一个永远没有人能找到她的地方。可当守卫走到一片离王宫很远的树林时，他看到科瓦瓦还在呼吸，于是他意识到，科瓦瓦只是睡着了。于是，他把少女带到他在那片森林中偶然发现的一间小屋，把她留在了那里。日复一日，科瓦瓦睡了一个长长的、无梦的觉，除了守卫，没有人知道她在那里。

一天下午，王子在离王宫很远的森林里骑马，他看到了那间小屋，便决定在那里停下来歇息片刻。王子进门后，惊讶地发现一个熟睡的少女，并对她一见倾心。王子想对女孩述说他的爱，但当意识到她不会醒来时，他感到非常难过。于是王子在小屋外安排了一个守卫，来保护这位睡美人。他每天都到小屋来看她，每天都为她的长睡不醒而落泪。

日子一天天过去，王后注意到儿子的悲伤，有一天，她询问王子发生了什么事。王子告诉他的母亲，他爱上了一个年轻美丽的女孩。“她是公主吗？”王后问道。

“当然，”王子说，“她是一位公主。”

“这样的话，”王后说，“你愿意送她一份礼物来表达你的爱意吗？”

“哦，是的，”王子说，“我非常乐意。”

“太好了，我正好有一个适合送给美丽公主的礼物。”王后回答。“这是个非常特别的东西。”她拿出了从科瓦瓦那里夺来的那颗宝石。王子拿到项链后，马不停蹄地来到了熟睡的少女的身边，项链一戴在她的脖子上，她就醒了过来。

“你是谁？”科瓦瓦四处打量着这个小屋，又问道：“我在哪儿？”

王子给科瓦瓦讲述了他是如何找到她的，以及她是如何在他将项链戴在她脖子上的那一刻醒来的。

科瓦瓦看着宝石，想起是王后将它从她手中夺走的。

“你从哪儿弄来这个的？”她问。

就这样，她明白了，救她的人不是别人，正是王后的儿子。而当王子得知母亲的恶行后，他意识到科瓦瓦的生命正处于危险之中。他决定将女孩留在小屋，自己赶回宫中。

他一到家，就直奔王后。“母后，我有个好消息，”他说，“我想结婚。”

“看得出你有多爱这位公主，”王后说，“我会下令，立即开始筹备婚礼！”

每个仆人都夜以继日地工作。厨师们准备了一场盛大的宴会，园丁们剪下了大把的玫瑰花束，女仆们将银质高脚杯擦得闪闪发光。到了第七天，一切准备就绪。王国里的人都来了，他们聚集在皇宫里，窃窃私语：“新娘是何许人也？”因为连王后都没见过她。但是当新娘出场的时候，她头上戴着七层面纱，谁也认不出她是谁。

在成千上万的宾客中，有拉比和他的妻子，他们到这里来是想看看他们的女儿科瓦瓦，从王后带她进宫的那天起，他们就再也没有听到过她的消息了。

最后，婚礼誓言说完了，宾客们都屏住呼吸等待王子揭开新娘的面纱，一层又一层，当他揭开第七层面纱时，所有人都为科瓦瓦绝美的容颜倒吸了一口气。所有人，意思是，除了拉比和他的妻子以外的所有人，他们不敢相信自己的眼睛，当然还有王后，她以为自己看到了鬼。王后惊恐地尖叫着，以最快的速度逃离了皇宫——再也没有人见过她。

就这样，王子和他的新娘成为了王国的统治者，科瓦瓦与她的父母团聚了。在宫殿里，科瓦瓦继续演奏着音乐，她的音乐让人们感到幸福快乐。科瓦瓦和王子对彼此的爱，随着时间的流逝越来越深，他们从此过上了幸福的生活。

嫉妒的母亲

吉拉利·埃尔·库迪亚（Jilali El Koudia），像许多在他之前的民俗学家和人类学家一样，担心家族中的女人们讲述的故事有朝一日会消失。他决定搜集自己直系亲属中的，以及摩洛哥各个城市中的故事讲述者们所讲述的故事。没有纯粹主义者的倾向，他很快意识到，给他讲述故事的人往往“啰啰唆唆”“不断重复”。于是他通过“重写、重构情节和填补空白”，创造出紧凑的“可读的”叙事，并保证在其中仍能体现出口头叙事的精神。“嫉妒的母亲”这个故事摘自一个出版于2003年的摩洛哥故事集，这是一个不同寻常的故事，它提供了一个与大多数“白雪公主”故事不同的，针对从此幸福地生活在一起的大结局的反叙事，该故事将对乌托邦社会团体生活的向往提升至对异性恋和婚姻的向往之上。故事中的富拉纳（Fulana）是对一个不知道名字的女人的代称，而阿托什（attoush）则是一种马或骆驼拉的有盖的车。

从前，有一位绝世美人，她的美貌只有天上的月亮能与之相提并论。美人结婚怀孕后，常常在晚上到户外去，对着月亮说话。“哦，月亮，”她这样说道，“你和我都很漂亮，没有人能与我们相争。”

月亮做出了回应。“没错，你和我都很漂亮，”它回答道，“但是那个仍在你子宫里的人儿，还要更加美丽。她一定会超越我们。”

这位准妈妈开始担心她的未来，她作为大地上最漂亮的女人的未来。当产期临近的时候，美人请来一位可以信任的接生婆，要求她在婴儿出生后，立即埋掉，并用一只小狗来替代刚出生的小孩。她给了接生婆很多金子，这件事就这样定下来了。

接生婆带来一只小狗，放在初为人母的美人身边。然后，接生婆就把女婴带走了；但是，她没有把孩子埋掉，而是把她藏在家里，抚养她长大。

女人的丈夫回到了家。她对她的男人说：“快看看上帝给了我们什么，”她说，“一只小狗！”

男人惊呆了。生怕会传出不好的名声，他立即把狗扔了。

接生婆秘密地将女婴抚养长大，一直到她长到十岁。从这个时候开始，才有一些居住在她附近的街坊邻居注意到她，并开始议论起一个异常美丽的女孩子。接生婆声称这是她自己的女儿。她给孩子起名为拉拉·哈拉特·鄂尔·侯达。无论何时，每当有人提到一个漂亮女人的时候，他们就会说："她没有拉拉漂亮。"很快，她的名字就挂在每个人的嘴边。没过多久，这件事就传到了拉拉的亲生母亲耳中，她开始怀疑那个接生婆违背了她的命令。

有一天，她找到了接生婆。"你能让你的女儿到我这儿来吗？"她问道，"她可以帮我解开一团乱糟糟的羊毛线。"

老太婆答应了，用一把金子交换了她的养女。

当女孩的亲妈看到她时，心里开始打起嫉妒的节拍。她给了女孩一个超大的羊毛线团，让她拿着线头把线拉开，直到线团完全解开。拉拉拿着线日以继夜地越走越远，直到她发现自己身处一个陌生的环境——食尸鬼的国度。而她的亲生母亲料定女儿已经走了很远很远，就马上剪断了毛线。就这样，拉拉找不到回家的路了。

夜幕已经降临。拉拉开始四处寻找可以过夜的地方。她很快意识到自己身处一群奇异的生物之中，这些生物看起来就像老接生婆给她讲过的那些故事里的食尸鬼。她害怕自己会被活生生吃掉，就爬上了屋顶，躲在上面的茅草中。没过多久，她发现自己的藏身之处是七个食尸鬼兄弟的家，他们都是单身汉，只有一个为他们做饭的奴隶。

第二天一大早，食尸鬼们就出门去打猎了。奴隶独自留在家中，为他们准备食物。突然，她听到屋顶上有动静，抬起头看过去，发现一张非常漂亮的脸蛋正在盯着她看。“如果你是人类，”奴隶喊道，“就明白地说清楚，但如果你是一个精灵，就赶紧走开。”

“我是一个可怜的人，”拉拉回答道，“我就要饿死、渴死了。请帮帮我吧。”

奴隶立即让她从房顶上下来，给了她一些食物和水。但是，奴隶警告她，这所房子的主人是七个危险的食尸鬼；她劝拉拉待在食尸鬼们看不到的地方，否则他们会把她吃掉的。

于是拉拉回到了她的藏身之处。每天早上，食尸鬼们出门后，奴隶都会叫拉拉和她待在一起，并教她如何做饭。拉拉学得很快，她对奴隶很有用处。

随着日子一天天过去，食尸鬼们开始注意到饭菜与从前有所不同。食物的味道越来越好，而且别有一番风味。他们对这个新的变化讨论了一番，并决定让最小的弟弟第二天留在家里，躲在一个隐蔽的地方，看看奴隶到底在食物中添加了什么。

其他六个兄弟离开了家。奴隶醒来，像往常一样把拉拉从她的藏身之处叫了下来。她们开始一起做饭，但是，现在拉拉已经可以胜任大部分的工作，而奴隶则非常轻松。最小的食尸鬼等了一会儿，就从躲藏的地方跳了出来，这让奴隶和拉拉都吃了一惊。拉拉吓坏了，待在原地一动也不能动。然而，食尸鬼非常轻柔地对她说话，向她保证她不会受到任何伤害。相反，他热情友好地欢迎她。当小食尸鬼的目光第一次落在拉拉身上，就坠入了爱河，并决定要娶她为妻。

当他的兄弟们回来之后，他在门口迎接他们，并把发生的一切告诉了他们。他们一起坐下来商量这件事。他们达成一致，第二天为这对新人举办一场盛大的婚礼。

有这样一个迷人的美女在身边，他们的生活完全变了，变得像天堂一般。他们都非常幸福。

从此，七兄弟的关怀和注意全都倾注在拉拉身上。她是那个做饭的人，而奴隶则被忽略了。日复一日，她变得越来越嫉妒。“答应我，”有一天她对拉拉说，“你会和我分享每一件东西。”拉拉同意了，并为此发了誓。

一切都有条不紊地进行着。奴隶大部分时间在睡觉，而拉拉做家务。有一天，拉拉在准备食物的时候，发现了一个豆角。她吃了一半，轻推着奴隶想要分给她另一半，但是奴隶发出假装睡着了的声音，没有醒来。过了一会儿，她才打了个哈欠。“你刚才是不是推我了？”她问拉拉，“还是我在做梦？”

“是的，”拉拉欢快地回答，“我有半个豆角给你。”

她伸手去拿她的头巾，然后解开那个藏豆角的结，但令她失望和恐惧的是，她找不到它了。奴隶抱怨她违背了诺言并责备了她。

傍晚，这个奴隶报了仇。她用水浇灭了火，这样到了给食尸鬼们准备食物的时候，拉拉就没有火了。她怕他们会生气，就央求奴隶帮她找些火来。时间不多了，食尸鬼们很快就要到家了。奴隶让她去向邻居借点火。

于是，拉拉去了一个名叫亚兹特叔叔的老食尸鬼的住处，他以凶残和狡诈臭名昭著。而拉拉却对此一无所知。她敲了敲他的门，等了一会儿。老食尸鬼看向外面：“你想要什么？”他问道：“你为什么在哭？”

“叔叔……”

“亚兹特，亚兹特叔叔。”

“亚兹特叔叔，请快给我一些火种吧。”

“哦，这就是你想要的吗？你可以要多少拿多少。但首先，你是想要让我用烧红的钉子扎你的肚子，还是用锋利的刀在你的额头上做记号呢？”

她愣在原地，不知道该怎么办才好。亚兹特叔叔打了个哈欠，她看见他的牙齿排列得像锋利的刀。

“快做决定吧，”他用威胁的语气说道，“否则我会——”

她选择了在额头上做记号。于是，亚兹特叔叔把火种递给了拉拉，并割开了她的前额，直到鲜血开始不住地流下来。她飞快地转身向家里跑去，鲜血滴滴答答落在她的身后，标记着她的去路。突然，一只鸽子出现了，它试着用翅膀擦干女孩留下的血迹，但拉拉以为它在和她玩，就把它赶走了。“哦，求你了，这时候就让我一个人待着吧！”她哭了。“我太难过了，一点也不想玩。”

第二天，亚兹特叔叔沿着血迹一路走下去，终于找到拉拉的门口。他敲了门，说道：“把你的手指给我，”他说，“不然我就吃掉你。”

她把手指从钥匙孔里伸了出去。老食尸鬼吸了几口她的血，就离开了。

从那之后，亚兹特叔叔每天都来找拉拉，吸她的血。渐渐地，她开始感到虚弱，而且看起来脸色苍白。她日益恶化的健康状况影响到了她做家务和做饭的工作。食尸鬼兄弟们开始注意到她的行为和食物的味道都发生了变化。他们想知道为什么她看起来惨兮兮的，并且整天愁眉苦脸的。她不开心吗？她想家了吗？他们对她不够好吗？他们总是尽最大努力让她感到舒适，并为她带回她想要的一切。那么，她到底是怎么了？他们一起讨论了这件事，并一致同意让最小的弟弟留在家里看着她。

他躲在了某个地方，密切注视着她的一举一动。晚上，他听到一阵敲门声。拉拉去应门。亚兹特叔叔像往常一样来了，她把手指通过钥匙孔伸了出去。他吸了她的血就走了。与此同时，最年轻的食尸鬼只是在藏身之处注视着发生的一切，并始终保持着安静。因为即使愿意，他也无法独自面对亚兹特叔叔。

他一直等到其他兄弟们回来，才把看到的一切告诉了他们。他们讨论了这个问题，并制定了对策。第二天，他们决定不去打猎了。拉拉和奴隶见他们待在家里，都很惊讶。她们问食尸鬼们发生了什么事，但他们只是回答说，他们要休息一天。房子里静悄悄的。

亚兹特叔叔日常访问的时间到了。当他要求拉拉伸出手指的时候，最小的弟弟跳到她身边。“叫他走开，”他在她耳边低语，“否则他就完蛋了。”

“你的手指，否则我会吃掉你！”亚兹特喊道。

拉拉按照指示回答了。亚兹特用更具威胁性的方式重复了他的要求，但她还是用严厉的话拒绝了他。当愤怒到达了顶峰，他破门而入，门弹开了。于是他掉进了一个“metmoura”，也就是一个陷阱里，那是食尸鬼兄弟们连夜挖的，还在上面盖上了干草。此刻，他们都从藏身的角落里跳了出来，俯视着凶残的老食尸鬼。“现在，亚兹特叔叔，”他们异口同声地喊道，“你就要从那个洞里出来了，不过是变成一阵烟之后冒出来！”

然后他们对着拉拉大声叫喊道："你怎么敢在我们出去的时候让陌生人来找你？"他们生气地吼着："你背叛了我们！"

他们威胁要让她追随亚兹特而去，遭受同样的命运。但她开始哭泣，给他们讲述了整件事的来龙去脉。

他们听后，看向那个奴隶，见她在颤抖着。他们拽着她的头发，把她扔进了坑里，和亚兹特待一起。他们把木头堆在两个人身上，点燃了火。烟雾升腾起来，直到只剩下黑色的灰烬。

这之后他们又恢复了正常的生活，每天都出去打猎，而拉拉则忙着帮他们准备食物。

拉拉一点一点地恢复了健康和平静。她的脸色红润，如同魔烛般照亮了兄弟们的生活。他们欣赏着她的魅力，再一次全都感觉幸福起来了。他们每天都将金银阵雨般地向拉拉洒下。他们都爱她，崇拜她，就好像她是把他们变成人的女神一样。此时，她的房间里已经堆满了珍贵的礼物。

一天，一个犹太行商经过他们的房子，大喊道："甜心！衣服！化妆品！只要你想到的，应有尽有！"当他听到屋内有声音传出来的时候，他拉住了他的驴子。他牵着驴走到门口等着。拉拉出来后，他给她看了他带来的商品。她挑了几样东西，问他价钱。他说他正在用他的货物换羊毛、旧铜钱或银餐具。她进屋后，装了整整一袋金银，递给了他。他对她的慷慨感到非常惊讶，就询问她的名字。她说："拉拉·哈拉特·鄂尔·侯达，”然后问他，“你知道一个某某部落吗？”

犹太行商说他走遍了大江南北，因为他做的小买卖把他带到了每个地方。自然，他对那个部落再熟悉不过了。“拜托，”她恳求他，“如果你回到那个部落，请帮我找找一个叫作富拉娜的女人。她是我的母亲。请代我向她问好，并告诉她我非常想念她。”

犹太人答应后，就离开了，仍然边走边喊着：“甜心！衣服！化妆品！只要你想到的，应有尽有！”

几个月后，他来到了拉拉母亲居住的部落。一位风韵犹存的年老女人叫住了他。女人买了一些东西，然后想要用一把羊毛付钱。当看到老女人要给他的东西时，这个犹太行商嘲笑她。“哦，”他说，“你不像拉拉·哈拉特·鄂尔·侯达，她给了我一整袋金银，却只拿了你买的东西的一半。”

就在这时，他想起了他答应拉拉的事。“哦，”他叹了口气，说道，“她的美胜过月亮本身！”

他正要问这个老女人是否认识一个叫富拉娜的人时，女人手中拿着的刚买的东西掉在了地上。“请，”这位老母亲说，“告诉我更多关于她的事吧。我是她的妈妈。”

犹太人很惊讶。“她向你致以最热烈的问候，”他说，“她非常想念你。”

“告诉我，”女人继续问道，“她怎么样了？她在哪里生活？”

“她住在食尸鬼的国度。但她显然已经成为了他们的女王。他们崇拜她，像她的奴隶一样服侍她。他们给了她世界上所有的黄金。她很幸福，她是我这辈子见过的最富有、最美丽的女人。”

“你什么时候才能再见到她？”

“用不了多久，肯定的。也许就在一两个月内。”

老女人让犹太人等着，径自走进了她的房子，找到一件礼物，要送给她亲爱的女儿。她用手帕包了一个戒指递给犹太人：“请您，把这个给她。告诉她这是一个来自深爱着她的母亲的纪念物。让她做饭的时候把它放在舌头下面，以保护她免受邪恶之眼的伤害。”

犹太人答应帮她带信，然后就继续上路了。

两个月后，犹太人发现自己回到了食尸鬼的国度。他想起了要给拉拉带信，于是径直朝拉拉家走去。她很高兴能再次见到他。她挑选了几样商品，又付了一整袋金银。犹太行商告诉她，他见到了她的母亲，她的母亲很高兴能听到她的消息。然后他拿出拉拉的母亲送给她的礼物，并重复了她母亲的嘱托。拉拉喜极而泣，然后亲吻了存放戒指的手帕。她轻叹了口气，然后说她会照妈妈的话去做。随后，犹太人就离开继续做他的生意了。

当拉拉坐下来，准备为食尸鬼兄弟们做饭的时候，她解开手帕，并把戒指放在舌下。不一会儿，她就昏了过去，并一直处于昏迷状态，看起来就像死了一样，一动也不动。食尸鬼们回到家后，发现她在那里像被冻住了一样。他们摇晃她，但她一动也不动。他们哭了一夜，什么也没有吃。

第二天，他们给她做了一个阿托什，即一张用金银和拉拉最好的珠宝制成的沙发，然后把拉拉放在了里面。他们叫来了他们的骆驼群，并一一问它们："你能拉着拉拉多长时间？"

"一年。"一个骆驼说。

"十年。"另一个说。

"只要我活着。"第三个名叫那阿拉（即鞋子）的骆驼说。

于是食尸鬼们将阿托什牢牢地固定在第三只母骆驼的背上。"不要为任何人停下来，"他们对骆驼说，"去广阔的世界游荡吧。记住你的秘密名字是那阿拉。只回应这个名字。"

母骆驼同意后就离开了。

那阿拉走了很远，从一个地方走到另一个地方，只是在吃喝的时候停下来片刻，并从不许任何人靠近她。她穿过沙漠、山谷、河流和丛林。她见识了各种各样的国家，直到她到达了一片领土，那里被一位声名远扬且无比富有的苏丹统治。当苏丹的士兵看到一头母骆驼，拉着一个亮闪闪的东西走的时候，他们向苏丹报告了这件事，然后开始四处追逐着骆驼。但他们所有的努力都是徒劳的。苏丹请教了他所有的巫师，他们对这种情况也感到束手无策。

当苏丹骑着马向他的宫殿走去的时候，他听到一位老妇人在大笑。他停下了马，问道："你在笑什么，老太婆？"他问。

"你所有的士兵和巫师都还不如我这个一大把年纪的老太婆，连那头母骆驼都抓不到！"

"你的意思是你能抓住她吗？"

"我的年纪大了，我会带她来找你的。"

"听着，女人！如果你确实能做到，我会让你享尽荣华富贵，如果做不到，我就会杀了你。现在，走吧！"

他们都讥讽这个老太婆，觉得她无论如何都死定了。有人说她没有什么可损失的。老女人开始朝着母骆驼的方向跑去。突然，她丢了一只鞋，开始大喊："我的鞋！鞋子！鞋子！"母骆驼听到了她的呼唤，就停了下来。骆驼跪下身来等着老太婆。

每个人都惊讶地站在那里，包括苏丹本人，他现在相信这个老女人有些超自然的能力在身上。随后，母骆驼被带进了皇宫。当仔细搜查阿托什的时候，他们发现里面放置着一个睡美人的尸体。苏丹下令让他的医生给尸体做一个全面的检查。医师们很快注意到一个奇怪的戒指卡在她的舌头下面。当他们取下它时，美丽的女人发出了一声尖叫，就像一个新生儿那样，然后她开始呼吸。渐渐地，她恢复了意识并睁开了眼睛。苏丹为她非凡的美貌所打动，决定娶她为妻。

那阿拉，那头母骆驼，被带到宫殿里并得到了很好的照顾。奴隶们带着拉拉到浴池去，给她好好地洗了个澡。第二天，苏丹就娶她为妻了。

日子一天天过去，但拉拉从未忘记七个食尸鬼兄弟。每天她都去和她的骆驼说话。“你的脚怎么样了？”她会问，“你休息好了吗？”

等到母骆驼的脚痊愈了，已经足够踏上另一段旅程的时候，拉拉偷偷地做好了准备。

一天清晨，苏丹不得不去朝廷参加一个紧急会议。拉拉等了一小会儿，溜出了她的房间。她拿过阿托什，把它固定在骆驼的背上，然后自己舒舒服服地坐在了里面。“这一次，不要回答任何人的话。”她对骆驼低声说。

她们逃离了皇宫。士兵们看到她像影子一样跑掉了，他们报告了苏丹。苏丹命令士兵追上她。他们拼尽全力，却还是不能赶上她。他们放弃了，空着手回到了宫殿里。母骆驼毫不停歇地越走越远，她穿过了沙漠、山谷、河流和丛林，最终到达了食尸鬼的国度。

七兄弟还在哀悼，他们把自己关在房子里。突然之间，当骆驼靠近的时候，拉拉发出声音大声呼喊。他们一听到她的声音，就跳了起来，走到屋子外面去，发现那匹骆驼正站在他们的家门口，拉着闪闪发光的阿托什。拉拉坐在阿托什里面，看向他们，脸上挂着微笑，向他们挥着手。食尸鬼兄弟们欢欣雀跃。他们欢迎她，为她举办了盛大的宴会。他们的家再次变成了天堂。食尸鬼们都围绕在拉拉身边。“现在，”他们说，“永远不要再给任何人开门！永远不要出门！我们不能再失去你了！”

参考文献

INTRODUCTION

Abate, Michelle Ann. "'You Must Kill Her': The Fact and Fantasy of Filicide in 'Snow White.'" *Marvels & Tales* 26 (2012): 178–203.

Ames, Janet. "Snow White Revisited." *Ladies Home Journal,* August 1993, 92.

Anderson, Graham. *Fairytale in the Ancient World.* London: Routledge, 2000.

Bacchilega, Christina. "Cracking the Mirror: Three Revisions of 'Snow White.'" *boundary 2,* 16 (1988): 1–25.

———. "Fairy-Tale Adaptations and Economies of Desire." In *The Cambridge Companion to Fairy Tales,* edited by Maria Tatar, 79–96. Cambridge: Cambridge University Press, 2015.

———. *Fairy Tales Transformed? Twenty-First-Century Adaptations and the Politics of Wonder.* Detroit: Wayne State University Press, 2013.

———. *Postmodern Fairy Tales: Gender and Narrative Strategies.* Philadelphia: University of Pennsylvania Press, 1997.

Barzilai, Shuli. "Reading 'Snow White': The Mother's Story." *Signs* 15 (1990): 515–34.

Behlmer, Richard. "They Called It 'Disney's Folly': *Snow White and the Seven Dwarfs* (1937)." In *America's Favorite Movies: Behind the Scenes,* 40–60. New York: Frederick Ungar, 1982.

Bettelheim, Bruno. *The Uses of Enchantment: The Meaning and Importance of Fairy Tales.* New York: Vintage Books, 1976.

Bolte, Johannes, and Georg Polívka. "Schneewittchen." In *Anmerkungen zu den Kinder- und Hausmärchen der Brüder Grimm,* vol. 1, 450–64. Leipzig: Dieterich'sche Buchhandlung, 1913.

Bottigheimer, Ruth B. *Grimms' Bad Girls and Bold Boys: The Moral and Social Vision of the Tales.* New Haven, CT: Yale University Press, 1987.

Brewer, Derek. *Symbolic Stories: Traditional Narratives of the Family Drama in English Literature.* Cambridge, UK: D. S. Brewer, 1980.

Brusatin, Manlio. *History of Colors.* Boulder, CO: Shambhala, 1991.

Byatt, A. S. "Ice, Snow, Glass." In *Mirror, Mirror on the Wall: Women Writers Explore Their Favorite Fairy Tales,* edited by Kate Bernheimer, 64–84. New York: Anchor, 1998.

Canepa, Nancy, ed. *Teaching Fairy Tales.* Detroit: Wayne State University Press, 2019.

Chainani, Soman. "Sadeian Tragedy: The Politics of Content Revision in Angela Carter's 'Snow Child.'" *Marvels & Tales* 17 (2003): 212–35.

Cohen, Betsy. *The Snow White Syndrome: All about Envy.* New York: Macmillan, 1996.

Da Silva, Francisco Vaz. "Red as Blood, White as Snow, Black as Crow: Chromatic Symbolism of Womanhood in Fairy Tales." *Marvels & Tales* 21 (2007): 240–52.

Edwards, Carol. "The Fairy Tale 'Snow White.'" In *Making Connections across the Curriculum: Reading for Analysis,* 579–646. New York: St. Martin's, 1986.

Ellis, John M. *One Fairy Tale Too Many: The Brothers Grimm and Their Tales.* Chicago: University of Chicago Press, 1983.

Finlay, Victoria. *Color: A Natural History of the Palette.* New York: Random House, 2002.

Gilbert, Sandra M., and Susan Gubar. *The Madwoman in the Attic: The Woman Writer and the Nineteenth-Century Literary Imagination.* New Haven, CT: Yale University Press, 1979.

Girardot, N. J. "Initiation and Meaning in the Tale of Snow White and the Seven Dwarfs." *Journal of American Folklore* 90 (1977): 274–300.

———. "Response to Jones: 'Scholarship Is Never Just the Sum of All Its Variants.'" *Journal of American Folklore* 92 (1979): 73–76.

Goldenberg, David. "Racism, Color Symbolism, and Color Prejudice." In *The Origins of Racism in the West,* edited by Miriam Eliav-Feldon, Benjamin Isaac, and Joseph Ziegler, 88–108. Cambridge: Cambridge University Press, 2009.

Holliss, Richard, and Brian Sibley. *Walt Disney's "Snow White and the Seven Dwarfs" and the Making of the Classic Film.* New York: Simon and Schuster, 1987.

Hurley, Dorothy L. "Seeing White: Children of Color and the Disney Fairy Tale Princess." *Journal of Negro Education* 74 (2005): 221–32.

Jones, Christina A., and Jennifer Schacker, eds. *Marvelous Transformations: An Anthology of Fairy Tales and Contemporary Critical Perspectives.* Peterborough, ON: Broadview, 2013.

Jones, Steven Swann. *The New Comparative Method: Structural and Symbolic Analysis of the Allomotifs of "Snow White."* Helsinki: Academia Scientiarum Fennica, 1990.

———. "The Pitfalls of Snow White Scholarship." *Journal of American Folklore* 92 (1979): 69–73.

———. "The Structure of 'Snow White.'" In *Fairy Tales and Society: Illusion, Allusion, and Paradigm,* edited by Ruth B. Bottigheimer, 165–86. Philadelphia: University of Pennsylvania Press, 1986.

Joosen, Vanessa. "Disenchanting the Fairy Tale: Retellings of 'Snow White' between Magic and Realism." *Marvels & Tales* 21 (2007): 228–39.

———. "Feminist Criticism and the Fairy Tale: The Emancipation of 'Snow White' in Fairy-Tale Criticism and Fairy-Tale Retellings." *New Review of Children's Literature and Librarianship* 10 (2004): 5–14.

Kaufman, J. B. *Snow White and the Seven Dwarfs: The Art and Creation of Walt Disney's Animated Film.* San Francisco: Walt Disney Classic Museum, 2013.

Lüthi, Max. *The European Folktale: Form and Nature.* Bloomington: Indiana University Press, 1986.

Mollet, Tracey. "'With a Smile and a Song . . .': Walt Disney and the Birth of the American Fairy Tale." *Marvels & Tales* 27 (2013): 109–24.

Naithani, Sadhana. *The Story-Time of the British Empire: Colonial and Postcolonial Folkloristics.* Jackson, MS: University Press of Mississippi, 2010.

Newell, William Wells. *Games and Songs of American Children.* New York: Harper & Brothers, 1884.

Ricoeur, Paul. *The Symbolism of Evil.* Translated by Emerson Buchanan. New York: Harper and Row, 1967.

Ruf, Theodor. *Die Schöne aus dem Glassarg.* Würzburg: Königshausen and Neumann, 1995.

Scarry, Elaine. *On Beauty and Being Just.* Princeton, NJ: Princeton University Press, 2001.

Schanoes, Veronica L. "Book as Mirror, Mirror as Book: The Significance of the Looking-Glass in Contemporary Revisions of Fairy Tales." *Journal of the Fantastic in the Arts* 20 (2009): 5–23.

Schickel, Richard. *The Disney Version: The Life, Times, Art, and Commerce of Walt Disney.* New York: Simon and Schuster, 1968.

Schmidt, Sigrid. "*Snow White* in Africa." *Fabula* 49 (2008): 268–87.

Schmiesing, Ann. "Blackness in the Grimms' Fairy Tales." *Marvels & Tales* 30 (2016): 210–33.

Stephens, John, and Robyn McCallum. "Utopia, Dystopia, and Cultural Controversy in 'Ever After' and 'The Grimm Brothers' Snow White.'" *Marvels & Tales* 16 (2002): 201–13.

Tautz, Birgit. "A Fairy Tale Reality? Elfriede Jelinek's Snow White, Sleeping Beauty, and the Mythologization of Contemporary Society." *Women in German Yearbook* 24 (2008): 165–84.

Teverson, Andrew. *The Fairy Tale World.* London: Routledge, 2019.

Tolkien, J. R. R. "On Fairy Stories." In *The Tolkien Reader,* 2–84. New York: Ballantine, 1966.

Uther, Hans-Jörg. *The Types of International Folktales.* 3 vols. Helsinki: Suomalainen Tiedeakatemia, Academia Scientiarium Fennica, 2004.

Warner, Marina. *From the Beast to the Blonde: On Fairy Tales and Their Tellers.* London: Chatto and Windus, 1994.

———. *Once upon a Time: A Short History of Fairy Tale.* Oxford: Oxford University Press, 2016.

Whitley, David. *The Idea of Nature in Disney Animation from "Snow White" to "Wall-E."* Farnham, UK: Ashgate, 2008.

Zipes, Jack. *Breaking the Magic Spell: Radical Theories of Folk and Fairy Tales.* Austin: University of Texas Press, 1979.

———. *Don't Bet on the Prince: Contemporary Feminist Fairy Tales in North America and England.* New York: Routledge, 1989.

———. *The Enchanted Screen: The Unknown History of Fairy-Tale Films.* New York: Routledge, 2011.

RETELLINGS

Anholt, Laurence. *Snow White and the Seven Aliens.* Illustrated by Arthur Robins. New York: Orchard Books, 2002.

Barthelme, Donald. *Snow White.* New York: Atheneum, 1978.

Bedford, Jacey. "Mirror, Mirror." In *Rotten Relations*, edited by Denise Little, 120–43. New York: DAW, 2004.

Block, Francesca Lia. *The Rose and the Beast: Fairy Tales Retold*. New York: Joanna Cotler Books, 2000.

Blumlein, Michael. "Snow in Dirt." In *Black Swan, White Raven*, edited by Ellen Datlow and Terri Windling, 21–55. New York: Avon, 1997.

Burkert, Nancy E., illus. *Snow-White and the Seven Dwarfs: A Tale from the Brothers Grimm*. Vancouver: Douglas and McIntyre, 1987.

Carter, Angela. "The Snow Child." In *The Bloody Chamber and Other Stories*, 91–92. New York: Penguin, 1979.

Coover, Robert. "The Dead Queen." *Quarterly Review of Literature* 8 (1973): 304–13.

Crone, Joni. "No White and the Seven Big Brothers." In *Rapunzel's Revenge: Fairytales for Feminists*, 50–56. Dublin: Attic, 1985.

Dahl, Roald. "Snow White and the Seven Dwarfs." In *Revolting Rhymes*, 11–17. New York: Knopf, 1982.

Doman, Regina. *Black as Night: A Fairy Tale Retold*. Bathgate, ND: Bethlehem Books, 2004.

Donoghue, Emma. "The Tale of the Apple." In *Kissing the Witch: Old Tales in New Skins*, 43–58. New York: HarperCollins, 1997.

French, Fiona. *Snow White in New York*. Oxford: Oxford University Press, 1986.

Gaiman, Neil. "Snow, Glass, Apples." In *Smoke and Mirrors*, 325–39. New York: Harper Perennial, 2001.

Galloway, Priscilla. "A Taste for Beauty." In *Truly Grimm Tales*, 97–106. Toronto: Lester, 1995.

Geras, Adèle. *Pictures of the Night*. London: Red Fox, 2002.

Gould, Steven. "The Session." In *The Armless Maiden and Other Tales for Childhood's Survivors*, edited by Terri Windling, 87–93. New York: Tor, 1995.

Hessel, Franz. "The Seventh Dwarf." In *Spells of Enchantment*, edited by Jack Zipes, 613–14. New York: Viking, 1991.

Hirsch, Connie. "Mirror on the Wall." *Science Fiction Age* 3 (March 1993): 59–61.

Hyman, Trina Schart, illus. *Snow White*. Translated by Paul Heins. Boston: Little, Brown, 1974.

Keillor, Garrison. "My Stepmother, Myself." *The Atlantic*, March 1982.

Lee, Tanith. "Red as Blood." In *Red as Blood, or Tales from the Sisters Grimmer,* 18–27. New York: DAW Books, 1983.

———. "Snow Drop." In *Snow White, Blood Red,* edited by Ellen Datlow and Terri Windling, 105–29. New York: William Morrow, 1993.

———. *White as Snow.* New York: Tor Books, 2000.

Lynn, Tracy. *Snow.* New York: Simon Pulse, 2003.

Maher, Mary. "Hi, Ho, It's Off to Strike We Go." In *Rapunzel's Revenge: Fairytales for Feminists,* 31–35. Dublin: Attic, 1985.

Murphy, Pat. "The True Story." In *Black Swan, White Raven,* edited by Ellen Datlow and Terri Windling, 277–87. New York: Avon, 1997.

Neuhaus, Niele. *Snow White Must Die.* Translated by Steven T. Murray. London: Macmillan, 2013.

Poole, Josephine, and Angela Barrett, illus. *Snow White.* New York: Knopf, 1991.

Sexton, Anne. "Snow White and the Seven Dwarfs." In *Transformations,* 3–9. Boston: Houghton Mifflin, 1971.

Sheerin, Róisin. "Snow White." In *Cinderella on the Ball: Fairytales for Feminists,* 48–51. Dublin: Attic, 1991.

Stone, Kay. "Three Transformations of Snow White." In *The Brothers Grimm and Folktale,* edited by James M. McGlathery, 52–65. Urbana: University of Illinois Press, 1991.

Vos, Gail de, and Anna E. Altmann. "Snow White." In *New Tales for Old: Folktales as Literary Fictions for Young Adults,* 325–82. Englewood, CO: Libraries Unlimited, 1999.

Walker, Barbara G. "Snow Night." In *Feminist Fairy Tales,* 19–25. San Francisco: HarperCollins, 1996.

Wenzel, David, and Douglas Wheeler. "Little Snow White." In *Fairy Tales of the Brothers Grimm.* New York: Nantier, Beall and Minostchine, 1995.

Yolen, Jane. "Snow in Summer." In *Black Heart, Ivory Bones,* edited by Ellen Datlow and Terri Windling, 90–96. New York: Avon, 2000.

———. *Snow in Winter.* New York: Puffin, 2011.

FILMS

Blancanieves. Directed by Pablo Berger. 2012.

Coal Black and de Sebben Dwarfs. Directed by Robert Clampett. 1943.

Faerie Tale Theatre: Snow White and the Seven Dwarfs. Produced by Shelley Duvall. 1983.

Grimm's Snow White. Directed by Rachel Lee Goldenberg. 2012.

Happily N'Ever After. Directed by Paul J. Bolger and Yvette Kaplan. 2006.

Happily N'Ever After 2. Directed by Steven E. Gordon and Boyd Kirkland. 2009.

Little Snow White (The Legend of the Snow Child). Written by T. O. Eltonhead. 1914.

Mirror Mirror. Directed by Tarsem Singh. 2012.

Snow White. Directed by J. Searle Dawley. 1916.

Snow-White. Directed by Dave Fleischer. 1933.

Snow White and the Huntsman. Directed by Rupert Sanders. 2012.

Snow White and the Seven Dwarfs. Directed by David Hand. Walt Disney Productions, 1937.

Snow White and the Seven Perverts. Directed by Marcus Parker-Rhodes. 1973.

Snow White and the Three Stooges. Directed by Walter Lang. 1961.

Snow White: A Tale of Terror. Directed by Michael Cohn. 1997.

Snow White: The Fairest of Them All. Directed by Caroline Thompson. 2001.

Sydney White. Directed by Joe Nussbaum. 2007.

White as Snow. Directed by Anne Fontaine. 2019.

Willa: An American Snow White. Directed by Tom Davenport. 1997.